Eu tô ótima

MONICA HEISEY

Eu tô ótima

Tradução de Maira Parula

Rocco

Título original
REALLY GOOD, ACTUALLY
A Novel

Este livro é uma obra de ficção. Nomes, personagens, lugares e incidentes são produtos da imaginação da autora, foram usados de forma fictícia e não devem ser interpretados como reais. Qualquer semelhança com acontecimentos reais, localidades, ou pessoas, vivas ou não, é mera coincidência.

Copyright do texto © 2023 *by* Monica Heisey

Todos os direitos reservados, incluindo o de reprodução
no todo ou em parte sob qualquer forma.

Epígrafe de "Telemachus' Detachment", de *Meadowlands* por Louise Glück.
Copyright © 1996 *by* Louise Glück.
Usado com autorização da HarperCollins Publishers.

Direitos para a língua portuguesa reservados
com exclusividade para o Brasil à
EDITORA ROCCO LTDA.
Rua Evaristo da Veiga, 65 – 11º andar
Passeio Corporate – Torre 1
20031-040 – Rio de Janeiro – RJ
Tel.: (21) 3525-2000 – Fax: (21) 3525-2001
rocco@rocco.com.br
www.rocco.com.br

Printed in Brazil/Impresso no Brasil

Preparação de originais
PEDRO KARP VASQUEZ

CIP-BRASIL. CATALOGAÇÃO NA PUBLICAÇÃO
SINDICATO NACIONAL DOS EDITORES DE LIVROS, RJ

H386e

Heisey, Monica
    Eu tô ótima / Monica Heisey ; tradução Maira Parula. - 1. ed. - Rio de Janeiro : Rocco, 2023.

   Tradução de: Really good, actually a novel
   ISBN 978-65-5532-364-1
   ISBN 978-65-5595-207-0 (recurso eletrônico)

   1. Ficção canadense. I. Parula, Maira. II. Título.

23-84561
                    CDD: 819.1
                    CDU: 82-3(71)

Gabriela Faray Ferreira Lopes - Bibliotecária - CRB-7/6643

O texto deste livro obedece às normas do
Acordo Ortográfico da Língua Portuguesa.

Para Louise, com gratidão.

Quando eu era criança e via
A vida dos meus pais, sabe
O que eu achava? Achava
Desolador. Ainda acho
Desolador, além de
Insano. Mas também
Muito divertido.

                Louise Glück, "O desapego de Telêmaco"

Meu casamento acabou porque eu era cruel. Ou porque eu comia na cama. Ou porque ele gostava de música eletrônica e filmes complicados sobre homens na natureza. Ou porque eu não gostava. Ou porque eu era ansiosa e isso me deixava controladora. Ou porque ficava crítica demais quando bebia vinho tinto. Ou ficava crítica demais quando estava com fome, estressada ou bebia vinho branco também. Ou porque era grudenta nas festas. Ou porque ele fumava maconha todo dia e eu não achava que isso fosse "realmente a mesma coisa" que minhas duas xícaras de café pela manhã. Ou porque nos apaixonamos quando éramos jovens demais, e como a vida real poderia se comparar à ideia que tínhamos do que podia ser nossa vida quando mal tínhamos vinte anos e nossos corpos eram quase absurdamente firmes? Ou porque experimentamos a não monogamia por três meses em 2011 e foi tudo bem, mas nada incrível. Ou porque ele colocava molho de pimenta em tudo, sem provar, mesmo que eu passasse horas equilibrando os sabores de uma receita que só descobri depois de ler correndo uma história longa e detalhada sobre as férias de uma mulher. Ou porque uma vez ele se esqueceu do nosso aniversário. Ou porque eu nunca lavava roupa. Ou porque a grande família grega dele não me aceitava, mesmo depois de eu aprender o poema preferido da *yiayia* para o aniversário dela. Ou porque uma vez ele entrou de supetão no banheiro e me pegou fazendo cocô. Ou porque, em 2015, comparecemos a nove casamentos e nos entusiasmamos com a ideia, e uma festança em que todos nos diriam que éramos geniais por nos amarmos e nos dariam milhares de dólares pareceu uma ótima ideia. Ou porque fomos a Paris e tivemos uma briga em vez de nos apaixonarmos ainda mais ou pelo menos ficarmos nos chupando. Ou porque parei de imaginar como nossos filhos seriam. Ou porque isso jamais passou pela cabeça dele. Ou porque eu era insegura e às vezes fútil. Ou porque ele insistia que virássemos veganos para depois contrabandear pizzas para o apartamento enquanto eu dormia. Ou porque terminamos de ver *Os Sopranos* e nunca começamos *The Wire*. Ou porque, quando começamos a ficar juntos, eu beijei alguém e às vezes ainda pensava nela. Ou porque ele era desnecessariamente agressivo, com um quê de pretensão. Ou porque eu era uma covarde, cujo trabalho não "procurava ativamente destruir o capitalismo". Ou porque eu o ridicularizei quando ele disse isso e perguntei sobre o impacto socialista de seu mais recente comercial do Burger King. Ou porque ele me chamou de escrota. Ou porque às vezes eu era uma escrota mesmo. Seja como for, acabou.

Mais ou menos. Ele se mudou, levando a gata (por enquanto), o videogame e três violões. A ideia de Jon compondo canções sobre nosso término em algum apartamento alugado escuro me enchia simultaneamente de profundo desespero e incrível alívio — desespero ao pensar que eu tinha lhe causado tanto sofrimento que ele se viu impelido a compor canções experimentais; alívio porque eu não teria que ouvi-las.

Mas não me ressenti dele pelo impulso. Hoje de manhã, depois que Jon foi embora, quase de imediato tirei uma foto de mim mesma, querendo "preservar o momento" e alimentando ideias grandiosas de que esta perda terrível marcaria o começo de uma época artística muito criativa. Talvez eu pudesse tirar uma foto do meu rosto a cada dia significativo pelo resto da minha vida, compilando material digno de uma galeria para uma exposição quando fizesse oitenta anos: meu cabeção burro sorrindo na defesa do doutorado, chorando no funeral da minha mãe, mastigando pensativa a primeira comida que um filho meu preparou na vida, alguns closes ousados durante orgasmos para gerar polêmica etc. Em vez disso, tirei a foto, vi as olheiras fundas e baixei o Facetune. As olheiras pareciam corretas, pessoalmente. Olhando no espelho, eu podia vê-las e pensava: *Aí está uma mulher de vinte e oito anos que passou por algumas merdas na vida*. Mas, na foto, percebi, eu queria era parecer gostosa.

Ter Jon fora de casa de vez foi um alívio, não porque as coisas parecessem melhores ou mais calmas sem ele, mas porque as duas semanas entre o "vou me mudar" e "aluguei uma caminhonete" foram as mais longas e mais lentas da minha vida. Foi tão incoerente: num dia vivendo cheios de dedos perto um do outro, falando em tom formal sobre novos colegas em um retiro do trabalho, depois caindo em velhos hábitos e trocando beijos de despedida, um comendo do prato do outro, transando. Sempre que voltávamos ao velho jeito de ser — tão fácil, tão familiar —, eu me perguntava se esqueceríamos a história toda, declarando apenas que foram alguns meses ruins; mas uma noite ele chegou em casa com algumas caixas e tivemos que decidir quais discos eram de quem e o que fazer com o sofá vagabundo comprado não tinha nem um ano. A garantia do pior sofá da história durou mais que nosso casamento.

Juramos que nenhum dos dois tinha "imaginado uma coisa dessas". Afinal, não tínhamos os grandes problemas que levam a esse tipo de situação. Havia *alguns* problemas, é claro: além de comer na cama, eu falava alto e não respeitava o sistema dele de organização da geladeira; ele era genioso e queria que a gente começasse a correr. Mas não estávamos infelizes, só insatisfeitos... até que de repente ficamos muito, muito infelizes, e não conseguíamos mais rir, não conseguíamos transar, não conseguíamos pedir comida tailandesa sem olhar pro outro como quem diz *quem é você?*, encarando o estranho que escolhemos aos dezenove anos e dezenove anos e meio, respectivamente, sem se odiar de fato, mas imaginando que, se o outro morresse de repente — de causas naturais ou em algum horrendo acidente, não que isso fosse bom, claro que não, seria uma tragédia... mas *se* —, talvez a vida ficasse mais fácil. As palavras escapuliram da minha boca em uma noite no jantar: "Isso está dando certo?" Nenhum dos dois tinha uma resposta, o que em si já parecia uma resposta.

Deu certo, ou pareceu ter dado certo, por quase uma década. Jon e eu nos apaixonamos na universidade, seu niilismo animado complementando de forma surpreendente a minha mania crônica de pensar demais. A princípio ficamos amigos (importante, todo mundo diz!) e até tivemos anos empolgantes de putaria de calouros antes de perceber, em algum momento do primeiro semestre do penúltimo ano, que não só nos dávamos muito bem, como tínhamos um tesão delirante um pelo outro. Grudamos bocas e genitais e só desgrudamos na formatura. Gostávamos de quase todas as mesmas coisas e nos fazíamos rir, e nossas discussões eram tão dramáticas quanto as discussões de qualquer um dos nossos amigos de vinte e poucos anos. Tiramos férias modestas e conhecemos os pais um do outro. Por fim, fomos morar juntos — ficamos namorando pelo tempo certo e nenhum dos dois tinha dinheiro suficiente para alugar um lugar sozinho. Pintamos parte de uma parede com tinta efeito lousa. Houve presentes de aniversário mal escolhidos, ciúmes insignificantes e uma ou duas traições leves, mas havia principalmente conforto e uma compreensão tranquila. Depois de seis anos de noites juntos, partilha de bichos de estimação e tentativas de carbonara, simplesmente não havia mais nada a fazer. Jon dizia "O que você acha, Maggie?", e eu respondia "É, tá legal"; e assim ficamos casados, porque todos os outros estavam e porque o fato de nada parecer particularmente errado fez parecer, na época, que tudo estava bem.

Sempre foi meio surreal para mim que fôssemos legalmente casados. Quando eu dizia às pessoas "meu marido", elas erguiam as sobrancelhas, e eu pensava *pois é, muito bizarro*. Jon não achava nada estranho. Não que ele fosse um romântico, mas seus pais eram o último casal que se amava da Terra, então ele tinha uma fé acima da média na instituição. Para ele, o casamento era uma resposta natural a estar apaixonado por um longo período. Quando nos registramos em uma suíte de lua de mel em nosso hotel italiano baratinho, a recepcionista americana e faladeira soltou um gritinho, "Ai, meu *Deus*, você parece uma noiva criança!", e Jon riu, mas eu me senti estranhamente envergonhada. Havia algo de ingênuo nisso. Será que eu não havia processado os números direito? Será que eu achava mesmo que nosso casamento ia durar, quando tantos não duravam? Talvez eu tenha ficado sem-graça porque sim, para ser sincera, achava que sim.

Queria dar um tapinha no ombro dessa versão e dizer: *meu bem, se você está sem-graça agora...*

Na primeira manhã sem ele, juro por Deus que acordei chorando. Meu travesseiro estava molhado e, em vez de virá-lo ou trocar a fronha, rolei para fora da cama e me deixei cair que nem uma pedra no chão. *Mesmo que tenhamos lidado com isso da melhor forma possível*, pensei, *ainda assim vai ser horrível*. Embora tivéssemos a inclinação para ser ex-cônjuges bem comportados, do tipo que não fofoca sobre o outro, não trepa com aquele colega de trabalho que sempre era causa de ciúme, não posta fotos sensuais vingativas nas redes sociais nem tuíta em excesso sobre a nova e emocionante vida de solteiro, ainda assim seria medonho por anos, talvez para sempre. Sem dúvida era assim agora.

Foi importante para mim ter um "bom divórcio". Enquanto guardávamos nossas roupas, concordamos que lidar com gentileza com o que viesse pela frente seria uma boa forma de honrar o que significamos um para o outro (ou o que já significamos). Escrevemos um pequeno discurso para os amigos — "tomamos rumos diferentes" — que era verdadeiro, mas também vazio, e prometemos manter contato — por um tempo, pelo menos. Ele tinha saído de casa havia vinte e quatro horas e checávamos como o outro estava por mensagem de texto, variações de como você está e lamento que seja assim e já contou pros seus pais? Com o tempo, eu conseguia ver nós dois como o tipo de ex que vai à festa de aniversário do outro, que fica para vários drinques saborosos, abraça o novo parceiro e sai antes que as coisas se compliquem. Mas por ora eu não conseguia ver nada, a não ser o quanto estragamos tudo, o silêncio que reinava no apartamento sem ele e meus poucos planos para o fim de semana.

Fiquei no chão até o meio da tarde. Não foi nada bom, mas é o tipo de coisa que você faz quando seu casamento desmorona. Nos filmes, quando você se divorcia, fica deitada no chão, toma um porre, depois se reergue pelo cardigã de tricô aprende a se amar de novo em uma casa de praia alugada que pertence a um homem mais velho, charmoso, bonito e viúvo; e embora ele claramente ainda ame a esposa morta de um jeito respeitoso, parece que talvez esteja pronto para seguir em frente, como se os dois pudessem se ajudar no processo de cura. Nos filmes, quando você se divorcia, tem uma briga feia com a presença de advogados, e é muito doloroso porque os filhos se ressentem e ninguém consegue decidir quem vai ficar com a casa — a casa grande e bonita que passaram anos decorando juntos, na qual despejaram as economias da vida inteira e onde criaram vários filhos ou pelo menos um cachorro de médio a grande porte. Nos filmes, você é Diane Lane, ou Keaton, ou quem sabe Kruger, uma linda Diane de meia--idade que é profissional liberal e conhece bons vinhos brancos. Em geral, você não continua morando com seu ex por semanas porque não pode bancar sozinha o aluguel do empoeirado apartamento de quarto e sala. Em geral, vocês não são uma assistente de pesquisa com nome metido à besta e um redator de publicidade, respectivamente, cujo ativo financeiro comum mais importante é o único amigo que sempre consegue celulares de graça no trabalho. Certamente vocês não devem ter vinte e oito anos e planejar ativamente uma festa de aniversário com tema "as putas de Jimmy Buffett".

Mas lá estava eu, semiprostrada, mandando mensagens no grupo perguntando quanto um banner escrito PARROTHEAD PUSSY devia custar, e se um bolo com sabor margarita estaria dentro das habilidades de confeitaria de Clive. Era de conhecimento geral que ele podia cuidar disso, e não só isso, mas com certeza era algo que seu arqui-inimigo — um chef bonito de televisão que recentemente ensinara os espectadores a "fazer" milho-verde — não podia realizar. Além do mais, Amirah tinha encontrado um ônibus balada que tinha assentos laváveis: talvez tenha sido usado como cenário para algum filme pornô e não para festas de aniversário em geral, mas sai quase cem dólares mais barato que o outro... Lauren, a aniversariante, respondeu: quem sabe não é melhor parar de pensar demais e gastar a grana extra em birita? Todos nós concordamos.

No grupo estavam meus quatro melhores amigos da universidade: Amirah, uma enfermeira esgotada e emocionalmente atribulada que conheci no alojamento, Clive, um gay elegante e parrudo que sempre se descrevia como "caótico" por fazer coisas normais tipo pagar corridas de táxi em dinheiro vivo, e duas Laurens — uma que chorava por qualquer coisa e outra que jurava só ter chorado uma vez na vida toda, quando o McDonald's parou de vender pizza. Para simplificar, chamávamos a primeira de "Lauren Emocionada".

Eu não tinha confessado ao grupo que Jon fora embora. Eles sabiam que pensávamos em nos separar — que as coisas não andavam muito bem ultimamente —, mas não consegui me obrigar a digitar as palavras *ele foi embora*. Acho que parte de mim supunha que íamos voltar, mesmo depois de concordarmos com a partida dele, mesmo depois de tudo. Eu não conseguia conceber que fosse durar, esse tempo separados. Com quem eu ia reclamar da velocidade do Wi-Fi? O que ele ia fazer quando precisasse lembrar o aniversário da mãe? Com quem eu ia analisar cada decisão que tomasse em cada dia de minha vida? E aos domingos, o que íamos *fazer*? Eu supunha que um dia ele ia voltar e nós dois diríamos *isso foi cansativo, hahaha*, depois ficaríamos chapados e assistiríamos a *The Great British Bake Off*, uma atividade que constitui, até onde eu sei, sessenta por cento ou mais de todo e qualquer casamento.

Também não contei a eles porque me sentia incrivelmente idiota. É difícil explicar o quanto é vergonhoso ter feito uma festa de casamento quando o casamento termina quase em seguida. O relacionamento foi mais longo que o casamento — muito mais —, e daí? Ter aquele dia de todos-os-olhos-em-você, parabéns-pelo-seu-grande-momento, até-que-a--morte-os-separe, preparativos infindáveis, brigas com a família, questões com a lista de convidados e gastos de milhares de dólares, transformado em uma caríssima sessão de fotos para o Tinder de seus amigos é... bem, não é o ideal. E você nem pode usar as fotos para o seu Tinder, primeiro porque não sabe como o Tinder funciona, segundo porque está de vestido de noiva em todas elas.

Em vez de confessar, eu divertia: contava histórias sobre cães engraçados que tinha visto, ou uma recente consulta médica em que atormentei a doutora com histórias sobre meu estilo de vida saudável e ativo enquanto ela piscava, confusa, e batia na parte laranja-para-vermelho de meu Índice de Massa Corporal na prancheta. *Não deixe Maggie começar a falar sobre o IMC*, escreveu Lauren. *Vamos ficar nessa a noite toda.* Clive nos contou que há pouco tempo tinha decidido que na verdade isso significava "Índice de Macho Charmoso", o que fazia sentido, porque o dele era alto demais. Lauren Emocionada disse que tinha acabado de ouvir um podcast que mudaria a nossa vida. Amirah mandou o link de um vídeo de uma gaivota roubando uma loja, depois divagamos, falando de gangues de animais marinhos, fofocando sobre conhecidos e reclamando com igual vigor das verdadeiras injustiças no mundo e da breguice de uma subcelebridade de Toronto nas redes sociais.

Por fim, eu sabia, teria de contar a eles, mas ainda esperei até encontrar a oportunidade certa. Não conseguiria encarar as perguntas antes de eu mesma ter as respostas. Estava pronta para ser solteira de novo? Onde ia morar? Como ia me virar de grana? Eu tinha algum dinheiro, é claro, mas Jon tinha muito mais — pelo emprego, pela família, pelas decisões financeiras sagazes. Ele sabia como economizar e como investir, e não gastava um cheque de freelance há muito aguardado em croppeds sensuais nem em uma nova marca chique de ração para gatos. Ele pagava uma parte maior do aluguel, as compras de mês e, quando tirávamos férias, ele ficava responsável por tudo, menos minha passagem, que eu tinha a "permissão" de pagar como crianças que lavam seus pratos no Dia de Ação de Graças "ajudam" a lavar a louça. Algumas semanas antes da festa de casamento, brinquei que meu tempo estava se esgotando para conseguir que ele assinasse um acordo pré-nupcial; e se nos separássemos e ele levasse tudo que eu tinha? Ele me disse que eu podia ficar com meus oitenta dólares. (Esta costumava ser uma história engraçada.)

Os dias se passaram e eu assombrava a casa como uma miss Havisham ao contrário, vagando sem rumo de um cômodo a outro. Enquanto olhava nossa casa silenciosa e vazia — quer dizer, meio vazia —, percebi que meu marido ("ex-marido") tinha comprado a TV, os quadros nas paredes, as cadeiras da cozinha e aquela coisa em que apoiávamos os pés quando nos sentávamos no sofá pavoroso. A maior parte das coisas em nosso apartamento era, por definição, dele. Embora eu o estimulasse a levar tudo que tinha comprado, ele deixou algumas coisas, então o lugar, tecnicamente, era funcional, mesmo que tudo parecesse errado: um closet espaçoso demais, mas sem nenhuma sapateira; uma gaveta de talheres sem facas de chef; uma mesa de cozinha à qual não se podia sentar. Joguei-me na terrível dureza de nosso sofá, coloquei meu drinque no chão onde antes ficava nosso carrinho de bebidas e me esbugalhei de tanto chorar.

Eu não sabia para onde olhar, no que pensar, nem em como passar meu tempo. Cada objeto na casa vertia significado. A torradeira foi um presente de casamento, então comi pão em temperatura ambiente. Os badulaques na porta da geladeira — recibos, listas de compras, bilhetes sobre bananas e ovos, e planos para comprar uma tranca de bicicleta — eram dolorosos demais de se olhar, então tomei meu café sem leite. Prendi uma folha de papel por cima de uma foto emoldurada no banheiro; não estava pronta para tirá-la, mas também não estava pronta para olhar. Uma faixa restante de nossa festa de noivado brilhava em uma parede acima do espaço no qual algumas obras de arte de Jon ficavam penduradas. P A R A B É N reluzia em caligrafia dourada. O S tinha caído a certa altura, mas deixamos assim, gostávamos desse jeito, achávamos mais divertido. Agora, olhar para aquilo era incrivelmente deprimente.

Também tive descobertas positivas: sem nenhuma pressão para misturar nossos dois estilos, percebi que eu não gostava de quase nenhum objeto de decoração que meu marido tinha comprado para a casa. Tudo que olhava e me fazia pensar, *teremos de substituir isso qualquer dia desses*, tinha sido dele — ou algo com que concordamos, definindo o meio-termo como "um objeto que ambos odiamos igualmente". Agora a maior parte desses objetos se foi. A escassez de minhas posses conferia à casa um caráter levemente desgastado, e não fiquei com nenhuma toalha grande, mas não havia pôsteres de banda nas paredes, nem copos de shot com imagens de personagens na cozinha, nem o tapete de madeira meio apodrecido que ele tinha comprado no eBay quando estava chapado. Agora havia espaço à mostra para exibir minhas pequenas quinquilharias, para acender a vela que Jon achava que tinha "um cheiro estranho", para tocar a música pop dos anos 1990 que ele achava chata e genérica. É claro que queimar uma vela de tabaco e zimbro e ouvir Backstreet Boys não era melhor do que ser amada.

Cada artigo e fórum que eu encontrava em minhas melancólicas pesquisas no Google (dicas para divórcio; término de casamento jovem; primeira vez sozinha como) diziam para eu me preparar para a insônia, mas eu não tinha notado o quanto as noites demorariam a passar. Outra surpresa era que eu ainda conseguia segurar a comida no estômago. Fui levada a acreditar que um coração partido estragava o apetite. Quando adolescente, tive fortes expectativas com relação a rompimentos — inevitável, as séries adolescentes sobre vampiros lindos e suas amantes menores de idade me ensinaram isso —, que me deixariam incapaz de comer, definhando lindamente, magra e prejudicada feliz da vida. Ter tido um namorado, depois perdê-lo junto com alguns quilinhos, talvez o suficiente para caber em uma das malditas camisas polo Abercrombie vendidas em suas cavernas úmidas e perfumadas no shopping? Eu não conseguia imaginar nada melhor.

Tragicamente, fui vítima de uma vida acolhedora em casa, que tinha levado a uma autoestima alarmante de tão robusta, e frequentei um colégio especializado em artes que canalizou a maior parte de minha energia sexual latente em peças exageradas sobre mulheres de meia-idade com fixações orais. Assim, não tive namoros e continuei gorducha e feliz. Isso até mais ou menos o final do ensino médio, quando não ter transado causou sofrimento bastante para me fazer perder, rapidamente e sem nenhum esforço real — exceto por evitar alimentos sólidos e monitorar e registrar de forma constante minha ingestão calórica —, vinte e cinco quilos. Todo mundo ficou muito feliz por mim até que desmaiei na aula de matemática depois de almoçar um picolé.

A verdade é que se você começa a ter um distúrbio alimentar estando sequer ligeiramente acima do peso, as pessoas só notam quando as coisas chegam à fase "e se duas refeições do meu dia fossem sopa?". Houve alguns muxoxos e conversas sobre nutrição e equilíbrio, depois fui a um hipnotista que me disse para me imaginar linda de maiô e fiquei curada, brincadeirinha. Na verdade o que aconteceu foi que me apaixonei e esqueci um pouco essa história. Naquela época eu me sentia confortável com meu corpo fofinho, o tipo de mulher que as pessoas chamam condescendentemente de "voluptuosa", "curvilínea" ou, com mais frequência, de "confiante", a palavra praticamente vergando sob o peso do eufemismo. Às vezes, durante fases de estresse ou depois de ler revistas demais ou ouvir uma amiga muito mais magra reclamar do tamanho de suas pernas, eu podia me sentir me aproximando de forma sutil da contagem, comendo um ovo e pensando: *setenta*. Mas, supunha, ninguém tem uma relação completamente saudável com a comida e os exercícios, pelo menos ninguém que chegou à maioridade no período em que a matéria de capa de todo tabloide de supermercado era alguma variação de "Esta bruxa tem celulite". Como eu não escrevia mais o inventário calórico diário de meus anos de adolescente, considerava que estava mais ou menos saudável.

Porém, a tentação neste momento de tirar a poeira do velho distúrbio alimentar — de me tornar uma daquelas heroínas de romance cujos ossos começam a aparecer de forma preocupante, assustando os amigos e deixando-as absolutamente lindas de tristeza — era forte. "Com os grandes olhos de algum modo mais azuis graças às olheiras escuras, Maggie estava triste demais para comer, porque gente demais queria transar com ela", sei lá. Eu não era nem de perto a primeira mulher viva a experimentar a devastação emocional sem a emergência súbita e dramática de minhas clavículas.

Mas me recuperei muito bem nesta área, era irritantemente comprometida com minha nutrição, e assim minha bunda mole e eu permanecemos bem alimentadas. As refeições eram as únicas coisas que interrompiam as longas e lentas horas daquela primeira semana sem Jon. Percorri nossos armários de cozinha, desenterrando massas com curry há muito esquecidas e o macarrão instantâneo que estocamos "para emergências". Sempre que eu engolia uma reconfortante fritura ou abria uma quesadilla caseira babando queijo, imaginava a narração tranquila de David Attenborough:

"*mesmo nos tempos mais sombrios, a vida... continua.*" Um dia, eu sabia, ficaria sem comida, o que era estressante, porque não conseguia imaginar sair de casa para fazer compras.

Não dormir era menos preocupante; ninguém mais dorme bem. O mundo está se desintegrando e nossos telefones estão bem ali, brilhando na nossa cara, cheios de notícias do que o presidente disse e de qual ex cortou o cabelo recentemente. Se eu ansiasse mesmo por um descanso, sempre podia beber ou tomar remédio para dormir. Antes de ir embora, Jon tinha me dito que estava tomando, mas pensei que talvez isto se devesse ao desconforto do sofá. Ele me ofereceu um comprimido quando estava de mudança. Quis dizer sim, mas dizer não parecia alguma declaração sobre Como Eu Estava me Sentindo, então passava a maioria das noites vendo programas britânicos sobre crimes na Netflix.

Antes eu achava esses programas assustadores demais — nós (eu) morávamos em um apartamento no térreo com grades muito suspeitas nas janelas, e nós (eu) tínhamos o sono leve e nos assustávamos com facilidade. Agora os programas me tranquilizavam. Havia um padrão neles, uma clara hierarquia de certo e errado. Talvez o detetive perturbado bebesse demais e traísse a esposa, mas não era um pedófilo homicida que morava em uma espécie de bunker de tarado em Swansea. O pedófilo-homicida por fim era capturado, e a parceira traída sempre tinha que admitir ao detetive como ele era bom no seu trabalho. Era ótimo sentir que a diferença entre ser culpado ou inocente podia ser tão clara. Era ótimo ouvir David Tennant falando palavrão. E também grande parte da tensão desses dramas se esgotou quando eu percebi que o assassino era sempre aquele que falava mais devagar.

Quando conseguia dormir, eu acordava no meio da noite, grogue e confusa. Estendia a mão pela cama agora enorme, procurando o volume quente e familiar do corpo de Jon... e não sentia nada. O medo me dominava e meus olhos se abriam subitamente, lutando para se adaptar à escuridão. Eu transpirava, confusa, com medo e meio irritada. Será que perdi alguma mensagem de texto? A gente precisava se avisar dessas coisas! Contar um ao outro quando fosse chegar tarde em casa era uma das principais Coisas do casamento! Depois, é claro, eu me lembrava.

Quando isso acontecia, eu me sentia, nesta ordem: burra; triste; decepcionada; vingada quando me lembrava de que algo semelhante ocorreu com Joan Didion em *O ano do pensamento mágico*; constrangida de novo por ter pensado nessa ligação com Joan Didion; silenciosamente orgulhosa, como se talvez houvesse mesmo algumas semelhanças; depois mais triste; e, por fim, cansada. Mas eu não era a voz incrível e chique de uma geração que tinha perdido o amor da sua vida. Nem conseguia imaginar o novo modelo de calça da moda, e minha *magnum opus* era uma tese de doutorado incompleta sobre a "história vivida dos objetos" no teatro do início da era moderna. Mesmo quando fosse concluída, ninguém ia ler aquilo. Não tinha perdido meu marido, eu o havia deixado. Ou melhor, sugeri que fosse embora e ele aceitou a sugestão com uma rapidez inacreditável. De muitas maneiras, foi a última coisa com que concordamos.

E assim nosso casamento acabou, seiscentos e oito dias depois de ter começado. Um dia estávamos apaixonados, no dia seguinte estávamos podres. De repente só havia duas opções entre nós: calados ou exasperados. Quando não estávamos batendo um papo leve e animado de um jeito constrangedor, tínhamos centenas, milhares de discussões, revirando os olhos, suspirando e alfinetando um o outro sobre:

— satisfação profissional, a falta de;
— trabalho emocional, definição de;
— quem acabou com o café;
— quem pagou as três últimas contas de água;
— quem realmente era condescendente com quem, na verdade;
— se era aceitável, talvez até muito normal, ficar acordado até as quatro da madrugada jogando videogame com adolescentes furiosos da Europa;
— nossos pais, nossos amigos que eram pais, o espectro de nós sendo pais;

— consumo de pornografia;
— possibilidade de pornografia como empreendimento feminista;
— relevância do argumento da pornografia feminista para um homem hétero assinar uma conta premium no Pornhub;
— unhas dos pés, tamanho e locais de descarte de;
— se sair de Toronto era "desistir";
— "Barcelona", como se pronuncia;
— por que o quarto ainda era roxo, nós nos mudamos há anos, dissemos que íamos pintar;
— aquela vez em que ele me chamou de "professora adjacente" por engano, e foi inteiramente inocente, a palavra era muito próxima de "adjunta", mas porque eu já estava tão magoada o tempo todo, tomei isso como desprezo por minha falta de status profissional, e porque estava com fome, exausta e na TPM, comecei a chorar em público, e porque estávamos enjoados um do outro, dissemos coisas para irritar que não pretendíamos e coisas para ferir que pretendíamos, e a briga durou um dia inteiro a mais do que os quatro ou cinco segundos que teriam sido necessários para corrigi-lo e tocar o barco, e eu nunca admiti que foi culpa minha, nem depois, quando ele pediu desculpas.

Um término decepcionante. Nenhum caso extraconjugal; nenhum grande momento de explosão; só uma série de pequenos incêndios que deixamos arder à nossa volta, segurando nossos cafés como o cachorro da internet: THIS IS FINE.

Agora eu estava sozinha em uma noite quente de junho, comendo pão com manteiga vestida na minha lingerie do casamento porque todas as minhas outras calcinhas estavam sujas. Salpiquei um pouco de sal em um pedaço de baguete e disse "divórcio" em voz alta, para ver como era ou talvez só para ser dramática. Cutuquei a calcinha de renda cara enfiada na bunda e me perguntei, como fiz praticamente a cada hora mais ou menos na última semana, se tudo talvez não tivesse passado de um imenso erro.

Era fácil demais atravessar o mundo como um casal — dividindo o custo das coisas e compartilhando casacos grandes demais e tendo alguém com quem ficar na fila do banco.

Jon e eu tínhamos começado havia pouco tempo a fazer Amizade com Casais, indo jantar em grupos de quatro ou seis para implicar de leve um com o outro por causa de petiscos, em seguida indo para casa e fazendo sexo selvagem depois de decidir que Ben e Esther provavelmente nunca faziam isso. Os casais eram sempre pessoas casadas um pouco mais velhas que Jon conhecia do trabalho; ele os colecionava como panos de prato, e agora eu nunca mais seria convidada a um jantar informal. *Justo quando as couves-de-bruxelas enfim teriam seu momento ao sol!*, pensei com uma risadinha, e desejava poder mandar a piada a Jon por mensagem. Já tinha usado meu vale check-in diário, mas não havia nada mais satisfatório do que fazê-lo rir.

Toda a situação parecia uma piada, como se a qualquer momento um de nós, ou os dois, fosse ligar um para o outro, as lágrimas escorrendo pelo rosto: *ah, meu Deus, você tinha que ter visto a cara que você fez.* Embora eu odiasse pegadinhas, Jon adorava. Depois que ficamos noivos, ele começou a fazer um lance em que fingia morrer se eu saísse do cômodo. Eu voltava e o encontrava esparramado no sofá ou caído na mesa da cozinha, os olhos escuros vazios e sem vida. Eu disse a ele que isso me deixava agoniada. Ele disse que a melhor das hipóteses, no fim de um casamento, seria um dos dois encontrando o cadáver do outro. Como as mulheres costumam viver mais que os maridos e ele era muito pior cuidando do próprio corpo (palavras dele), com certeza seria eu que o encontraria, e não o contrário. Assim, raciocinou ele, sua morte — claramente um dos piores momentos da minha vida — seria algo engraçado e compartilhado, uma piada interna. Ninguém a quem contei isso chegou a concordar, mas eu achava um amor.

É horrível ficar triste no verão.

Pesquisas no Google, 10 de junho

olheiras escuras pele clara

rotina coreana skincare menos passos

veias ficando aparentes

soníferos não medicinais

pele parece cinza?

ver stories no instagram anônimo

kate bush não no itunes

kate bush this woman's work

kate bush youtube rip

lei de divórcio canadá explicação

dormir de bruços provoca rugas?

definição jurídica intolerável

bell hooks pdf

terninho jacquard

botox queixo duplo

bill hader divórcio

bill hader camiseta

bill hader rindo

pessoa normal casa com celebridade

vídeos gua sha

o que é "jacquard"

como continuar amigos depois de terminar

exercícios seios

regras do tinder

população toronto
população masculina toronto
horário LCBO da bloor e ossington
receita fácil risoto
substituto arroz arbóreo
parmesão vencido pode comer
delivery 24 horas toronto
delivery de bebidas toronto
o que é tiktok
kate bush this woman's work karaokê
como delerar tiktok

Aquele primeiro mês sozinha passou em uma névoa. Um dia típico envolvia acordar depois de uma da tarde, aí ficar deitada na cama me masturbando alegremente enquanto a trilha de *The Last Five Years* (gravação do elenco original off-Broadway) tocava ao fundo. Minhas tardes consistiam sobretudo em tentar trabalhar, depois desistir e postar stories no Instagram contendo referências oblíquas a meu estado emocional. A certa altura, fiz vinte e nove anos.

Foi isso que me obrigou a confessar para os meus amigos. Como grupo, levávamos as ocasiões a sério, e um aniversário não seria exceção. Tínhamos combinado meses antes de comemorar com uma viagem à praia de nudismo na Toronto Island, levando bolo e coquetéis e mais nada. A conversa se aprofundara numa discussão sobre a importância do filtro solar e os méritos de variados táxis aquáticos privados quando eu não aguentei mais. Preciso adiar, *escrevi*. Jon se mudou... acho que pra sempre... Seguiram-se insuportáveis minutos de silêncio, depois Clive escreveu, chego aí em meia hora.

Joguei-me de costas na cama e fiquei olhando fixamente uma mancha de umidade no teto até que o ouvi subindo a escada da frente. Levantei, ajeitei o cabelo e fui até a porta, e por um momento não quis que ele entrasse. Clive veria meu apartamento depenado, os livros que faltavam na estante, as pilhas de comida delivery para um. Se eu mostrasse isso a ele, acabaria tendo que mostrar a todo mundo. Eu teria que andar por aí e existir no mundo, sozinha.

Aparafusei minha coragem ao ponto máximo e destranquei a porta.

— De um a dez, o quanto você está disposta a fazer piada disso?

Refleti.

— Seis?

— Tudo bem — disse ele. — Então vamos falar das sobrancelhas em outra ocasião.

Clive e eu nos conhecemos no grupo de teatro da universidade no segundo ano e ficamos íntimos quando representamos os interesses amorosos um do outro no que ele chamou de uma produção "só para gorduchos" do musical *O vendedor de ilusões*. Ele ainda gritava de vez em quando "MADAME BIBLIOTECÁRIA!" e me puxava para um beijo molhado depois de uns drinques a mais. Paramos recostados na bancada da cozinha (eu precisava comprar umas cadeiras) enquanto eu tingia as sobrancelhas com tintura para barba e Clive me disse que eu voltaria rapidinho ao normal.

— Essas coisas acontecem — disse ele. — Se você se comprometesse com tudo que queria aos dezenove anos, ainda estaria usando aquele coletinho. De mais a mais, as pessoas mais felizes do mundo, estatisticamente, são mulheres descasadas e sem filhos. Você conseguiu! — Ele segurou minhas mãos como se nosso time da liga infantil tivesse acabado de vencer uma partida importante.

Ser blasé com algo assim era um clássico de Clive. As únicas coisas que ele levava a sério na vida eram culinária, seu trabalho como produtor de reality show e a decisão de ano-novo de 2011 de "ficar famoso", coisa em que ele ainda trabalhava. Mais ou menos na mesma época da resolução (e potencialmente a serviço dela), ele nos pediu que começássemos a chamá-lo de Clive e não de Brandon, que era seu verdadeiro nome. Embora tenhamos levado algum tempo para nos acostumar, por fim concordamos que os Brandons com estilo eram raros, então a mudança era justa.

Clive e eu dividimos um saco de batatas fritas light e brindamos ao começo de minha "fase vadia", apesar de meu lábio começar a tremer quando nossos copos bateram, obrigando-o a recuar e me lembrar de que toda vadia deve levar as coisas em um ritmo que sirva a ela. Quando o assistente dele mandou uma mensagem dizendo que eles corriam o risco de perder Scott

Moir como jurado convidado em um novo programa no qual jogadores de hóquei formavam par com patinadoras artísticas profissionais, Clive saiu correndo, prometendo ver como eu estaria amanhã.

Amirah chegou mais ou menos uma hora depois, distraindo-me de minhas circunstâncias com um de seus clássicos rolos do trabalho. Embora tenha tido uma relação feliz por mais de um ano, Amirah constantemente atiçava casos emocionais no hospital, com homens que depois ficavam obcecados por ela. O mais recente desses coitados fodidos era um enfermeiro chamado Brian.

— Está ficando ruim — disse Amirah, entre se lamentar e adorar a situação. — Na semana passada ele me fez uma playlist. Fica perguntando se eu ouvi, mas é aí que eu traço os limites.

— Ouvir a playlist.

— Isso — disse ela com seriedade. — Quem sabe o que pode estar ali?

Era fácil entender como Amirah criava o caos amoroso na Ala C. Ela era displicentemente linda, mesmo de jaleco, e um pouquinho má, de um jeito que obcecava os homens. Quando me mudei para meu alojamento, ela já estava plenamente instalada em seu quarto do outro lado do corredor, ajeitando o ângulo de um pôster das Pussycat Dolls perto da janela. Eu disse, "As que não são Nicole têm um nome?" e ela respondeu, "Talvez *todas* se chamem Nicole", e foi assim.

— Como seus pais estão levando a história? — perguntou ela depois de termos visto a *track list* de Brian (escrita em um papel de gramatura alta, destacando as letras relevantes... ah, Brian). Contei-lhe que eles seguiam minhas orientações, o que significava que não nos falávamos muito. Minha mãe se ofereceu na mesma hora vir a Toronto e ficar comigo, me levar de volta a Kingston pelo tempo que eu precisasse e me dar todo tipo de comida assada nostálgica e reconfortante; mas fiquei onde estava. De certo modo era um alívio que minha família — mamãe, papai, a irmã mais nova-porém-mais-sensata Hannah — estivesse segura e distante a algumas horas da cidade. A profundidade da preocupação deles revelava-se apenas na mensagem diária do meu pai: viva? sim/não.

Qualquer um que tentasse me reconfortar lidava com uma tarefa impossível: atenção e cuidados demais pareciam piedade, se insuficientes eram prova de que eu não merecia e ninguém queria ficar perto de mim. Contei a Amirah que minha situação ideal (se é que alguma coisa disso poderia ser considerado ideal) seria que todos soubessem do divórcio sem que eu precisasse contar, e que eu me deitasse em alguma câmara hiperbárica antiestresse até estar preparada para voltar à sociedade. Eu precisava de algumas semanas para ficar deplorável sozinha e me adaptar a minha nova vida de carcaça mal-amada. Amirah dobrou as pernas compridas embaixo do corpo e eu sabia que ela ia dizer alguma coisa irritante.

— Quer o número da terapeuta da minha mãe?

Eu não queria. Era só um divórcio, e nem era tão escandaloso assim. Eu nem tive nenhum sonho significativo — do que ia falar?

— Acho que de modo geral não sou muito de "terapia" — falei. — Não parece combinar comigo.

E falei sério. A única terapeuta que conheci era uma prima de Jon, Penelope, uma baixinha de trancinhas louras e lisas que dava oficinas em que os participantes cavavam a própria cova e eram enterrados nelas para terem a experiência da morte do ego.

— Acho que esta não seria... assim — disse Amirah. Ela levou um dedo à boca e roeu o canto de unha, olhando pra mim pensativa. — Mas acho que se alguma vez existiu um pequeno *soupçon* de terapia, seria esta, né?

— Estou bem — garanti. — Baixei aquele app de meditação e vou correr mais... escuta, o Tom sabe do Brian?

Tom era o namorado firme de Amirah, um homem de mãos enormes e uma gargalhada ribombante, que tinha algum emprego importante e moderno em uma cervejaria no centro da cidade. Eles se conheceram por um app de relacionamento na primavera passada e desde então ficaram inseparáveis. A linguagem amorosa dos dois parecia ser um marcar o outro em fotos que favoreciam os dois e legendadas com longas descrições de sua amizade e de como o estilo de vida juntos parecia uma aventura. A aventura favorita deles era ir a restaurantes. Primeiro Tom postava Amirah erguendo uma taça de vinho branco — sextou com este — depois, quando chegavam os pratos principais, Amirah postava Tom — os garotões adoram traçar tudo —, e aí Tom compartilhava a foto que ela fizera dele, com Amirah finalmente encerrando o circuito compartilhando o post original do "sextou" em seu story. Desse jeito, todo mundo que eles conheciam iam ver os dois lados da mesa que eles usaram para comer. Este comportamento era muito, mas muito anti-Amirah, mas o amor deixa as pessoas piegas e meio absurdas, e é assim que as coisas são.

Fiquei curiosa para saber como ela achava que os rolos se encaixavam nas sessões de fotos, nas noites de ostras, no próprio garotão.

— Não estou fazendo nada com esses caras — disse Amirah. — E Tom é só um namorado, até agora.

Eu tinha me esquecido da definição heterodoxa de Amirah para a palavra, que ela achava não implicar nenhum compromisso real além do tempo que passavam juntos. Amirah sempre era impiedosamente despreocupada até o momento em que decidia que um homem era o Eleito. Ela já tivera dois Eleitos até agora — um namorado do colégio e um estudante de medicina que às vezes ainda mandava mensagens —, mas Tom parecia merecer uma promoção.

— De qualquer forma — disse Amirah. — Um é a vida real e o outro é, digamos, um *frisson*. Sei o que quero em longo prazo, mas às vezes, no momento, você precisa conhecer alguém que nunca viu nada melhor que a sua bunda.

Isso pareceu uma boa ideia. Talvez eu pudesse ter um ou dois *frissons*, mesmo que minha trajetória de longo prazo fosse irreversivelmente "carcaça". Amirah recebeu uma mensagem pedindo que ela cobrisse o turno de alguém no trabalho.

— Se importa se eu for? — perguntou. — Estou tentando agradar o pessoal para não ter que trabalhar no ano-novo. Além disso, prometi fazer pulseiras de amizade com uma paciente.

— Devo ter ciúmes? — perguntei.

— Bom, ela tem sete anos e câncer na medula, então provavelmente não — disse Amirah.

Chupei as bochechas por dentro, entre os dentes.

— Porraaaaaaa! — falei. — *Porra*. Quer dizer, eu...

— Sei o que quis dizer — ela riu. — E o prognóstico desta paciente é muito bom. Relaxa.

Sempre me admirei da leveza com que Amirah carregava o peso cotidiano de seu trabalho, como podia entrar no hospital e dar notícias difíceis a pais ou ajudar crianças a administrar a dor com que teriam de lidar pela vida toda, depois aparecer para jantar e ouvir nós todos reclamando de falta de educação em e-mails. Sempre que ela revelava algum detalhe angustiante sobre o hospital, nós entrávamos em pânico, embora, como a própria Amirah observou muitas vezes, não fosse uma competição, e o estresse profissional de Clive não era menos válido só porque era causado sobretudo pela vida pessoal tumultuada de celebridades B do esporte canadense. ("Nós... temos certeza disso?", perguntara Clive na época. Eu ainda não tinha.)

— Meu Deus, isso foi tão intenso — falei. — Não sei como você não tem um colapso atrás do outro.

— Na verdade existe uma sala de choro no terceiro andar — disse Amirah. — Mas é bom ser capaz de estar presente para as pessoas que enfrentam dificuldades. Assim, é complicado, mas é bom. Tenho certeza de que é como você se sente quando... explica *Macbeth*, ou... Sinceramente, não sei o que você faz no seu trabalho.

— Metade dele é bolar trocadilhos para títulos de artigos — eu disse. — Mas de muitas formas é parecido com ajudar crianças com câncer, você tem razão. — Fiquei de pé e comecei a vasculhar os armários da cozinha. — Deixa eu preparar alguma coisa pra você comer antes de ir.

Peguei os ingredientes do sanduíche preferido dela, uma combinação perturbadora de picles e húmus com mel e mostarda escura. Amirah ficou atrás de mim enquanto eu o montava, passando o indicador nos potes abertos antes de fechá-los e recolocá-los na geladeira.

— Por que não manda uma mensagem para as Laurens? — disse ela, dando uma primeira dentada no pão encharcado. — Não fique sozinha neste apartamento. É uma merda aqui sem Janet.

Para não chorar à menção de minha gata, gritei, "ÓTIMA IDEIA!" com um vigor nada convincente e saquei o celular. Por acaso as Laurens tinham se encontrado rapidamente em um bar perto do escritório da Lauren Emocionada que servia vinho por peso. Eu disse a Amirah que não me sentia lá muito sociável, mas queria beber vários milhares de gramas de vinho.

— Perfeito! — respondeu ela. — Pode andar comigo até o trabalho.

Ela pegou a bolsa e fomos para o corredor, onde tentei me deixar apresentável com uma maquiagem esquecida que tinha deixado na prateleira ao lado das chaves. Cutuquei as bolsas sob os olhos e suspirei alto.

— Que pena que isto teve de acontecer justo quando perdi meu último fiapo de beleza juvenil — falei.

— Não fale desse jeito — disse Amirah, pegando um par de tamancos de plástico enfeitados. — Ai, eu podia matar o Jon. Estou muito puta com ele.

— Não foi culpa dele — comentei, abrindo a porta e metendo as chaves em uma bolsa. — Sério. Se tem algum culpado, sou eu.

Amirah fez uma careta.

— Como pode ser culpa sua?

Para ser sincera, eu não sabia, mas era o que sentia.

No dia seguinte eu devia ir ao trabalho, mas não conseguia criar coragem. Para começar, o nível de umidade em Toronto tinha saído da tradicional "zona nebulosa Coca-Cola" de junho para um cenário "sovaco do mundo" que em geral só enfrentávamos em agosto, além disso, eu estava um caco e triste o tempo todo.

Apesar de não dar aulas no verão, eu em geral trabalhava alguns dias por mês em minha mesa atolada no departamento de inglês como pesquisadora-assistente de Merris, a compreensiva anciã especialista nos primórdios do modernismo que foi minha orientadora de mestrado e ocupava um lugar em minha imaginação entre a tia temida-porém-amada e uma bruxa velha e poderosa. Eu não tinha ido trabalhar nas duas quartas anteriores, enviando a ela mensagens com desculpas vagas e nada convincentes a cada vez. Nesta quarta, ela ligou.

— Merris, oi... desculpe, eu...

— O que vai ser hoje, uma consulta de emergência com o dentista da sua avó?

Eu gostava de trabalhar para Merris. Ela era a pessoa mais inteligente que já conheci, e nunca fazia os outros se sentirem burros, embora às vezes, como agora, não resistisse a brincar um pouquinho com eles. Eu podia vê-la sentada à sua mesa, com um sorriso irônico, os dedos longos enrolando o fio do telefone da sala no polegar esquerdo nodoso. Provavelmente usando óculos de leitura com outro par empoleirado no alto da cabeça. Às vezes havia um terceiro em uma corrente estilosa no pescoço.

— Acho que vou me divorciar — contei. — Quer dizer, estou me divorciando, mas não sei ao certo quando nem como.

— Ah.

Eu não adorava contar a ninguém sobre este acontecimento, mas dar a notícia a Merris me pareceu espetacularmente ridículo. Eu era uma pessoa de vinte e poucos anos passando por um rompimento, e daí? Merris foi casada duas vezes, divorciou-se uma e agora era viúva, e mesmo assim levava o que ela dizia ser "o melhor da vida", dividindo um amplo duplex na parte leste de Toronto com outras duas professoras em uma espécie de *Supergatas* da academia.

— Sinto muito — disse ela. — Trabalhe em casa de agora em diante e apareça de novo quando estiver pronta.

Falei para ela que talvez isso nunca acontecesse. Merris riu e tentou fazer parecer um soluço.

— Leve o tempo que precisar — disse —, desde que seja só até setembro.

Merris não gostava de Jon, em grande parte porque sentiu que ele ficou enchendo o saco dela com uma palestrinha sobre o cinema franco-

-canadense por "várias horas" em um evento do departamento alguns anos antes. Quando perguntei sobre isso a Jon, ele me disse que os dois conversaram por menos de quinze minutos, durante os quais ele não falou quase nada sobre cinema, a não ser para mencionar que recentemente tinha ido a uma exibição de *Mommy,* de Xavier Dolan. Desconfio que os dois não se suportaram porque não gostaram de ver a própria pretensão espelhada no outro. Em nosso casamento, ele tentou cair nas graças dela citando o Soneto Dezoito e ela disse, "Shakespeare para casamentos? Parece que você descobriu alguma coisa". Como todo mundo que já amei, os dois eram capazes de ser Um Pouco Demais.

Depois de Merris e eu desligarmos, voltei às minhas atividades habituais: trabalhar, comer e pensar em motivos para não tomar banho. Na maioria dos dias, depois de algumas horas examinando atentamente peças de teatro do século XVI que eram impopulares até naquela época, eu me recompensava e/ou punia olhando os vários perfis de Jon nas redes sociais. Há pouco tempo ele tinha reduzido a nossa comunicação já mínima, algo que eu tentava levar com uma elegância despreocupada enquanto pirava por dentro. Em um esforço de parecer descontraída, também sugeri que nos bloqueássemos nas redes sociais, para "facilitar a transição de saída da vida um do outro". Ele fez isso com uma rapidez enervante, embora nenhum dos dois tenha bloqueado a conta conjunta no Instagram que criamos para nossa gata.

Se eu saísse de minha conta e logasse em @perfectjanetgoodgirl, lá estava Jon: sem postar muito no perfil, mas com certeza tocando piano e cantando (!) nos stories, transmitidos de algum porão escurecido. Bisbilhotei suas fotos marcadas e vi os stories dos amigos dele, procurando por algo doloroso — um áudio dele rindo em uma festa, um vídeo de um show em que estivesse ao lado de uma mulher desconhecida —, provas de alegria ou satisfação em sua nova vida de Não Meu Marido. Pensando de forma objetiva, este cyberstalking pela conta da gata era um comportamento desequilibrado, mas me reconfortei por Janet de vez em quando ver meus stories também, o que significava que Jon fazia o mesmo comigo.

Ainda não tínhamos decidido quem ficaria com a gata, sem dúvida nosso bem compartilhado mais precioso. Tecnicamente, Janet era dele, mas nós (Janet e eu) dividimos um lar pelo mesmo tempo que nós (Jon e eu), e eu a amava intensamente, mesmo que seus principais passatempos fossem gritar e vomitar em minhas roupas e nos móveis. Ela era difícil e enorme, uma vira-lata malhada grande com o pelo marrom acinzentado desgrenhado e olhos verdes e inteligentes. Quando eu lia trabalhos estudantis na cama, ela entrava de mansinho no quarto, atraída pelo farfalhar do papel. Quando me dava conta de que Janet vinha para mim, era tarde demais: ela já estava em pleno voo, lançando-se do chão para pousar bem em cima do trabalho em minhas mãos. Tive de devolver, com um pedido de desculpas, vários trabalhos de conclusão de curso amassados e perfurados a um estudante confuso, mas eu teria deixado a gata destruir tudo que eu tinha — o que, de vez em quando, ela fazia isso de um jeito que parecia ser uma missão. A casa ficava tão silenciosa sem ela. Era estranho não ter de olhar em cima da geladeira quando eu entrava na cozinha (Janet tinha um pequeno problema de bater-na-cabeça-das-pessoas); cada pacote fechado de petiscos fedorentos no armário partia meu coração. Jon e eu tínhamos concordado em reservar algum tempo para pensar no que seria melhor para ela, de olho em uma possível situação de guarda compartilhada. Como de muitas coisas da minha antiga vida, eu sentia saudades dela com frequência.

Eu passava as tardes vendo meus programas de assassinato (depois de revirar as opções inglesas, agora explorava os feminicídios da Escandinávia) e pensando em ficar sozinha, e às vezes só colocando os pés no chão e suspirando. Se me sentia ambiciosa, escovava o cabelo, abria e fechava as janelas e enchia carrinhos de compra online com roupas caras para eventos inventados. O grupo dos meus amigos sempre tentava saber como eu estava, mas eu nunca dava nenhuma atualização e sabia que eles estavam ocupados curtindo a própria vida — não precisavam de uma divorciada derrotada que os arrastasse para baixo. Eu dormia mal, mas cochilava com frequência. Comia coisas leves durante o dia, depois começava a preparar um macarrão à bolonhesa, ou fajitas, ou outro conceito de jantar ambicioso, e desistia e comia cereais enquanto via alguém chamado Anders ou Lars andar furtivamente por Helsinque ou Estocolmo, furioso com as ex--mulheres por terem a audácia de ser assassinadas. Descobri que cozinhar para uma pessoa só era cansativo e deprimente.

Experimentei o app de mindfulness, mas não consegui me apegar. No momento, eu não queria ser tranquilizada. Este momento era infeliz! Tentei me lembrar de triunfos do passado — a formatura na universidade, digamos, ou pagar um boquete uma vez no sul da França — mas toda minha vida foi testemunhada por Jon. Eu tinha de voltar ao colégio para evitá-lo e aquelas lembranças eram tediosas. Quase nada tinha acontecido comigo antes de nos conhecermos. Conhecê-lo parecia o momento mais importante da minha vida e, até algumas semanas atrás, todo ano que passava só reforçava a verdade disso. *E agora?*, pensava. Havia um número limitado de vezes em que uma pessoa pode ler o poema "Uma arte", de Elizabeth Bishop. Levava três a quatro minutos, e alguns a mais, para chorar. Eu fazia isso e em seguida estava de volta ao *e agora?* E agora, de fato.

Junto com Janet, Jon tinha levado a maioria dos melhores itens de nosso carrinho de bebidas (sem falar no carrinho em si), então eu preparava drinques de Cointreau com suco de limão e água com gás, acabando por usar água comum, acabando por beber Cointreau puro. Depois que o Cointreau batia, eu ficava faminta por qualquer jantar que tivesse abandonado e pedia algo que eu chamava de "Hambúrgueres Noturnos" do único lugar que meu app de entregas oferecia às quatro da manhã, uma cadeia genérica de bares com um cardápio gigantesco que incluía o hambúrguer mais medíocre da história. Um Hambúrguer Noturno, era exatamente esse item, simples, com picles e batatas fritas. Era insípido, pesado e sempre chegava frio, mas eu não queria que a comida fosse uma experiência. Queria que ela tivesse a aparência e o sabor de como eu me sentia, ou seja, nada. Queria uma carne morna e era o que costumava conseguir, sempre.

Era a primeira vez na vida que eu morava sozinha. Criada com meus pais, irmã, dois cachorros e uma série rotativa de hamsters condenados, nossa casa fervilhava. Nem foi uma transição me mudar para o fragor dos alojamentos da universidade, onde os meninos arrancavam as portas dos reservados dos banheiros inexplicavelmente unissex e rolavam potes de sorvete derretido na escada dos fundos do décimo primeiro andar, manchando-a de rosa e fechando metade do corredor por uma semana. Assim que pudemos, Amirah, Lauren e eu fomos morar juntas, vendo reality shows, fumando de leve um baseado e nunca limpando o banheiro.

Depois da formatura, nos aventuramos em Toronto, e Lauren Emocionada e eu nos tornamos a quinta e sexta moradoras de uma casa imensa na parte oeste da cidade, apinhada de artistas, baristas e estudantes de pós-graduação e — descobrimos depois da mudança para lá — um morcego no porão que o senhorio do namorado de alguém havia flagrado sendo criado em sua casa.

Quando Jon e eu fomos morar juntos, foi o menor número de pessoas com quem tive de conviver, e adorei isso. Eu tinha vinte e três anos quando conseguimos nosso primeiro apartamento. A maioria de meus colegas ainda estava em casas compartilhadas imundas (Lauren Emocionada ainda tinha um morcego no porão). Parecia muito adulto. Eu gostava de chegar em casa para uma pessoa só — a *minha* pessoa; gostava de preparar cupcakes às dez da noite; gostava de colocar algum disco estranho de Jon e passar o aspirador no carpete para podermos fazer sexo nele. Quando eu *ficava* sozinha em casa, se Jon estivesse preso no trabalho ou passando o fim de semana fora com amigos, eu saboreava isso como um mimo, sabendo que ele logo estaria de volta para perturbar o sossego ou me arrastar para fora do banho. Depois que nos casamos, às vezes eu achava que era uma pena que eu nunca tivesse experimentado morar sozinha, mas concluía que não seria muito boa nisso. Até agora, parece que eu tinha razão.

Ainda assim, havia alguns benefícios para minha Situação Pessoal: resgatei privilégios essencialmente ilimitados por conta disso e os exerci com prazer. Faltei ao meu próprio aniversário, eventos da família, encontros para um café com colegas e amigos do colégio com quem passei anos fingindo que iria colocar o papo em dia. Só comparecia ao que realmente queria, o que significava quase nada, nem mesmo ao Ônibus Extravaganza das Putas de Jimmy Buffett no aniversário de Lauren. Ela foi compreensiva. A Lauren Emocionada mandou uma mensagem dizendo que tinha colocado meu nome no cartão: copiei sua caligrafia daquela vez em que fizemos a brincadeira dos maridos bêbadas... diz que você vai casar quatro vezes... mas aparentemente seu futuro carro é um banheiro :(. Parte de mim achou uma grosseria, esquivo talvez, abandonar tanta coisa, mas não era isso que as mulheres deviam fazer, dizer não?

A antiga eu talvez se preocupasse que isso fosse fazer as pessoas me odiarem. No passado, eu me importava com basicamente tudo, basicamente o tempo todo. Agora minha ansiedade leve e constante tinha sido substituída por uma sensação de invencibilidade maçante a que me referi como "hahaha, e daí". Preocupada que possa pegar uma gripe? Nenhuma doença pode ser pior do que este vazio novo e escancarado no núcleo de seu ser, hahaha. Parece que você disse o que não devia em uma festa? A pessoa que prometeu, na frente de todo mundo que você conhece, te amar pelo resto de sua vida não amava há dois anos, e daí! Perdeu um prazo no trabalho? A questão é que a vida na verdade é uma piada, nada está garantido para nós, e qualquer coisa que você pense que *seja* garantida provavelmente lhe será arrancada de uma hora para outra, e também parece que bem no fundo você pode ser uma megera detestável, o que deve ser um problema maior do que uma tarefa atrasada — vamos soltar aquele grande "hahaha, e daí"!

Quando éramos casados, Jon raras vezes chegava tarde. Nas poucas ocasiões em que isso aconteceu, eu desfrutava de minha noite até as duas, depois ficava deitada olhando o teto, pensando em todas as coisas que podiam dar errado. E se a energia acabasse e eu precisasse saber como interagir com aquela caixa grande no porão? Nossa porta dos fundos era frágil e nada confiável. Não importava a atenção com que eu fechasse as trancas, verificava duas vezes o que tinha feito, o medo me mantendo desperta. Eu levantava para refazer tudo dez vezes na noite, porque vai que alguém está a ponto de invadir e me matar. Não me preocupava mais com isso. *Talvez alguém invada e me mate*, eu pensava. *Perfeito*.

Para: j--@gmail.com
De: m--@gmail.com
Enviado em: 28 de junho, 1h12

Oi, Jon

Sei que deveríamos estar "dando espaço um ao outro" e entendo isso, só estou mandando este e-mail porque falei com a amiga da tia de Lauren, que talvez eu tenha mencionado ser advogada especializada em divórcio... por acaso, para pedir o divórcio, precisamos provar que estamos legalmente separados há um ano, o que quer dizer que só poderemos entrar com o pedido na primavera que vem. Também tem um monte de papelada etc. que eu esperava evitar porque nós, como dizer, não temos nada de valor, mas pelo visto não, então há muito o que fazer nas próximas semanas/meses e é provável que você tenha que me mandar um e-mail a certa altura.
    Lamento se esta mensagem parece abrupta, ou francamente pragmática, mas acho que é importante deixar a bola rolar, em especial com este período de espera de que eu não sabia. É óbvio que esta não é a situação ideal para nenhum de nós, mas não paro de pensar no que você disse quando foi embora: Quero que nós façamos isso do jeito mais tranquilo possível. Espero que este e-mail conte como uma declaração oficial de nossa intenção de nos divorciar, uma espécie de data inicial para nosso ano de separação.
    ... Estranho, né? A vida é tão estranha.

    Te amo, me desculpe
    M.

Enviado do meu iPhone

Para: j--@gmail.com
De: m--@gmail.com
Enviado em: 28 de junho, 1h16

Ai, meu Deus, acabei de perceber que deixei o negócio de "enviado do meu iPhone" no final. Garanto que demorei de verdade para compor o e-mail no computador, só enviei do celular porque estava sentada na privada vendo meus rascunhos e pensei, "você precisa enviar essa mensagem agora ou nunca vai fazer isso". Peço desculpas sinceras e espero que você não pense que deixei aquilo ali como se fosse uma jogada de poder. O mesmo por contar a você sobre a privada, é só que na hora eu estava ali. É só a verdade.

Este tem sido um dos períodos mais difíceis da minha vida e sei que é complicado para você também, e eu detestaria pensar que você acha que não é grande coisa para mim. Porque é.

Enviado de meu iPhone

Para: j--@gmail.com
De: m--@gmail.com
Enviado em: 28 de junho, 2h40

Merda. Desculpe.

Foi um golpe e tanto saber que não se podia simplesmente *pedir* um divórcio — primeiro era preciso atravessar um período de espera e muitos formulários e um troço envolvendo restituição de imposto. Outros golpes da mesma reunião incluíram: descobrir quanto custa um advogado, levar um copo de água gelada à boca e errar, e ter de mostrar meu saldo bancário a uma mulher que cobrava duzentos e quinze dólares por hora. Eu disse à advogada, uma amiga da família de uma amiga, de expressão gentil e fala suave chamada Lori, que achava que Jon e eu podíamos usar parte do dinheiro que ganhamos como presente de casamento para cobrir nossas várias despesas judiciais. Ela riu — uma buzina curta e aguda —, depois ficou muito séria: "Ah, você não está brincando."

Lori abriu uma das suas várias pastas enquanto uma jovem que usava o tipo de calça que pede para ser chamada de "social" trazia seu café. "Obrigada, Lindsay", disse ela, tomando um gole. Lindsay saiu, levando algumas pastas. De meu tempo limitado nos escritórios de Janson Parker & Stevenson, parecia que a profissão no direito era essencialmente um sistema muito sofisticado de gestão de pastas. As paredes de Lori tinham várias prateleiras que exibiam diplomas, livros com capa de couro e fotografias de crianças sorridentes que imaginei serem filhas dela. Remexi-me na cadeira, tentando me mostrar competente, adulta e como se não estivesse vestindo um tankini esgarçado como sutiã.

— Bom, acho que é um benefício da separação, que tem... dois anos? Depois do casamento? Menos do que isso, nossa. Bom, não se preocupe — disse ela. — Sabe de uma coisa, dizem que a média das pessoas entra com o pedido de divórcio cerca de dois anos depois da primeira vez que pensa em se divorciar. Desculpe, não sei por que falei isso.

Depois da visita à advogada, falei com Merris sobre pegar um trabalho extra. Ela me prometeu sondar, embora a demanda por alguém com minhas habilidades específicas (tem proficiência razoável em JSTOR, que sabe a diferença entre um *S* longo e um *F* minúsculo, quase nada além disso) não fosse, digamos, estratosférica. Lembrei a ela que eu também sabia fazer cópias e dizer com tato a estudantes de graduação quando estava evidente que eles plagiaram seus trabalhos das introduções de livros facilmente pesquisados sobre o mesmo tema, e ela disse que ia ver o que poderia fazer.

Eu sentia falta do eventual trabalho de redator que Jon costumava fazer para disputar comigo, bolando slogans para calçados de corrida e pizzas congeladas, e "dando uma perspectiva feminina" a cereais com fibras para emagrecimento. No início, fiquei irritada ao descobrir que para mim tudo bem esse tipo de coisa, que de alguma forma assemelhava-se a encontrar motivos para alguém assistir duas vezes a uma peça de teatro do século XVII na qual todos os cinco sentidos são postos à prova depois de o conceito de linguagem tê-los desafiado a decidir quem era o melhor. De muitas formas, era mais fácil ver o valor em explicar a mulheres entre 35 e 65 anos que, com os cereais para perda de peso Earth Eve, você ficaria surpresa com o que *ganha*.

Sozinha em casa, pedi Hambúrgueres Noturnos, percorri listas de aluguéis e tive pesadelos com os pais de Jon me dizendo que eu era uma pessoa má antes de metamorfosear-me em duas garotas com quem trabalhei em uma sorveteria no verão, depois do nono ano. Na maioria dos dias eu me sentia um pano de prato velho e torcido, mas aí, do nada, um dia bom me pegava de surpresa. Eram raros, mas aconteciam. Eu diria que estava operando com 98,9% de dias longos, ruins e solitários, e, uma vez ou outra, apesar do sono inquieto e da dieta só de carne e das noites passadas sentada de cara para o brilho do meu celular, eu acordava me sentindo calma — tipo tudo vai ficar bem, mesmo que eu não soubesse como.

Em geral, nessas manhãs eu me transformava no que Amirah começara a chamar de "perigosamente reflexiva", espreguiçando-me e colocando limão na água quente (para... alcalinizar?) e saindo para caminhadas chorosas e meditativas. Li muitos livros que vi no Instagram sobre mulheres estilosas se energizando ao sol ao lado de um cristal. Eram cheios de frases longas e descritivas e digressões extravagantes sobre filmes antigos dos quais nunca ouvi falar. Em geral, eu achava esses livros meio bregas — toda aquela vulnerabilidade e aquelas descrições cheias de floreios sobre a luz do sol —, mas nesses dias eu os devorava.

Eu abria um deles e colocava uma flor em cima, depois tirava uma foto e imaginava mudar tudo em minha personalidade e no meu grupo de amigos mais próximos para me permitir postar aquela imagem. Depois lia algo do tipo "Você não está destroçada porque alguém tentou destroçar você" e pensava, *nossa, exatamente*, apesar de nem mesmo ter uma única experiência de vida relacionada com uma declaração desse tipo. Os livros eram mais um portal para os esforços criativos que se seguiam e para várias outras asneiras menores.

Fiquei obstinada e comprometida a "pegar meu coração partido e transformar em arte", em especial por meio de colagens, uma atividade que esses livros encorajavam nas entrelinhas. De súbito só o que eu queria era me sentar no chão e recortar imagens sobre meus sentimentos, usar uma camisola que parecesse uma cortina e ler tudo sobre tipos de apego. Para este fim, convidei o grupo para uma "celebração do solstício", com promessas de alguma cerimônia lunar.

O solstício não foi na semana passada?, escreveu a Lauren Emocionada.

Alerta de filha das bruxas que não foram queimadas!!!, digitou Amirah.

Ah, vai se foder, disse a Lauren Emocionada.

Tragam sálvia, por favor, escrevi.

Quando eles chegaram, me encontraram vasculhando minha gaveta de temperos, pegando uma coisa verde.

— Acontece que queimar sálvia é apropriação cultural — falei. Eu tinha encontrado um artigo. — Quem sabe podemos usar ervas de Provence? — Não formava um bom feixe, então enrolamos um pouco em um papel toalha e acendemos em uma tigela na mesa da cozinha.

Farejei o ar.

— Tem cheiro de...

— Frango — disse Clive. — Vamos comer frango?

Fiz que não com a cabeça. Íamos comer o de sempre: uma pilha de petiscos sortidos.

— Bom — disse Lauren. — Até agora, muito poderoso. Vamos fazer mais alguma coisa? O que envolve esta cerimônia?

Eu não tinha ido tão fundo, então improvisei, sugerindo que todos nós pensássemos em algo de que quiséssemos nos livrar e depois cuspir na tigela.

— Ah, eu não quero... — Amirah começou, antes que Lauren Emocionada a interrompesse. Amirah revirou os olhos e cuspiu na tigela. Uma troca de olhares dúbios ricocheteou pelo grupo, mas Deus os abençoe, todos eles cuspiram. Fechei os olhos e imaginei tudo — minha vergonha e tristeza, uma fantasia mesquinha sobre uma das amigas de Jon caindo da bicicleta — subindo pelo corpo, pronto para ser expelido. Mexi a língua algumas vezes, formando uma quantidade de saliva que parecesse suficiente, depois cuspi na tigela. Abri os olhos e dei de cara com um coquetel pecaminoso de alecrim queimado, um elástico, um papel-toalha em brasa e a saliva de cinco adultos.

— Na verdade — falei —, talvez isto seja incrivelmente nojento.

Meus amigos concordaram. Apagamos o fogo, limpamos a tigela por completo, e Lauren Emocionada, a mística light do grupo, leu o tarô para todo mundo enquanto Clive montava uma enorme pilha de lanches e tirava uma foto. Lauren abriu uma garrafa de Lambrusco e nos contou sobre um colega que criou uma vaquinha virtual para financiar uma série fotográfica de "recuperação da bunda humana", em grande parte com fotos da sua própria. Saí dali para pegar gelo e quando voltei Amirah tinha tomado meu lugar no sofá. Sem outro móvel onde me sentar na sala, enrosquei-me aos pés de Amirah, como Janet.

— Tire seus nudes no quarto, que nem todo mundo! — gritou ela, depois nos mostrou uma foto particularmente impressionante que enviara a Tom outro dia, que temia ter sido estragada pela presença de uma tigela de sopa pela metade ao fundo. — Não quero que ele pense que parei de devorar creme brócolis com cheddar para tirar uma foto sensual para ele — explicou, embora tenha sido isso mesmo que fez.

Passamos nossos celulares de um para o outro, compartilhando nossos autorretratos nus preferidos, recuperando juntos nossas bundas humanas. Todos concordamos que os nudes estavam ficando mais complicados à medida que nossos vinte anos minguavam. Nossas poses ficavam cada vez mais contorcidas quando tentávamos encolher e projetar as coisas certas, sem aquela satisfação de nos postarmos na frente de um espelho e deixar que o flash obscurecesse nossos rostos. O apelo de continuar de sutiã era cada vez maior.

— Entendo o que quer dizer — comentou Clive. — Outro dia um cara pediu uma foto e tentei fazer algo meio artístico ou recatado, mas me senti horrendo e não consegui nada, então desisti e só mandei o furico.

Olhamos a página da vaquinha virtual do amigo de Lauren e tivemos de admitir que o homem conhecia seus ângulos. Salvei mentalmente uma posição dobrada de pretzel, deitado de bruços/de lado, que ele tinha feito. Lauren disse que vaquinhas online eram um "terreno perigoso" e que provavelmente nós, como espécie, tínhamos sobrevivido a "todas as webséries possíveis sobre brancos fazendo poliamor", e que, se você não tivesse cuidado, alguém que foi seu colega no fundamental estaria te pedindo vinte dólares por mês para fazer aquarelas feministas. Lauren Emocionada disse que talvez comprasse uma aquarela feminista, depois todos ficamos distraídos porque alguém de quem não gostávamos tinha postado uma série de fotos de noivado bizarras no Instagram. Explodiu uma pequena briga quando Lauren observou que os posts sobre Tom de Amirah estavam apenas alguns graus de breguice abaixo daquelas fotos, mostrando a futura noiva parcialmente submersa em um lago, o futuro marido remando em seu resgate, um rei Artur de camisa polo. Depois que todos nós passamos mais ou menos uma hora sendo péssimos, expliquei o "hahaha, e daí" ao grupo, com ênfase em como me sentia livre.

— Antes eu ficava preocupada com minha aparência ou com o que as pessoas pensavam de mim — falei. — Mas outro dia fui a uma cafeteria de pijama e com a maquiagem da véspera, e quando encontrei alguém do trabalho, simplesmente disse que estava passando por uma fase complicada. Foi muito libertador. — Enrolei um cubo de queijo em salame e coloquei na boca. Como ninguém pediu detalhes, continuei: — É bom! Tipo assim, não preciso cavar a própria cova para saber que, no fim, nada é tão importante assim e um dia todos nós vamos morrer. Não sei por que vocês estão tão sérios com isso. Era só tipo uma piada.

Meus amigos pareciam mais céticos do que com a poção de cuspe, mas não me deixei abalar. Disse a eles que o risco de estar viva tinha sido agradavelmente reduzido, porque nada pode ser tão desastroso como este rompimento, e que eu estava dormindo melhor — na realidade, dormindo com frequência — e comendo com menos preocupação com coisas como valor nutritivo ou se eu faria exercícios depois.

Eu me sentia agradavelmente desligada de tudo à minha volta, como se observasse a vida embaixo d'água, o que me permitia relaxar antes de responder a fatores de estresse e me enervar menos com as coisas que eram, em última análise, insignificantes. Tinha certeza de que este era o caminho para seguir em frente e estava feliz por enfim ter chegado lá, mesmo que não precisasse suportar um evento traumático para tanto. Todos ouviram com atenção, assentindo coletivamente como um grupo de apresentadores de TV. Lauren mergulhou uma endívia em iogurte, limpou o canto da boca e disse, com educação e curiosidade:

— Não é exatamente assim que as pessoas descrevem a depressão?

* * *

Depois que eles saíram, empilhei os pratos na pia junto com os de ontem e de antes de ontem. A noite foi de um modo geral maravilhosa e foi tranquilizador ter a casa cheia de novo. Imaginei os vizinhos de cima se cutucando, empolgados: *Nada de Kate Bush hoje! E isso é... riso de outras pessoas?* Ainda assim, fiquei frustrada pelo que Lauren tinha falado da minha nova perspectiva. Não parecia depressão. Parecia um fundo do poço de um jeito positivo. No dia seguinte, passei o rodo na seção de autoajuda do sebo da minha rua, percorrendo minhas aquisições recentes com uma caneta, sublinhando passagens e anotando nas margens *!!!*, *????* e *VOCÊ NÃO PRECISA PEDIR PERMISSÃO*. Tudo parecia intensificado: preparar chá era um ritual, o tempo que eu passava ignorando e-mails do trabalho era sagrado, comprar um batom berrante que eu jamais usaria era um importante ato de autocuidado.

O verão prosseguiu. Trabalhei em casa, permiti-me descansar e tentei de forma quase agressiva deixar que o animal macio de meu corpo amasse o que amava, o que a essa altura era sobretudo batatas. Passei um tempo distraída com os autores de autoajuda, concordando furiosamente com o que estivesse diante de mim e esquecendo tudo aquilo momentos depois. Quase reservei um lugar em um retiro de silêncio por dez dias dezenas de vezes. As colagens ficaram esquisitas e as pendurei pela casa toda, pensando, *Isto é bom. Estou construindo um templo para o meu sofrimento.* E depois pensando, *Ai, pelo amor de Deus*, mas deixando ali mesmo assim. Inscrevi-me em muitas newsletters sobre sentimentos.

Um dia, depois de uma *decoupage* particularmente intensa, baixei os olhos e notei minhas mãos. Notar coisas tinha virado um grande passatempo meu. Nos últimos tempos tinha notado: que o café era morno, que o sol brilhava e que eu estava triste naquela manhã notei minhas mãos e tive um pensamento que passara a ser cada vez mais frequente nos últimos anos: *minha mãe tinha razão*. Desta vez, ela estava certa sobre as mãos em si. Eram iguaizinhas às dela. As unhas frágeis e curtas e os dedos longos- -demais-para-ser-troncudos e pequenos-demais-para-ser-elegantes, os nós macios dos dedos e as palmas pequenas.

Minha mãe observava isto com frequência em meus anos de adolescente, segurando e erguendo a mão de encontro à minha. "Olha só isso", dizia ela, como se de repente se lembrasse de que a pessoa em sua cozinha era alguém que ela fez com o próprio corpo. "Aí estão elas."

Eu não tinha prestado muita atenção nisso. Estava muito ocupada decidindo como fazer com que minhas mãos e todo o restante do meu corpo ficassem o mais horríveis possível, usando corretivo líquido como esmalte e escrevendo absurdos completos pelos braços e nas palmas, para que um garoto que falava demais de pop punk um dia pudesse falar demais de pop punk comigo. Não tinha prestado atenção suficiente nisso nem em mais nada que minha mãe dizia quando eu era mais nova.

E assim, naquela noite, escrevi um e-mail para ela. Foi longo, emotivo e sobretudo sobre nossas mãos. Disse a ela que adorei ver as minhas e lembrei que eram as dela também — que ela as fez e, com suas próprias mãos, me criou, me alimentou e fez de mim uma pessoa. Enquanto escrevia, imaginei-a comovendo-se com minha sinceridade, minha eloquência e gratidão. Imaginei minha mãe terminando o e-mail, levando um minuto e pensando: *sabe de uma coisa? Ela foi mais difícil do que a irmã, mas ficou bem. Enfim tenho certeza de que ela entende tudo que fiz por ela.* Imaginei-a vertendo uma única lágrima. Imaginei-a procurando a palavra "incipiente" no dicionário. Fui sincera em tudo que disse no e-mail e me esforcei para me expressar com clareza e com o máximo de impacto emocional.

Talvez essa fosse a bênção oculta de uma separação: não o "hahaha, e daí", mas uma nova ternura, uma abertura. Uma capacidade de dizer as coisas que não foram ditas, mas deveriam ser. Talvez tudo valesse a pena, a decepção e a mágoa um curso intensivo para refletir sobre meus sentimentos, observando-os sem medo. Como tinha lido há pouco tempo em uma coluna de aconselhamento de seis mil palavras dirigida a mulheres com doenças terminais, cuja luta com o destino iminente eu considerava relevante para meu atual imbróglio pessoal, talvez eu estivesse sublime agora, caminhando ao luar de minha individualidade gloriosa e complicada. Talvez eu *fosse mesmo* uma guerreira. Em última análise, era uma filha boa pra caralho. Cliquei em "enviar" tão cheia de amor e positividade, que parecia que estavam escorrendo pelos poros. Respirei fundo e fui dormir, sorridente e satisfeita.

Acordei na manhã seguinte com uma mensagem da minha irmã: mamãe disse que precisamos falar com você, pelo visto você está tendo algum colapso.

Conversas bem-intencionadas com entes queridos, truncadas no exato momento em que eles começam a falar de *kintsugi*

"Acho que o tempo de separação fará bem a vocês. Vocês vão descobrir o caminho de volta um para o outro. Nove anos é um grande investimento! Houve um motivo para ficarem juntos. E às vezes uma coisa um pouco quebrada pode ser ainda mais bonita. Sabia que a cerâmica japonesa tem esse negócio de…"

"Desculpe, mas ele não pode ficar chateado com você por ser cretina. Ele se casou com você sabendo que é uma cretina. Seria muito injusto se divorciar por causa disso. E ainda nem é oficial… legalmente falando, você ainda é a esposa cretina que ele ama. Ele vai superar. Vai superar e vai voltar, e vocês podem ver o que fazer com os pôsteres ou sei lá o quê, mas um dia isso deixará a relação muito mais forte. Depois que tive aquele lance com o carinha da faculdade, pensei que Greg nunca ia me perdoar, mas ele superou e agora só brigamos por causa disso tipo uma vez por ano, talvez duas, se ele ficar muito bêbado. Nem mesmo penso em voltar atrás. Passar por tudo isso nos faz fortes hoje. Fomos a uma exposição no AGO e…"

"Já pensaram em fazer terapia de casal? Sei que ele deve ser um cara difícil… e não me leve a mal… mas me parece que ficar com você também não deve ser mole. Digo isso como um elogio, tipo, você é uma pessoa que sabe o que quer. Acho que de algum modo eu adoraria ser mais assim, mas por outro lado também acho que acabaria enlouquecendo o Ade e para falar a verdade eu enlouqueceria também. Acho que você deveria ligar para ele. Ele pode te surpreender. Outro dia fui a uma feira de artesanato com minha mãe e tinha uma mulher vendendo uns centros de mesa de barro lindos, e ela contou que..."

"Ele *ainda* não respondeu ao seu e-mail? Os homens são um lixo. Todo solteiro vivo é um lixo, sério. Você quer que eu te arrume alguém? Meu primo está solteiro. Ele tem um emprego decente e é um amor de pessoa, a única desvantagem é que ele é um daqueles caras cem por cento obcecados pelo Japão. Sempre falando nisso... mas sério, você pode achar interessante..."

"Meu Deus, eu não sabia que era tão complicado conseguir um divórcio. Quando Sammy e eu terminamos, ela simplesmente pegou o tear dela e se mandou. Mas acho que isso dá a você algum tempo para ficar supergata e aparecer para assinar a papelada assim: *Desculpe, quem é você mesmo?* Você devia comprar uns brincos grandes. Também me lembra de te mandar o link de um vídeo que vi em algum lugar, vou ter que procurar. Fala do conceito de que podemos juntar nossas peças quebradas, como se nós..."

"Cara, lamento saber disso. Eu não tinha ideia. Esbarrei nele outro dia. Ele me pareceu muito bem, desculpe por dizer isso. Ele estava com uma mu... Olha, já ouviu falar de K..."

Em julho a senhoria começou a me mandar e-mails. Alguém no prédio contou a ela que Jon tinha se mudado e ela queria saber se eu ia alterar o contrato de locação, para minha própria segurança, e também porque a taxa de alteração era de setenta dólares. Imaginei se ela estaria ansiosa com minha capacidade de pagar o aluguel. Nossa ficha de cadastro nos obrigara a listar os salários em separado, além da renda conjunta; talvez ela tenha intuído corretamente que Jon carregava nas costas nossas despesas mensais. Agora a renda *dela* estava ameaçada pela presença do elo fraco em um de seus quarto e sala de tamanho médio.

Entrei em minha conta bancária: eu tinha duzentos dólares e uma fatura de cartão de crédito basicamente só de hambúrgueres. Em vez de responder ao e-mail dela, procurei na internet lojas de utensílios domésticos, lojas de roupas e pequenas butiques de acessórios que eu tinha visto no Instagram, enchendo um carrinho depois do outro, bebendo vinho e imaginando o tipo de vida que eu teria se fosse dona daqueles produtos.

Às vezes eu era prática, às vezes caprichosa, às vezes extravagante. Conjurava um evento importante — o Oscar, um segundo casamento — e elaborava a roupa perfeita, ou um monte de acessórios para me destacar de um jeito que garantisse que eu me ambientava mais do que todos os outros. Decidi que uma casa de veraneio na Itália estava em meu futuro e projetei um quarto na seção de promoções da Urban Outfitters, passando pelos itens "vintage" que remetiam à minha infância não--tão-distante em busca do edredom perfeito para um cochilo enquanto minha focaccia crescia na cozinha. Era bom imaginar que ser dona da camisola certa podia ajudar, mesmo que na verdade só me colocasse em uma dívida de cartão de crédito de muito estilo. Cliquei em "comprar" em vinte por cento das vezes, mas ainda consegui acumular um número impressionante de pedidos.

Por exemplo: comprei uma lâmpada que imitava luz do sol. Comprei um colete corretor de postura. Comprei uma vela de cento e treze dólares, que devolvi depois. Comprei roupas íntimas novas e gigantescas. Comprei um roupão. Comprei um jogo de tintas para aquarela e me sentei com meu ridículo copinho de água até perceber que não tinha comprado pincéis. Comprei um vibrador grande e agressivo, depois outro menos ambicioso. Comprei comida. Comprei um vidro de ácido de noventa dólares para passar no rosto. Comprei um app para dormir e outro para meditar. Comprei plantas. Comprei um tapete de ioga, halteres, faixas de resistência. Comprei um esmalte de unhas experimental. Comprei adesivos coreanos para espinha no formato de coração. Comprei uma máscara capilar, uma máscara facial e uma máscara para mãos. Comprei saquinhos plásticos para colocar nos pés e esperei até a pele se soltar. Torci para que tudo saísse em um naco comprido e grande como a muda de uma cobra, mas foi só como andar em cima de dois saquinhos abertos de parmesão ralado.

Comprei uma consulta com uma vidente que passou trinta minutos descrevendo um homem para mim: "Será esta pessoa significativa para você?" O esboço não era bom; foi impossível saber. Menti e disse que sim, ele parecia muito significativo. Ela disse que era porque ele estaria presente quando eu morresse. Comprei uma linda e escultural cafeteira que levava uma eternidade para completar sua única tarefa. Comprei café em copos para viagem da cafeteria da rua enquanto esperava que meu caro utensílio de cozinha preparasse mais. Achei o café da cafeteria melhor.

Comprei vinho. Comprei o "spray para dormir" de lavanda para meus travesseiros e pontos no pulso. Comprei uma depilação na virilha, que sangrou um pouco, ficou lisa por três horas no dia seguinte, depois explodiu em uma assadura furiosa com futuros pelos encravados. Comprei um protetor solar mineral que não funcionou. Comprei calças largas que tinha visto no Instagram. Comprei uma blusa para combinar com elas. Comprei armazenamento extra na nuvem. Comprei uma coqueteleira lascada da Value Village e depois uma menos lascada que achei quando voltei na semana seguinte.

Comprei um vestido caro pela internet, percebi que os trezentos e cinquenta dólares que concordei em pagar eram a primeira parcela — que a loja esperava receber outras três —, mandei um e-mail em pânico e consegui meu dinheiro de volta. Comprei um chá para dormir e um chá laxante e um chá para equilibrar os hormônios. Comprei cem livros sobre ficar sozinha, cozinhar sozinha, habitar o seu corpo sozinha, e sobre exercícios. Comprei cachecóis para um inverno futuro e chapéus para um verão cada vez mais perto de terminar e taças para coquetel para uma festa de aniversário glamorosa que eu nunca daria.

Quando a fatura do meu cartão chegou, devolvi quase tudo, depois cancelei o cartão e comecei a procurar, a sério, outro lugar para morar. Tudo era caro demais e desagradável de se ver, até de se pensar. Dei alguns telefonemas, respondi a alguns anúncios no Craigslist e posts no Facebook. Tinha alguma coisa errada com todo mundo com quem eu falava — animados, secos, novos, velhos, próximos da minha idade e da minha situação, diferentes demais dela — e todo lugar que eu olhava — apertado, com mofo, gente demais para dividir, longe do metrô, "parecia o tipo de lugar onde um vizinho toca bateria".

Sempre pronta para um projeto, Lauren me passou links com anotações prestativas (perto de mim!; tem gato!; o dono parece gostoso???), mas não fiquei animada.. Tinha imaginado um loft ensolarado e minimalista ou um quarto e sala verdejante e pronto para uma divorciada, mas todas eram casas esfareladas dos anos 1960 com jardins de cimento e quatro "designers gráficos felizes e sociáveis" morando em três quartos e uma saleta.

Lauren me obrigou a entrar em contato com alguns, mas achei impossível explicar quem eu era e o que procurava aos simpáticos Christophers e Brianas e Evanys que respondiam a meus e-mails perguntando sobre minha "vibe" e meus hábitos de higiene. Quais os meus interesses? Eu era bagunceira, ou só fui mais bagunceira com Jon, que era muito organizado? Eu preferia sair, ou ficar em casa? Eu me considerava uma "pessoa matinal"? Jon gostava de acordar tarde, enquanto eu acordava na maioria dos dias às 8h15, não importava o que fizesse.

Pensar sem um contexto comparativo era um desafio. Eu era menos baladeira do que Jon, mas podia mesmo dizer que era uma caseira solitária? No casamento, eu tinha negociado minhas características fundamentais por uma série de comparações: eu era a "rabugenta", a "dos livros", "a que liga se as toalhas estão úmidas". Queria um lugar onde pudesse pensar em quem eu poderia ser, mas todo senhorio ou colega de apartamento em potencial queria saber sobre mim e de imediato.

Tentei ao máximo: *Sou uma acadêmica ruiva de estatura mediana e com anemia. Estou a meio caminho de me tornar vegetariana, nos fins de semana. Sou canhota e míope. Tecnicamente falando, sou uma mulher de "porte médio" — ainda assim, é muito difícil comprar calças, parece impossível, e não entendo direito para que servem as calças, se não para pessoas de porte médio em geral. Não tenho opinião sobre "a natureza". Minha política é de esquerda, o que até agora basicamente significa que assino muitas petições e faço pequenas doações a quem trabalha mais do que eu para resolver os problemas ou saem para protestar e tentam ser solidários com as vítimas dos problemas. Vou a um festival por ano, apesar de não gostar de música ao vivo. Não sei se sou bissexual o suficiente para ser "considerada" como tal. Sou uma ENFJ ou uma INFJ ou uma ENFP — fiz esse teste muitas vezes. Leio muitos livros e tenho uma boa quantidade de ecobags que deixam isso claro. Reciclo. Sou a caçula da família (não por ordem de nascimento, mas sabe como é). Tenho inveja das pessoas com profissões mais úteis, embora as profissões úteis pareçam dar muito mais trabalho. Acho que a maioria das pessoas inteligentes é um pouquinho má e todas as pessoas legais são um pouquinho burras. Queria não pensar assim. Estou me esforçando para não pensar assim. Tenho má postura e uma boa pressão sanguínea. Tenho o coração partido.*

Não recebi muitas respostas e não abri as que recebi. Visitei exatamente um imóvel, sem marcar uma casa a três portas de mim. Um homem mais velho morava lá — depois que a esposa morreu no último inverno, ele se viu com espaço demais e converteu um anexo nos fundos em um "quarto e sala pequeno, com todas as conveniências modernas".

A mil dólares por mês, foi o único lugar perto de viável que vi, onde eu podia morar sozinha no bairro de minha escolha. Nas fotos, era incrivelmente limpo, embora a planta jiboia solitária e saudável estivesse se esforçando muito para conferir um ar aconchegante a uma cama plataforma elevada, um cooktop de uma boca e um frigobar. Não era tão ruim assim — pelos padrões dos aluguéis de Toronto, era um achado —, mas não tinha como negar que parecia o segundo melhor quarto de uma prisão escandinava preocupada com direitos humanos.

Quando cheguei lá, percebi que o homem mais velho esperava que dividíssemos o banheiro.

— Sou muito respeitoso — disse ele, rindo —, mas se você entrar sem bater, será responsável pelo que encontrar ali!

Contei ao grupo que essa experiência tinha me tirado da busca por uma casa, que talvez fizesse sentido esperar que as coisas esfriassem um pouco. Talvez eu pudesse alugar minha casa pela Airbnb nos fins de semana, ficando nos sofás dos amigos enquanto um casal rico desconhecido brigava ou trepava no meu quarto. Talvez eu conseguisse arrumar outro emprego. Talvez meus pais me ajudassem. Acima de tudo, eu não conseguia imaginar sair dali, ainda não. Havíamos decorado direito a sala este ano, arriscando nosso depósito ao colocar três pregos em uma parede. Dois deles agora estavam expostos, projetando-se perto de uma janela como acusações de metal. Eu tinha feito uma promessa a este lugar. Talvez não conseguisse cumprir todas elas, mas tentaria cumprir aquela.

Entrei na minha conta bancária de novo e dei a minha senhoria setenta de meus dólares restantes. Ela respondeu com o recibo de pagamento e acrescentou: Lamento saber que está passando por uma fase difícil. Sempre fica mais escuro antes do amanhecer. :) Se encontrar alguém novo e quiser acrescentar outra pessoa na locação, será cobrada uma nova taxa de setenta dólares.

Para: CustServ@Treatza.com
De: m--@gmail.com
Rascunho: 30 de julho de 2018, 4h12

A quem interessar possa

Escrevo para me queixar de sua política de telefonar primeiro, que seu motorista, Erik, garantiu-me ser padrão em todas as entregas da Treatza. Como devem poder ver por meu perfil de cliente, tenho sido especialmente ativa em seu aplicativo recentemente. Acabei de olhar e fiz quinze pedidos nos últimos vinte dias, então estou em uma posição particularmente forte, creio, para fazer algumas críticas construtivas.

Em primeiro lugar, é importante, muito importante, que vocês digam às pessoas que vão ligar para elas antes mesmo de tentar tocar a campainha. Moro no térreo de meu edifício, então em geral posso ver e ouvir quando alguém chega. Saio, pego minha comida e volto para casa sem que a campainha ou o telefone sequer tenham tocado. Como eu disse, fiz isso quase todo dia nas últimas três semanas sem contratempo algum.

Esta noite, depois de fazer meu pedido, entrei no banho. Não sei por que ou como ele foi tão rápido, mas Erik deve ter chegado minutos depois de eu abrir as torneiras. Não ouvi ninguém no patamar, por causa do chuveiro, e Erik não tocou a campainha, nem bateu, nem telefonou, nem mandou uma mensagem. O que ele fez foi ligar para meu ex-marido quatro vezes e deixar três mensagens de voz.

Estou certa de que não preciso explicar por que isso está longe do ideal, mas infelizmente a história não termina aqui. Quando liguei para meu ex-marido para pedir desculpas, ele me disse que não era nada de mais receber quatro telefonemas de um entregador às quatro da madrugada porque a essa altura ele estava "bastante acostumado com isso", e a única coisa que ele achava perturbadora era o volume de meu consumo de carne bovina. Erik não foi o primeiro motorista a ligar antes de tocar a campainha. Na verdade, acontece que *cada entregador que esteve na minha casa depois da nossa separação telefonou para o meu ex antes de chegar na minha porta.* Ele disse que um deles até contou que eram "sempre hambúrgueres", o que parece tremendamente antiprofissional. Deve haver uma cláusula de confidencialidade no contrato de seus funcionários, não? Minhas entregas não são da conta de ninguém!!!!

Solicito que vocês corrijam a política de telefonar primeiro (ou pelo menos deixem isso MUITO CLARO no app), retirem o número 647-xxx-xxxx de meu perfil de usuária e creditem em minha conta quinze dólares, à luz dos danos emocionais. Além disso, gostaria de acrescentar uma gorjeta ao Erik agora, não fiz isso naquele momento porque fiquei muito nervosa e aborrecida, sinceramente lamento. Sei que a economia digital é superprecária e vocês se recusam a permitir a sindicalização de seus trabalhadores, o que, a longo prazo, com certeza é um problema muito maior do que este infortúnio do hambúrguer, além disso ele é um bom sujeito. Tem olhos muito gentis.

Agradeço por seu tempo. E, para deixar claro, meu cachorro tem uma dieta especial em que só pode comer carne moída, então é para isso que servem todos os hambúrgueres.

  Margaret

Para: CustServ@Treatza.com
De: m--@gmail.com
Rascunho: 30 de julho de 2018, 4h25

P.S.: O veterinário disse que meu cachorro tem de comer em horários muito específicos à noite, por isso meus pedidos saem tão tarde. É meio inconveniente, mas sou uma tutora muito dedicada.

Para: CustServ@Treatza.com
De: m--@gmail.com
Rascunho: 30 de julho de 2018, 4h37

    Olha, pensei mais sobre o assunto e sinceramente eu não devia ter entrado em contato. Por favor, não criem problemas para Erik por isso, ele não merece. Só mandei o e-mail porque queria garantir que outras pessoas não fossem afetadas por essa política que, pelos motivos delineados anteriormente, tem o potencial de magoar muita gente, ou pelo menos estragar um dia. Só me importo muito (talvez demais, haha!) com o bem-estar do meu cachorro e quero agir corretamente com Fozz (um vira-lata de pequinês com schnauzer que resgatei de Porto Rico por intermédio de uma ONG). De todo modo, peço desculpas pelo incômodo. Por favor, usem meu crédito de quinze dólares como gorjeta para Erik e vamos encerrar esse assunto.

    Obrigada

    M.

O mercadinho era um campo minado. Assim como minha cafeteria preferida, a estação local do metrô e o bar onde passei cada aniversário desde que fiz vinte e três anos. Toronto é uma cidade pequena demais para se divorciar, sério. Minha recomendação, se você mora em Toronto e seu casamento não está dando certo, é aguentar ou se mudar.

No começo, evitei Jon (ou a possibilidade de encontrá-lo) evitando sair de casa, mas nos últimos dias comecei a me aventurar na calçada, com o coração na mão em cada ocasião. Uma vez, pensando tê-lo visto, me abaixei atrás de um arbusto como a heroína de uma comédia, se as heroínas de comédias usassem moletons velhos de acampamento com os dizeres 02 DE AGO — WE FREAKY na bunda. Era difícil saber se eu estava vendo Jon em todo canto porque sentia falta dele, ou porque cinquenta por cento dos homens, entre Ossington e Dovercourt era um branco de estatura mediana e barba castanho-escura.

Ainda assim, o mercadinho se agigantou mais naqueles primeiros meses, sendo ele o de visita mais necessária e frequente e a única atividade fora de casa em meus dias. Às vezes eu tomava um banho e me arrumava na frente do espelho como se a franquia de médio porte a uma quadra da minha casa fosse um novo amante. (Óbvio, a ideia de um novo amante real estava fora de cogitação, eu simplesmente estava velha e nojenta demais e nunca sentiria o toque de outra pessoa ou amaria de novo. Eu morreria sozinha, provavelmente antes do esperado, talvez amanhã.) Em outras vezes, minha aparência era péssima e estava tudo bem.

A caminhada de cinco minutos por minha rua sossegada e arborizada pareceu longa, lenta e desprotegida. Os casais eram uma afronta, assim como os solteiros com suas merdas resolvidas. Arrastei os pés como uma enlutada, piscando para a forte luz do sol, transpirando em minhas roupas informais e torcendo para não encontrar ninguém que eu conhecesse. Sempre, sempre encontro alguém que conheço.

Na verdade é muito difícil morar na parte oeste de Toronto e escapar de um encontro social diário não planejado, e ainda mais difícil evitar alguém que você torce para não ver. Encontrei alunos, parentes, colegas de turma do fundamental e conhecidos de três empregos atrás, sempre fazendo cálculos mentais sinistros para avaliar se eles sabiam e não se importavam, sabiam e se importavam, não sabiam e não queriam saber ou não sabiam e não se importavam em descobrir.

Todas as opções eram ruins. Se soubessem, eu tinha de me preparar para os "olhos gentis", uma inclinação de cabeça demonstrando preocupação e um prolongado "Como está se virando?". A compaixão deles era terrível. Cada vez mais mulheres maternais, homens otimistas e tarados estendiam a mão para um afago no ombro, acariciando-me como a uma criança que fez uma jogada ruim na aula de educação física, em vez de uma mulher cujo plano para a vida tinha desmoronado num dia em que comeu um *pad thai* medíocre. Se não sabiam, perguntavam por Jon e eu tinha de dizer, em um tom que esperava parecer sensato, resignado e talvez meio europeu, que estávamos "dando um tempo na relação".

É aí que sinto que os divorciados mais velhos têm uma vantagem competitiva. Era difícil soar como uma pessoa experiente e resignada quando aconteceu tão pouco para me deixar assim. Eu queria projetar a imagem de uma mulher equilibrada e independente, baforando um cigarro e dizendo: *Ah, é a vida!* E depois fazendo algo sofisticado, como soprar um anel de fumaça ou bater as cinzas para todo lado sem fazer sujeira. Dizer "Estou me divorciando" fazia com que eu me sentisse uma criança andando pela casa com sapatos imensos e com o batom da mãe na cara toda. Eu me apaixonei só uma vez antes de conhecer Jon. Supunha com convicção que ele e eu ficaríamos juntos para sempre. Cada encontro revelava minha ingenuidade, colocava-me em praça pública com uma placa que dizia: ACREDITOU PLENAMENTE NO AMOR ROMÂNTICO E NA POSSIBILIDADE DE COMPROMISSO ETERNO (A ESSA ALTURA DA EVOLUÇÃO DA HUMANIDADE!).

Meu primeiro esbarrão real aconteceu algumas semanas depois de Jon ter ido embora. Foi com uma conhecida chamada Gaby, que trabalhava em uma galeria de arte e se vestia de tal forma que, se você a visse na rua, pensaria: *Aposto que essa garota trabalha em uma galeria de arte*. Acho que era o que ela sentia. Encontrei-a na seção de temperos comparando dois potes idênticos de tahine. Ela levantou a cabeça quando eu tentava pensar num jeito de fugir, um lampejo compartilhado de *meu Deus, queria não ter olhado nos olhos* passando entre nós enquanto as duas sorriram e começaram pelos "oiiiiii" agudos e arrastados dos que se encontram com relutância.

Quando perguntei como ela estava, Gaby respondeu: "Ah, sabe com é... péssima. Hahaha!" Suspirei de um jeito que torcia para soar empático e por um momento não sabia se tinha contado a ela. Ela não perguntou e, por um segundo inteiro e real, vivi a suave ilusão de que era uma mulher capaz de não dizer, em um fôlego só, sem parar, tudo o que se segue: "aimeumaridoeeuestamosdandoumtempoeachoqueéparaomelhormasé complicado,sabe,maiscomplicadoqueeuesperava,sério,emesintomeioque umfracassoetipoapessoamaisnovaasedivorciarnomundo,quemfazissoaosvinteeoitoanos,sabe,amarioriadosmeusamigosíntimosnemmesmosecasou,e aquiestoueuacumulandocontasdodivórcioememaquiandoparaoocasodeesbar rarnoexamordaminhavidanocorredordecereais,hahahahaha,massinceramenteeununcamesentipior." Fiz uma pausa, esperando que Gaby respondesse com uma platitude reconfortante, algo como "Toda mudança é difícil", ou "Espero que seja para melhor", ou "Vai ficar melhor com o tempo". Ela me olhou com pena, mas também outra coisa, antes de devolver os dois potes de tahine para a prateleira e dizer rapidamente:

— Tudo bem. Bom, meu pai está morrendo! Então, sabe, tudo é uma merda para todo mundo. — Enquanto ela se afastava, notei como seus olhos estavam vermelhos.

Mais tarde, procurei Gaby no Facebook e lhe enviei uma mensagem, pedindo desculpas por eu ter sido tão insensível, tão envolvida em minha não tragédia, que as coisas pareciam muito importantes no momento, embora eu soubesse, em algum lugar, que elas não eram, e que ela me lembrou disso, e se eu pareci meio louca era porque o City Market era um ponto clássico meu e de Jon para comprar as coisas chiques que não encontrávamos na FreshCo, e sempre que eu entrava ali me via pensando, *em outro mundo, ainda estaríamos aqui, pensando em esbanjar por impulso em tagliatelle fresco?* "Se faz você se sentir melhor", escrevi, "percebi quando cheguei em casa que tinha comprado um monte de comida que não quero comer."

Embora eu detestasse berinjela, Jon era obcecado, e agora eu tinha dois lindos legumes roxos e nojentos na minha geladeira, zombando de mim por priorizar as preferências alimentares de um homem que nem me amava mais. Se ela quisesse uma berinjela de graça, ou um maço grande de coentro (outro favorito de Jon que eu detestava), sabia onde me encontrar.

Ela não respondeu. A mensagem ficou ali, "não visualizada", embaixo da última mensagem que enviei a ela, sete anos antes: um aniversário MUITO divertido, muito obrigada pelo convite, vamos fazer isso de novo, menina! Não me lembro do aniversário, ou da versão de mim que chamava alguém de "menina", mas acho que a certa altura as duas coisas aconteceram. Algumas semanas depois vi no Instagram que o pai dela havia falecido. Seu post dizia que foi câncer pancreático e que o pai era seu "melhor amigo, o eterno parceiro de Palavras Cruzadas e seu maior defensor". Comecei a comprar meus mantimentos online.

Era mais doloroso encontrar os amigos de Jon. Eles sabiam das melhores partes do que eu perdia. Pior, ainda tinham acesso a elas: o senso de humor de Jon, seu cheiro amadeirado e quente; como ele massageava seus pés quando você se sentava ao seu lado. (Ele provavelmente não massageava os pés dos amigos na minha ausência, mas os arcos dos meus pés começaram a doer pra caramba e quando tentei entender o motivo — que ele os massageou umas três vezes por semana durante toda a minha vida adulta —, caí no choro.)

Além disso, eu supunha que todos os amigos dele tinham um ódio mortal de mim. Alguns nem ligavam muito, para começo de conversa; outros eu lamentava ter perdido com todo o resto, mais uma parte da vida com que eu contava que agora tinha se dissolvido. Existe uma intimidade segura e tranquila entre uma mulher e os amigos mais íntimos de seu parceiro, ou pode haver. Antes de morarmos juntos, Jon dividia a casa com vários colegas palhaços que eu amava em especial, com quem era fácil ser a irmãzinha, a solitária influência civilizatória, a pessoa que jogava *Mario Kart* com uma vantagem generosa.

Uma vez, fui à casa de Jon enquanto ele ainda estava em aula e encontrei todos eles no videogame jogando algo de caubói; perseguiam um xerife que colocou a cabeça deles a prêmio, roubando ouro e gado pelo caminho. Ainda assim, disseram eles, o mundo era tão bem projetado que você podia fazer qualquer coisa: atirar no seu pai, pescar em um riacho com as mãos, se apaixonar. Eles me entregaram um dos controles, fiquei ligadaça e passei uma hora colhendo flores em um campo para dar a meu cavalo. Foi como eu imaginava que seria ter irmãos.

O melhor de todos esses irmãos-postiços era Calvin. Parecendo um Labradoodle grande transformado em humano, Calvin era um sujeito simpático e desmotivado com cabelo louro cacheado e um sorriso fácil. Dividiu a casa com Jon nos primeiros anos de universidade, os dois compartilhando um lendário porão imundo na King Street que o sol não tocava, onde criaram pratos como "pizza de curry" (exatamente o que parece), "bufê de ovos vinte e quatro horas" (mexidos no café da manhã, cozidos no almoço, fritos no jantar) e "bolinho surpresa" (uma frigideira cheia de bolinhos, com alguns raviólis misturados, "para manter todo mundo ligado").

Jon e Calvin estavam sempre se divertindo de um jeito que eu achava idiota, mas no fundo ficava desesperada para participar. Fumavam um baseado com capacetes de moto e ficavam atirando chumbinho um no outro, vestidos com armaduras feitas de coisas que eles achavam ou, nos últimos anos, uma armadura de verdade que Jon tinha roubado do cenário de um comercial de molho para macarrão. Eles se adoravam e pareciam orgulhosos de sua capacidade de demonstrar isso, fazendo exibições espalhafatosas de como eram homens que podiam se abraçar sem preocupação e se apoiar emocionalmente, mas também derrotar o outro em um jogo de croqué *full-contact* ou criar uma banda de heavy metal chamada Gorgo's Ass.

Em nosso terceiro ano, eles se mudaram para um lugar térreo, embora não fosse lá muito melhor. A essa altura Jon e eu éramos um casal estabelecido, então passávamos muito tempo relaxando na casa em ruínas deles em Kensington Market, comendo cereais matinais e matando todas as aulas que tínhamos de manhã. Sempre nos divertíamos ironicamente ao conhecer qualquer mulher bonita que chegasse em casa com Calvin depois de ele trabalhar de garçom em um restaurante sofisticado no Distrito Financeiro. Algumas apareciam mais de uma vez, mas não muitas. Ninguém parecia se importar, simplesmente estavam felizes por estarem lá, comendo batata frita em uma cozinha suja com um homem que chamava toda mulher de "cara", assim nunca era pego esquecendo o nome delas. Em um verão, ele dividiu o tempo com três namoradas que sabiam da existência das outras, saindo com elas em noites alternadas. Todo o experimento culminou em uma viagem depravada de fim de semana a Port Hope, depois da qual eles não voltaram a se falar. Tudo isso, acho, é um jeito longo de dizer que Calvin, notoriamente, era um pegador.

Isso, de certo modo, tornou muito surpreendente encontrá-lo no espaço que passei a frequentar para fazer um curso de ioga restauradora, depois de saber por um acaso afortunado que essa modalidade consistia em basicamente ficar deitada de forma estruturada. Depois de alguns meses deitada em minha cama, eu queria sair dali e me deitar em outro lugar. Eu estava pegando uns travesseiros a mais do que precisava, sentindo que esta aula podia ser uma daquelas em que eu cochilasse, ou talvez chorasse baixinho com um travesseiro de lavanda nos olhos, quando lá estava Calvin, com um short de atletismo chique e uma camiseta de algo chamado GUY FIERI'S DINERS, DRIVE-INS, AND DAVES.

— Despedida de solteiro — ele explicou. — Meu primo Dave. Um cara meio chato, mas para falar a verdade? Um fim de semana de arrasar.

Eu ri, resvalando por um momento em um antigo jeito de ser, quando podia reagir despreocupadamente a um amigo de Jon e não tentar projetar com cada célula de meu corpo *eu tô ótima, obrigada!*. Corrigi a postura e por instinto enxuguei a área sob os olhos. Nenhuma mancha preta — que bom. Calvin explicou que estava ali devido a uma lesão fazendo snowboarding e perguntou se eu estava "sobrevivendo", cuja intenção tenho certeza ter sido gentil, mas a gentileza de seu tom fez com que me sentisse flagrada e constrangida, a pobre coitada do bairro. Perguntei-me o que Jon teria contado a ele.

A aula foi tranquila e sem intercorrências como sempre, liderada por uma gestante linda cujas luzes eram da cor dos cafés com leite de aveia que ela bebia no saguão antes da aula, e frequentada sobretudo pelos cidadãos e mulheres idosos que visivelmente tinham feito pelo menos uma aula de aro aéreo e, desta vez, também por Calvin, contorcendo-se em posições meio estendidas, montando fortificações com travesseiros, blocos e grandes tiras de pano no tapete ao lado do meu. Na postura da ponte, tive a sensação de que ele me olhava furtivamente. Algo tinha mudado no que eu sentia em minhas leggings de compressão e no top esportivo apertado demais que eu tinha desde o colégio. Fiquei metendo nacos de gordura rebelde pelo cós, tentando manter tudo elegante. Dei um show fluindo vértebra por vértebra e a instrutora elogiou a profundidade de meu pombo reclinado, algo que nunca tinha acontecido em minha longa, mas intermitente, carreira na ioga.

Era emocionante ser notada, pensei, notar alguém me notando... *era mesmo* emocionante, até que me lembrei que este não era um pensamento original meu, mas uma letra de música sobre "garotas perigosas" que tocou em toda pista de dança em que estive durante meu período na universidade. Percebendo isso, senti-me estranha e cansada — uma divorciada de calça de ioga desejando um cara de bigode porque parecia que talvez ele estivesse de olho em mim. Ridículo.

Depois da aula, Calvin ficou na fila comigo enquanto eu comprava um chá verde e me acompanhou quando saí, indo para casa. Perguntei se ele ainda morava no mesmo lugar de antigamente e ele disse que sim, mas agora sozinho, acrescentando que tinha "melhorado o espaço de verdade", com um projetor de cinema e um tapete e tudo.

— Vocês precisam aparecer — disse Calvin. — Ai, porra, desculpe.

Eu disse a ele que estava tudo bem; cometia o mesmo erro o tempo todo.

— Nem percebi que eu tinha me tornado um "nós" — falei. — Não sei o que é mais constrangedor, usar isso durante o relacionamento ou depois que ele acaba.

— Provavelmente depois — respondeu ele, com completa sinceridade.

Sentei-me na escada da frente e fiz a Calvin a pergunta que estive evitando com todas as forças desde o momento em que pus os olhos nele.

— Ah... é, quer dizer, ele tá meio mal — disse Calvin, estranhamente acanhado. — Não entramos muito neste assunto, mas, hmm, eu diria que ele está fumando mais maconha do que o habitual, se bem que acho que ele está sai... Melhor eu não entrar nesse assunto.

Concordei que era melhor, mas não falei que ele provavelmente não devia estar na frente da minha casa, antes de mais nada. Foi bom conversar com ele; era familiar, como os bons tempos do passado, mas a mudança em minhas circunstâncias também pesava entre nós. Estar só — até solteira — parecia, pela primeira vez, intrigante.

Ele entrou e tomamos as cervejas que prometemos tomar desde que nos conhecemos, sentados perto demais no sofá e rindo de fins de semana em chalés e festas passadas, sua vida sexual (robusta) e a minha (inexistente, condenada). Confessei que ficava acordada até muito tarde e chorava até cair no sono como uma mulher abandonada de um filme. Calvin disse que um dia tudo ia se resolver. Ele parecia mesmo acreditar nisso e me perguntei, em voz alta, se ia acontecer. Os rompimentos podem ser curativos. As pessoas faziam isso, separavam-se e depois voltavam. Às vezes a gente ouvia falar de casais, separados por anos, casando-se de novo décadas depois. Calvin soltou uma gargalhada amistosa:

— Ah, meu Deus, não foi *nada* disso que eu quis dizer — falou. Ele riu ainda mais. — Tá de sacanagem?! Aquele cara não vai voltar *nunca*. Vocês TERMINARAM. O que eu quis dizer é que vocês dois vão tocar a vida. Ah, meu Deus. Imagina só!

Enquanto ele dizia isso, percebi que de fato era verdade, e é claro que neste momento ele se inclinou para me beijar. Eu deixei, por alguns segundos, desfrutando da novidade daquela boca nova, seu hálito açucarado com um toque de malte e a língua estranhamente sólida. Ter alguém nomeando despreocupadamente o que estava acontecendo, sem pena nem reverência, também foi uma sensação estranha. Meu casamento acabou! Isso não precisava ser ruim! Podia até ser divertido! Pelo menos, podia ficar tudo bem.

Interrompi o beijo quase de imediato. Dormir com o homem que leu Neruda em nosso casamento parecia ser *muito* satisfatório de uma forma que soava vulgar e perigoso, mas certamente não era o jeito maduro de fazer as coisas. Imaginei Lauren dando em cima de Jon e senti a garganta se apertar. Se eu ia tocar a vida, não podia ser com Calvin, e não só porque uma ex dele tinha me contado que ele passou para ela "cada cepa" de HPV que existia. Eu não tinha passado tempo suficiente pensando em como ficar com alguém novo. (E, embora não fosse um fator crítico em minha decisão, ocorreu-me que eu não aparava os pelos pubianos desde abril.)

— Acho que talvez seja melhor não — falei, afundando em meu canto do sofá. Calvin ficou tão inabalado pela rejeição que senti que talvez eu tivesse imaginado a tentativa dele. O clima na sala nem mesmo mudou.

— Fuma unzinho? — perguntou ele, indo ao fogão e acendendo um baseado antes que eu sequer concordasse.

Fumamos e bebemos até tarde naquela noite. Toquei para ele uma gravação de minhas sessões com a vidente e ele jurou que o homem que ela havia descrito parecia o tio dele. Pedimos uma pizza e mostramos um ao outro vídeos importantes do YouTube: um clip de um documentário em que uma mulher faz sexo com a torre Eiffel (eu) e um *supercut* de onze minutos de

Jason Derulo cantando o próprio nome (ele). Em algum momento depois da meia-noite, pedi a ele para dormir ali.

— Não quero dizer mesmo nada de sexual com isso — falei. — Mas é bom ter você em casa e eu gostaria que ficasse.

Calvin concordou, com uma condição.

Mais tarde, quando eu o conduzia por cada passo de minha rotina de skincare, perguntei se esta era sua atitude habitual com as mulheres.

— Ah, sem dúvida — disse ele. — Não me faz parecer sensível?

Limpamos duas vezes e passamos um ácido, sérum e creme noturno. Era a primeira vez que eu fazia minha rotina de skincare completa desde que Jon fora embora. Dormi de pijama, a trinta centímetros de Calvin com sua cueca boxer e camiseta, Guy Fieri sorrindo para mim pelo aro de seus oclinhos escuros.

Acordei sozinha e radiante.

Uma fantasia

Estou em um bar de karaokê e meu visual está ótimo. Melhor do que o normal, mas de um modo casual, como se eu tivesse acabado de receber um corte de cabelo que afetou todo o meu corpo. O bar está lotado e, embora eu seja a única pessoa cantando, todo mundo embarca nessa e acha divertido. Na verdade, estou recebendo pedidos.

A roupa que uso é informal, mas parece especial, como se cintilasse não a roupa, mas eu, como se "usar paetês" fosse uma vibe, e estou vestida da cabeça aos pés exatamente dessa vibe. Sinto a confiança tranquila de uma mulher que tem ao mesmo tempo uma conta de poupança isenta de impostos e entende como isso funciona. Estou cantando muito bem.

Todas as músicas que canto falam da dor do amor, e a emoção nua e crua de minha experiência recente reforça cada canção. As pessoas ficam tão comovidas que algumas até choram. Grande parte do público é de desconhecidos fascinados, e todos me acham misteriosa e sedutora. Os amigos que me acompanharam até aqui ficam estupefatos. Ninguém consegue acreditar que estive escondendo essa voz, que fui tão modesta em relação a isso.

"Pensávamos que toda a tristeza dela seria a troco de nada", eles trocam cochichos. "Mas olha o que ela fez com essa tristeza. Parece Nora Ephron, se Nora Ephron tivesse a voz da Adele."

No palco, o pianista (tem uma banda) me dá uma piscadela. Um estranho se inclina para meus amigos, "Com licença, vocês a conhecem?"

Eles ficam radiantes. "Conhecemos sim."

Todo mundo fuma ali dentro e parece glamoroso e não um daqueles bares de velho onde as luzes sempre estão no máximo e alguém está passando giz num taco de sinuca por tempo demais enquanto homens inacreditavelmente velhos leem jornais ultrapassados e xingam em português.

"O legal na Maggie", diz um amigo a um desconhecido, "é que ela se divorciou, mas de um jeito muito divertido."

"Divorciada?, diz o desconhecido. "Mas tão nova? Isso *é mesmo* divertido. Parabéns para ela."

De repente, de algum lugar: nuggets.

As mulheres não deveriam sair por aí prometendo comprar flores para si mesmas. Aprendi isso do modo mais difícil, depois de acordar completamente determinada a fazer algo gentil para meus amigos, em reconhecimento pela comida que eles prepararam, as palestras motivacionais que deram e os slideshows piegas de fotos da Janet que eles aguentaram desde a mudança oficial de Jon dois meses atrás. Eles tinham coisa melhor para fazer — reuniões de família, protestos por ou contra causas variadas, brunch oferecido por drag queens — e ainda assim perseveraram, levando-me ao parque para beber rosé, mandando mensagens como por favor tome um banho... você pode ficar deprimida E cheirosa, e até me convencendo em uma noite de agosto a fazer uma comemoração de aniversário atrasada. Estava na hora de recompensar a gentileza deles (achei que seria bom demonstrar mais boa vontade, uma vez que eu não tinha acabado de chorar minhas pitangas e provavelmente precisaria de babá por mais um mês, por aí).

Ultimamente tentei me dedicar às minhas pequenas saídas à rua, programando tarefas diárias do tipo tréguas de ficar sentada pensando no término do relacionamento. Na floricultura, isso não era possível. O lugar era um templo ao amor romântico, cheio de presentes amáveis, material de escritório em formato de coração e balões que diziam VOCÊ É A NÚMERO 1. O beijo inesperado de Calvin tinha dado um *boost* na minha autoestima romântica por uma ou duas semanas, levando a algumas mensagens privadas tarde da noite com pessoas que conheci na universidade e um sorriso espetacularmente mal interpretado para um barista bonito. Apesar disso, eu flertava como um filhote de cervo aprendendo a andar — titubeante, sem nenhum rumo definido —, e quando meus primeiros esforços ficaram sem recompensa, desisti. Agora estava de volta ao meu estado de repouso: supondo que ficaria sozinha para sempre.

Parei atrás de um capim dos pampas e olhei a onda de pretendentes considerar vasos de plantas de bom gosto, escolher arranjos e franzir a testa em busca da mensagem certa no cartão gratuito de papel fino. Ocorreu-me que eu estava comprando meus buquês de solitária no mesmo lugar que meu ex-marido frequentava para outras ocasiões florais: o Dia dos Namorados, nosso aniversário, meu aniversário, uma briga. Na manhã em que completei vinte e cinco anos, ele me acordou com o mesmo número de margaridas brilhantes e promissoras.

Afastei a imagem e saí de perto de uma prateleira de porta-retratos fofos. Não estava interessada em preservar esses pensamentos "no âmbar de minha memória" nem em lugar nenhum. No balcão, um homem de meia-idade com mangas arregaçadas e um avental esticado por cima de uma pança simpática mexia em uma explosão de ranúnculos em tons de amarelo e laranja. O site da loja dizia que os arranjos pequenos custavam quarenta e nove dólares cada, mais do que eu queria gastar, então me aproximei do homem e perguntei se eles davam desconto em pedidos por volume.

— Ah, claro que sim — disse ele. — Fazemos muitas entregas para empresas. Acima de cinquenta unidades, damos um arranjo floral completo de graça.

— Que ótimo — falei. — É bom saber.

O homem virou a cabeça de lado, presumivelmente esperando que eu fizesse um grande pedido em nome de minha empresa. Um jazz inofensivo tilintava dos alto-falantes da loja enquanto eu pensava em algo para dizer.

— Vou só dar uma olhada — propus, passando os dedos sem convicção em uma folha de monstera. O florista manteve a atitude animada. Eu sabia que ele via a venda sumindo, ou talvez a venda nunca tivesse existido. Ele me abriu um sorriso resignado e voltou a seu buquê.

Talvez eu nem precisasse comprar alguma coisa para meus amigos. Afinal, também os apoiei: Lauren uma vez teve um rompimento tão ruim que entramos em seu carro e fomos a Montreal no mesmo dia; Jon e eu oferecemos um sofá para Amirah durante sua última briga com o estudante de medicina; fui eu quem cuidou de Clive depois que um romance de verão voltou ao Brasil sem avisar; a Lauren Emocionada nunca terminou com ninguém, mas estava sempre tendo algum pequeno colapso nos banheiros do trabalho, e como eu era a pessoa de emprego menos regular no grupo, frequentemente cobria esses problemas também.

 Disse a mim mesma que só estava fazendo o que os amigos fazem, que talvez até fosse a minha vez de me tornar um vácuo de trabalho emocional, sugando tudo que eles tivessem para dar. Mas eu sabia que era papo furado — além do mais, não era só o grupo que tinha ido além do normal. Meus pais e minha irmã também mereciam flores. E Merris, e minha senhoria, e o barista que me deu o fora com delicadeza, e o vizinho de cima que disse "Vai melhorar" tão baixinho, quase sussurrando, numa manhã em que nos encontramos no corredor. O divórcio me deixou tão em dívida para com os outros que eu teria de falir nesta floricultura. Eu viria aqui toda semana.

 — Temos umas tulipas ali na frente — disse o homem, coçando a cabeça careca quase com timidez. — Há mais alguma coisa que esteja procurando?

 Fui lentamente até a frente da loja, um sininho acima da porta soando enquanto a abria. Lá fora o ar estava quente e os pátios, cheios, e um cara que circulava pelo centro da cidade fantasiado de Homem-Aranha enchia o saco das pessoas enquanto andava de skate. As tulipas eram grandes e vibrantes e, o que era fundamental, custavam dez dólares por buquê. Enquanto o florista as embrulhava — duas roxas, uma cor-de-rosa —, expressei minha gratidão prometendo recomendar este estabelecimento nas minhas redes.

 — Como preferir — disse ele. — Só trabalho aqui.

 — Vou mencionar você no comentário — falei. — Cidade surpreendente.

 — Muito generoso de sua parte — disse o homem, com uma sugestão de algo além de calor humano na voz. Ele me entregou as tulipas, embrulhadas em uma folha enrugada de papel pardo. — Tenha um ótimo dia.

 Fui a pé para casa e coloquei as flores na mesa da cozinha, dividindo-as em seis buquês mistos, quatro para o grupo de chat e dois para quem me fizesse a próxima gentileza. Pensei em lavar os pratos, mas a pilha estava enorme e tinha uma crosta ameaçadora neles, então me sentei e abri o laptop.

Na maioria das vezes, eu trabalhava da cama, o que era solitário e me prejudicava demais a coluna, mas só podia voltar ao departamento quando me sentisse e parecesse bem. Todos os hambúrgueres e vermutes e programas policiais da madrugada me deixaram inchada e cheia de espinhas, minha pele um borrão de cinza, rosa e amarelo.

Algumas semanas antes, postei em nosso quadro de mensagens virtual do departamento que eu procurava um lugar para morar, e Jiro, um professor de uma elegância pretensiosa de uns quarenta anos, me mandou um link de um palaciano imóvel de dois quartos que por acaso não só era dele, mas pelo qual inclusive cobrava caro pelo aluguel. Era muitíssimo acima de minha faixa de preço e a ideia de financiar diretamente a coleção de lenços de bolso de Jiro me dava vontade de vomitar. Aceitei ver o que ele oferecia mesmo assim, pensando que podia mandar uma mensagem a meus colegas de que eu estava ótima.

— Você está bem? — perguntou Jiro assim que me viu. — É sério, você parece destruída.

Ele me mostrou sua propriedade geradora de renda, apontando para o piso de madeira, os janelões e as lareiras charmosas mas não funcionais. Fingi avaliar tudo e disse que entraria em contato com ele. À porta, Jiro colocou as mãos em meus ombros e me disse "nenhum bom casamento jamais terminou em divórcio", o que achei um tanto presunçoso; esta era nossa primeira interação fora do trabalho e ele me chamou de "Magda" logo de início. Enquanto esperava o bonde, perguntei-me se Jiro teria razão — se eu tive um casamento ruim — ou se só estava sendo um babaca mesmo.

Decido pelo último. Se ele era tão rico, por que não me deu um desconto em seu apartamento gigantesco, ou melhor ainda, me deixou morar ali de graça? Eu não precisaria disso por muito tempo e esse tipo de coisa sempre acontecia com as mulheres abatidas e melancólicas dos romances que eu lia nas férias. Agora que eu estava meio morta, Jiro e a mulher dele não deviam me convidar para ficar na sua casa de veraneio — e, um dia, a participar de seu casamento? Eles pelo menos podiam oferecer um loft lindo e desabitado em Nova York por umas duas semanas!

Expliquei isto a Clive quando fui à casa dele deixar as tulipas, a segunda de minhas paradas de entrega de flores, depois, de eu ter telefonado na calçada da casa de Lauren e descoberto que ela e Amirah estavam com ele.

— Nem pense nisso — disse ele, observando sem nenhuma discrição o próprio loft, comprado anos atrás depois da morte de uma tia-avó sem filhos. Era pequeno e charmoso, com vigas expostas, estantes embutidas e uma janela grande que iluminava a cozinha verde-menta. Nós já éramos inquilinos rematados, então tratávamos a casa de Clive, com sua sacada mínima e decoração feita sem medo de pagar multa após o término do contrato de locação, como uma espécie de clubinho — nossa casa compartilhada. Passamos muitas noites de domingo como esta, todos juntos em seu sofá com petiscos, ou máscaras para pés ou seis garrafas de vinho e um filme.

— É muita sorte sua ter uma casa própria — falei, recostando-me nas almofadas vagamente náuticas jogadas por ali. Lauren segurou minha mão e colocou na cabeça, um gesto que eu conhecia bem. Coloquei minha bebida na mesa de centro e comecei a separar seu cabelo para fazer tranças.

— Minha sorte é que meus primos são um lixo — disse Clive, tirando as pernas de Amirah do colo e se levantando com autoridade, um homem com um plano, mesmo quando o plano era vodca com tônica. — Obrigado, tia Grace! Vão tomar no cu, Jordan e Luke!

Amirah tinha passado o tempo todo esticada sobre nós no sofá, distraída com uma discussão com Tom via mensagem sobre uma reserva para jantar que ele se esquecera de remarcar.

— É, tipo, ele não quer que eu fique lembrando dessas coisas — disse ela. — Mas depois, quando eu não faço isso...

— Você precisa comer em um restaurante diferente? — perguntou Lauren. — *Que pesadelo.*

— Exatamente, obrigada. Ah, vai à merda — disse quando percebeu que Lauren estava de sacanagem. — Vou conhecer os pais dele, entendeu? Estou nervosa.

Amirah não tinha com o que se preocupar. Ela era universalmente adorada por pais e ainda trocava cartões natalinos com as famílias de vários ex. Era raro para ela ficar nervosa desse jeito, outro entre muitos sinais recentes de que ela começava a considerar Tom um parceiro amoroso sério e não apenas um namorado.

— Acha que é cedo demais? — perguntou ela.

Clive deu de ombros, saindo com três limões das profundezas da sua geladeira.

— É evidente que ou eu quero conhecer sua avó no segundo encontro ou não me dou ao trabalho de decorar seu sobrenome.

Lauren assentiu com conhecimento de causa.

— Não posso te ajudar — disse ela. — Os apps destruíram minha ideia do que é normal. Tive de terminar com um cara que estava vendo... lembra que ele era agorafóbico, então sempre tínhamos que nos encontrar na casa dele? Acontece que ele não tinha problema algum, só não gostava de ir à parte oeste da cidade.

— Puta merda — falei.

— Vou começar a usar essa desculpa — disse Clive.

Lauren se levantou para examinar as tranças no espelho.

— Não foi seu melhor trabalho, sem ofensa — disse.

Amirah jogou o telefone em umas almofadas e soltou um ruído angustiado.

— O que vou fazeeeeer? — gemeu, jogando-se no sofá e enterrando a cara em meu ombro.

Eu disse que não era a pessoa certa para ela perguntar; no ritmo em que eu acelerava pelos marcos de minha vida, logo estaria me aposentando, depois curtindo algum tempo em um asilo antes de meu enterro aos quarenta anos. Clive bufou enquanto colocava uma bandeja de copos gelados na mesa de centro.

— Ah, tanto faz — disse Lauren, desfazendo cuidadosamente as tranças. — É mais esquisito ser casada jovem do que ser divorciada. Antes, quando saíamos, eu tinha de ficar toda "Esta é minha amiga, a esposa de alguém". Agora você está zerada.

Contei a eles que queria ser viúva.

— Parece que, quando você se divorcia, todo mundo imagina que você estragou tudo, que é uma pessoa insuportável. Se seu marido morre, pelo menos as pessoas ficam com peninha.

Amirah se empertigou com essa, talvez percebendo que tinha se afastado em um momento de apoio crucial e vendo uma oportunidade de voltar à batalha. Inclinou-se para a frente, fez um carinho na minha cabeça e me olhou com franqueza.

— Ah, garota, *não* se preocupe — disse. — As pessoas têm muita pena de você.

Mensagens não respondidas,
6-16 de agosto

oi, recebi uma correspondência sua. quer que eu envie para a sua casa nova? espero que esteja tudo bem por aí.

recebeu meu e-mail? Ainda temos de determinar a data da separação...

oi, você sabe o que é "shoegaze"?

acho que vi eli do trabalho agora mesmo. também pode ter sido... um cara qualquer hahaha

desculpe incomodar, mas eu sinceramente acho que precisamos conversar sobre os próximos passos e tocar a bola nos assuntos judiciais. como está janet? Espero que os dois estejam bem.

hoje é aniversário da sua irmã, só para você saber! sei que não precisa que eu fique lembrando, mas caso precise: é aniversário dela.

vi aquela loja da pottery barn sobre a qual você escreveu... a atriz que eles arrumaram parece ter 14 anos e o marido 50, mas tirando isso é muito bom!! ótimo trabalho :)

não tenho notícias suas há algum tempo... pensei em saber sobre sua correspondência e a gata e a data da separação, bláblábá. me avise quando tiver um segundo! espero que esteja bem!

oi, você apagou seu Instagram? por acaso vi quando tentava deslogar da conta de janet e vi que deletou tudo... tem tipo quatro fotos de comida e mais nada. está tudo bem? espero que sim bjs

????

... ...

por favor, jon, eu realmente não quero mandar uma daquelas mensagens longas de textão ensandecido.

Ter notícias de nossa gata não é pedir demais. E vou começar a procurar um apartamento novo em breve, e um dia vou me mudar, e sua correspondência vai para uma casa onde moram estranhos. E também, desde quando você assina a *Architectural Digest*? É muito doloroso guardar coisas com seu nome que aparecem na porta. Sinceramente, é um saco. E sem me responder, você piora tudo. Não quero que sejamos um daqueles casais que têm de se odiar para se separar direito, mas você está sendo egoísta e, pra ser sincera, meio cruel. Nem acredito que estou dizendo isso, na verdade detesto que você tenha me levado a esse ponto, mas olha só a Gwyneth Paltrow. Só estou pedindo que me responda a respeito de sua correspondência e que data pode servir para um divórcio. Se quiser trocar algumas amabilidades de vez em quando, sobre a vida ou o que for, seria bom também. Ah, outra coisa: ainda espero compartilhar a guarda de Janet (isso funciona bem para Gwyneth e Chris, embora ele agora esteja com a Dakota Johnson). Janet vai saber lidar com isso. Ela é muito adaptável — não sei se você se lembra, nós a levamos ao chalé de Lauren aquela vez e não teve problema nenhum. Estou tentando muito, mas muito mesmo ser sensata aqui e sinto que você não faz nada para ajudar. Não sei o que está te atrapalhando, mas peço que você exercite alguma empatia humana básica. Também preciso conversar sobre outra coisa, nada de mais, mas algo que por acaso acho que devemos conversar, e espero que você não tenha falado com os outros sobre essa outra coisa, e que não esteja me evitando por causa dela, porque isso seria muito injusto, e prometo que não é o que você pensa. Sei que a gente não deve "invocar os votos" numa hora dessas, mas dissemos que nos amaríamos nos bons e nos maus momentos, e isso evidentemente é muitíssimo pior do que esperávamos, mas ainda assim não podemos ser gentis? Está começando a me irritar que a divisão de nossas vidas entrelaçadas possa vir a ser um nada para você e uma tarefa administrativa enorme para mim.

Sinceramente espero que você esteja bem.

Amirah me armou uma noite de comiseração com uma colega dela que recentemente esteve envolvida no que ela chamou de "divórcio categoria 5". O pessoal, em geral, ficava muito ávido para sugerir que eu saísse com outras pessoas que sabiam ter se divorciado antes de terem cabelos brancos. Às vezes parecia um gesto de apoio e às vezes parecia querer colocar todos os cadáveres na mesma carroça para que o resto da aldeia não pegasse a peste.

Meu verão foi pontuado por essas noites arranjadas, que sempre envolviam álcool e em geral choro, e cada uma delas era estranha de um jeito diferente. Ser unida por um único fato triste de sua vida deixava de fora muitos outros pontos nos quais as pessoas eram incompatíveis. Era como sempre sair para beber com alguém que tinha perdido uma tia, ou cujo colega de apartamento se mudou inesperadamente, ou que fazia pouco tempo rasgou uma calça jeans muito querida. O nome desta mulher era Amy.

Amy ficou quatro anos com o marido, com quem foi casada por três anos. Eu não disse a ela que, sem dúvida, achava burrice se casar com alguém que você conhecia só há um ano, aos vinte e sete, embora parecesse assim. Amy era bonita, baixinha e muito, muito zangada. A fúria irradiava dela quase em linhas visíveis, como o mau cheiro nos desenhos animados.

— É ridículo, porra — disse ela. — Ele é um fracassado de *merda*.

O marido de Amy a trocara por uma mulher mais nova, o tipo de coisa que ela pensava que só acontecia quando a gente ficava velha de verdade. A namorada nova dele tinha vinte e um anos e dava aulas de pilates com um daqueles aparelhos que dão a impressão de que servem para o sexo, mas na verdade são para mulheres magras tomarem impulso. Amy pensou em fazer uma das aulas, mas supôs que a namorada nova do ex soubesse como era ela, graças às redes sociais e a Toronto. Em vez disso, começou a ir a uma academia de pilates diferente, acordando às cinco da manhã para fazer as aulas das seis e das sete emendadas.

— Você precisa fazer duas horas para sentir alguma diferença — disse ela, o que suspeitei que não se aplicaria ao meu caso. Amy parecia acabada aos trinta anos.

Invejei a nitidez da raiva dela. Decidir que o ex era um vilão parecia uma maneira mais fácil de passar por um rompimento. Eu oscilava de hora em hora entre odiar Jon e querer pegar leve com ele. Afinal, não fizemos nada de terrivelmente errado; o maior crime dele foi não brigar comigo quando sugeri que o casamento não estava dando certo, e eu nem podia culpá-lo por isso (... podia?).

— Acho que ele surtou porque nos casamos e ele percebeu que tinha acabado, que não ia ter uma buça nova até morrer — disse Amy. — Ele ficou esquisito assim que voltamos de nossa lua de mel. Não entendo. Estar casada não parecia diferente para mim.

Na véspera de nosso casamento, Jon se perguntou em voz alta se alguma coisa ia mudar, se íamos nos sentir diferentes como marido e mulher. Depois da cerimônia, perguntei se ele sentia alguma coisa estranha.

— Na verdade, não — disse ele. — Ainda te amo do jeito normal.

E depois ele disse, "minha "espooooosa" na voz do Borat e correu atrás de um garçom que servia uma bandeja de sanduichinhos de frango. Mas eu me senti diferente: mais calma, mais segura. Ancorada.

Amy disse que não voltaria para o marido nem em "mais de um bilhão de anos". Disse que o meu ex era um rematado idiota com um provável pênis pequeno. Sugeriu que eu colocasse um vestido sexy, fosse a um lugar onde soubesse que o encontraria e "mostrasse o que ele estava perdendo".

Jon e eu ficamos juntos por quase dez anos, contei a ela. Ele podia desenhar o que estava perdendo de memória. Além disso, não parecia sentir estar perdendo muita coisa. Confessei que ele nem respondia às minhas mensagens de texto já fazia quase um mês.

— Isso é tão tóxico. É assédio — disse Amy, servindo mais uma taça de vinho orgânico para cada uma.

Eu achava que uma falta persistente de contato, no mínimo, era o contrário de assédio, mas fiquei calada e tomei meu vinho, a acidez ardendo na garganta. Quando o garçom deixou a carta, Amy pediu a ele que "a desafiasse". Eu contei que Jon uma vez me disse que considerava todos os vinhos burgueses. Amy ficou boquiaberta com essa.

— Então ele é um babaca de merda.

Ela adorou.

Amy era divertida. Xingava muito e foi à loja da esquina comprar cigarros depois que terminamos nossa primeira garrafa de vinho desafiador. Amy falava tanta merda impiedosa a respeito do ex-marido que me senti livre para pensar no quanto Jon era irritante durante as eleições, como ele agia como se fosse sensato passar nove horas no banheiro (um número aproximado, mas tanto faz), como ele às vezes agia como se trabalhar com publicidade fosse uma vocação mais nobre. Não fui eu que escolhi me separar? Senti de novo a liberdade eufórica que me dominou quando Calvin riu e disse: "Aquele cara não vai voltar *nunca*". Talvez esta não fosse uma tragédia tão definidora assim. Talvez eu fosse uma mulher inteligente que sabia do próprio valor, ou pelo menos sabia que merecia mais do que ser toda noite retalhada até a morte pelas unhas do pé retorcidas de um executivo júnior de publicidade. Amy disse que nunca se sentira melhor (quando não estava achando que aqueles eram os piores momentos da sua vida).

Ainda assim, ela não conseguia superar o fato de que um dia o ex-marido morreria e ela não ficaria sabendo.

— Eu deveria estar no enterro dele — disse ela com um soluço. — Ou acho que também morta, mas tipo perto.

Pensei em Jon morrendo um dia, um velho com milhões de novas experiências acumuladas, e nenhuma delas teria relação comigo, a pegadinha doce e sombria da morte há muito esquecida. No âmbito geral da vida dele, a quase uma década que passamos juntos não era grande coisa. Eu ocupava um espaço em sua mente semelhante à escola fundamental: uma coisa que aconteceu e, das quais restaram algumas lembranças. O que permaneceria? Ele se lembraria de nosso primeiro apartamento, do chuveiro baixo demais, dos pôsteres vintage dos quais nos orgulhávamos estranhamente, da vez em que ficamos trancados do lado de fora no auge do inverno, da cara do filho da senhoria quando veio nos resgatar às duas da madrugada? Será que ele se lembraria de que nos amamos, de que mudamos um ao outro; de que chegamos a um acordo sobre a decoração do quarto e dividimos um colchão que era ao mesmo tempo refrescante para os suores noturnos dele e duro feito uma pedra para meus problemas de coluna? Ele aprendeu a usar uma faca de chef em um curso de culinária que dei de presente de aniversário. Será que ele pensava em mim quando fatiava alho, pelo menos?

— Isto está me deprimindo — disse Amy. — Vamos comer nachos.

Trocamos de bar e comemos queijo industrializado derretido debaixo de um tigre de néon enquanto Amy me falava de sua vida de encontros amorosos. Estava saindo com três pessoas diferentes e tinha conhecido todas elas "nos apps". O mais excitante era um aspirante a ator de vinte e quatro anos que já era famoso em alguns lugares da internet por vídeos acrobáticos em que escalava prédios incrivelmente altos e remotos. Assistimos alguns. Eram estressantes e impressionantes. Amy disse que ele era incrível na cama e que era "especializado em divorciadas", porque viajava muito e não tinha tempo para sossegar. Além disso, era maduro para a idade dele.

Amy disse que muitos homens gostavam de mulheres divorciadas.

— O sofrimento deixa a gente meio sexy, então é mais provável que os caras fiquem por perto em vez de sumirem ou treparem com a sua amiga para provarem que tudo é casual.

Argumentei que era provável que o corpaço de Amy e sua atitude divertida a tornassem atraentes para os homens.

Ela pegou meu celular, levantou até meu rosto para destravar e disse:

— Não, é o divórcio. — E baixou o Tinder.

Contei a ela sobre o incidente com Calvin, sobre como não me senti pronta para sair com alguém ainda.

Amy fez um muxoxo.

— Não precisa se casar com o cara. Além do mais, é tão legal que você tenha trepado com o amigo dele, é tipo... dar na cara dele.

Tentei explicar que não trepamos, só dividimos platonicamente a cama e que meu peito tinha escapulido do pijama só uma vez, mas ela não estava mais ouvindo. Enquanto passava por minhas fotos, sem nem piscar para as dezenas de selfies mortificantes e tristes que acumulei, senti-me agradavelmente impotente.

Amy escolheu uma foto minha de três anos atrás, eu sorrindo com amigos em um pátio em Collingwood, antes de dizer, sem maldade nenhuma:

— Você devia deixar essa franja crescer.

Ela parou por um momento, depois recortou uma amiga particularmente atraente para fora da foto e fez daquela a minha imagem de perfil.

— Você vai gostar de sair com alguém — disse ela. — Todo mundo agora faz beijo grego.

Amy e eu trabalhamos nas falas de abertura enquanto os casais começavam a partir em volta de nós, casais estabelecidos saindo de mãos dadas, casais novos educadamente se abraçando e tomando direções diferentes ou trocando muito olho no olho antes de concordar, tímidos, em dividir um táxi. Olhei para eles: quantas destas pessoas eram felizes, quantas eram infelizes e não sabiam, quantas fingiam que eram felizes, embora soubessem muito bem que eram infelizes... e quando elas ficassem solteiras, se ficassem? Tentei me imaginar me juntando a elas. Da última vez que estive disponível, sair junto significava vestir uma blusa mais chique e contrabandear Smirnoff Ice para dentro de um cinema. Pensei no arrepio de um joelho tocando o outro de propósito, em demorar-se na rua depois da última ligação, dois corpos inventando desculpas para se aproximar. É provável que eu tenha uma daquelas blusas em algum lugar.

Amy e eu persistimos, montando acampamento no pátio do bar e passando, inadvertidamente, a coquetéis enquanto comparávamos histórias de término. A família de Amy lidou mal com a separação — eles adoravam o ex dela. A mãe dela até entrava em contato de vez em quando! Os meus davam o apoio que podiam de Kingston.

— Parece que eles não sabem bem o que dizer — falei. Recentemente tinha perguntado à minha mãe se ela imaginou que isso ia acontecer, e ela me respondeu por mensagem: defina "imaginou".

Os pais de Amy ainda estavam juntos, o que significava, sentia Amy, que eles a viam como um fracasso. Eles conseguiram um casamento de mais de trinta anos e a filha não segurou um por três. Meus pais se separaram quando eu era criança, mas só se divorciaram formalmente quando éramos adultas, deixando minha irmã e eu crescermos em um estado de limbo que estou certa de não ter tido ramificações em nossa abordagem adulta à intimidade.

No dia do divórcio, Amy saiu em um esplendor de glória, não riscou o carro dele com a chave ("fiquei tentada, por causa da Carrie Underwood"), mas sem dúvida não teve o menor cuidado ao colocar suas coisas na rua ao lado do turbinado Toyota Yaris dele. O prédio deles tinha sido tudo para ela, segundo me disse. O dia em que ela saiu foi seu "11 de Setembro pessoal".

Ainda assim, a advogada de Amy tinha certeza de que ela seria vingada.

— Vamos levar aquele escroto ao tribunal e ele terá de morar com a mãe em *Orangeville* — ela riu. — Orangeville! Dá para imaginar?

Eu disse que Jon e eu esperávamos evitar advogados para qualquer coisa além da papelada; já tínhamos dividido quase tudo, então não havia muito pelo que brigar. Expliquei que parecia importante tomar cuidado, que devíamos gentileza a nossos eus mais jovens. Amy secou o martíni e deu um trago no cigarro, parecendo mais divorciada que qualquer um na história.

— Boa sorte com isso.

A noite prosseguiu. Senti que cruzava o limiar entre a bêbada divertida e "prestes a citar uma letra de música do meu passado", mas não havia nada a fazer senão passar por isso bebendo. Contei a Amy que tudo que eu postava online parecia um exercício de relações públicas, como se eu tentasse transmitir a amigos, colegas de trabalho, conhecidos e aos cães de alguns amigos que eu ia bem, possivelmente até prosperava. Eu me vi me maquiando antes de ir ao cinema, depois postando alguns vídeos com a câmera frontal no Instagram, soltando piadinhas burras sobre os filmes. Sempre escolhia filmes que Jon adorava (ainda adorava, presumivelmente). Sempre deletava os vídeos na manhã seguinte.

Amy disse que a busca por um *glow-up* era natural. Eu devia seguir as dicas dela se realmente quisesse que a notícia se espalhasse. Seu estúdio tinha um espelho que dizia FORTE COMO UMA MULHER, e ela adorava como sua bunda saía nas selfies.

— Só existe um vencedor nos términos — disse Amy. — Por que não informar a todo mundo que é você?

Preciso confessar que isso tinha o ar de uma competição, considerando tudo. A experiência de meu casamento terminando parecia o mais próximo que eu chegaria de uma espécie de celebridade melancólica local: imaginei nosso círculo mais amplo acompanhando meus movimentos, estudando meus posts e perguntando em grupos sobre minha vida amorosa atual. Senti-me supervisível — supervisionada, até. Se todo mundo ia ver, por que eu não estaria tomando umas cervejas quando isso acontecesse?

Eu disse a Amy que tentaria pedalar, mas não tentaria "vencer" o término. Amy, com um cílio postiço começando a se soltar do canto do olho, me olhou como se eu fosse a mais burra sobre a face da terra.

— Por que acha que eles te fazem esperar um ano? — perguntou ela, arrastando um pouquinho a voz. — Então você tem tempo para ficar incrível na meditação. Comprei um top que vai matar ele. — Ela sorriu e vi uma lágrima se formando em seu olho esquerdo.

Quando o bar fechou, Amy e eu tínhamos chorado duas vezes. Ficamos na calçada esperando pelo Uber dela e nem acreditei em como aquela mulher ainda estava bonita, com suas feições delicadas e o cabelo comprido e brilhante, e o vestido trespassado com babado na frente. Tive um vislumbre de meu rosto no espelho durante uma ida ao banheiro e não podia dizer o mesmo de mim. Por que Amy não tinha dentes de vinho? Como mantinha o cabelo daquele jeito? Ela soltou a fumaça do último cigarro e disse:

— Detesto ser a ex de alguém. É tão aleatório.

Eu disse que parecia mesmo muito inesperado.

Amy riu com amargura, foi a primeira vez que ela pareceu triste a noite toda.

— Quando foi na sua vida que você ouviu uma história boa sobre uma ex-mulher? Elas são horríveis, todas elas. Aquela corrente no pescoço de um homem. Mas ele me transformou uma delas. Se ele não queria lidar com uma ex-mulher, não devia ter me transformado em uma, porra.

Amy me olhou e sorriu timidamente antes de vomitar um pouco na mão. Seu carro chegou e ela vomitou de novo, desta vez de verdade, antes de entrar. Ouvi-a dizendo ao motorista para não se preocupar, embora ele parecesse muito preocupado, e com razão. Andei até a minha casa, ouvindo músicas de amor tristes e me sentindo um fracasso por me identificar com todas elas. *Perder o amor é mesmo como uma janela em seu coração*, pensei. Tuitei todo mundo vê que você está despedaçada, depois deletei, depois encontrei a letra em uma conta de fã de Paul Simon e retuitei a partir dali. Enquanto andava, abri o Tinder e passei para a direita todo mundo, sentindo uma onda inacreditável de autoestima ou algo parecido quando dava match, sem falar com nenhum deles. Olhar não fazia mal. Eu poderia deletar o app de manhã.

Clicar em "mostrar homens e mulheres" era excitante. Minha bissexualidade até agora foi em grande parte teórica, com base em uma ficada na universidade e alguns beijos de bêbada. Tive várias "amizades" quentes do mesmo sexo, um trisal espetacularmente malsucedido e meu gênero de pornografia preferido era a variação de uma ou muitas mulheres atormentando a outra de um jeito sexual, mas nada disso parecia substancial o bastante para que eu proclamasse como parte da minha identidade. Embora eu sempre me sentisse pelo menos 35% gay, sempre que minha orientação entrava na conversa, sentia-me inexperiente e envergonhada. Agora, se eu dissesse a alguém que gostava de mulheres, podia apoiar a afirmação com provas. Rolei por alguns perfis, atraída àqueles com bios sucintas e em caixa baixa: monte de lixo humano procura o mesmo; procuro uma parceira no crime... pretendo cometer muitos crimes; fuja. Os perfis das mulheres, no todo, eram mais moderados do que os dos homens, a não ser quando elas eram muitas vezes mais intensas — selfies mal iluminadas no banheiro daquelas boates onde têm uma piscina e você usa biquíni, bios procurando alguém que estivesse disposta a falar sério e SEM drama.

Era bom sentir meu telefone vibrar, ver a letra cursiva exclamatória, como um convite de casamento: DEU MATCH! Olhei mulheres altas e homens baixos, mulheres com piercing no nariz e homens com tatuagens, homens em grandes grupos anônimos ou sozinhos no alto de montanhas, gesticulando vagamente para a natureza como quem diz, olha só isso. Havia homens segurando bebês (não se preocupe, não é minha filha!) e mulheres de língua para fora em festas e homens ao lado de grandes felinos selvagens dopados. Mulheres muito interessadas em ter uma bicicleta, homens de terno que procuravam diversão sem rótulos, fotos em sépia de pessoas andróginas atraentes com metade do rosto obscurecido, piscando de trás de um filtro de cachorro ou muito maquiadas. Ninguém era terrivelmente atraente. Fiquei naquilo por horas.

No dia seguinte eu tinha uma ressaca e quarenta e sete novos matches. Estava rolando por minhas opções quando Amy me mandou uma mensagem:

> noite tão divertida, garota!
> o principal a saber sobre os apps é que
> ninguém realmente gosta do outro ali
> respire e se lembre
> hakuna matata :)

Correspondência selecionada
Tinder, 20 de agosto

e aí, como vai seu dia?

fotos legais

oi

oi linda como é que tá? corpo curvilíneo lindo

oi hahaha como é que tá?

não gosto de perder tempo com mensagens aqui, quer sair para beber? você parece gostosa :)

então vc trabalha numa universidade, nerd mas sexy hahaha

oiê

se você pudesse viajar a qualquer lugar do mundo, aonde iria? acabo de voltar do peru, é tão radical lá. estrangeiros doidos e tudo superbarato. posso recomendar uns lugares se quiser

oi gata o que está procurando aqui, sou casual

as ruivas não são bem meu tipo hahaha mas talvez você me faça mudar de ideia pessoalmente hola chica ;) meu nome é ilsa

é um prazer, como vc está? quero ser superdireto e dizer que minha namorada não sabe que estou aqui

oi, procurando diversão aqui, e vc

você estudou na macdonald high school? pensei que fosse casada. é o danny haha

oi Maggie! você parece bonita e divertida com um trabalho interessante :) queria te conhecer melhor e te pagar um drinque ou um jantar. só para saber se somos compatíveis, pode me mandar fotos dos seus pés? adoraria fazer uma massagem neles ou dar uns beijos e lambidas. tudo de bom!

acho que vc é minha profa rs

nunca sei como me apresentar aqui mas oi, você parece de boa B-)

pernão

Reapareci para trabalhar presencialmente no final de agosto. Merris deve ter contado a todos por que eu tinha sumido, porque vi olhos gentis para todo lado. A maioria das pessoas foi delicada com isso, mas o afago no braço e a cabeça inclinada me consumiram e meus colegas ficavam perguntando se eu voltaria a me casar, o que pareceu cedo demais.

Olivia, uma medievalista serena com um ceceio suave que parecia acadêmico, ficou noiva durante o tempo que passei fora e estava bastante acanhada, como se o matrimônio tivesse uma política entra-um-e-sai-outro e o começo de seu casamento tivesse levado diretamente ao término do meu. Jiro me parou no corredor para falar de um evento que a igreja da irmã dele organizava para jovens solteiros.

— Relativamente jovens — ele se corrigiu. — Quantos anos você tem, trinta e quatro?

Comecei a fechar a porta da minha sala.

Era setembro e Jon não tinha respondido a nenhuma mensagem de texto, telefonema ou e-mail desde o incidente da "noite dos hambúrgueres", quando ele estava meio adormecido e parecia confuso a respeito de quem eu era e por que estava telefonando, até que por fim disse, "não se preocupe com isso, sério" e desligou. A certa altura, ele também bloqueou o Instagram da gata. Mandei uma mensagem a Calvin para perguntar se ele confessou sobre nossa noite juntos e ele respondeu, DESCULPE, quem é você?, depois não, quando esclareci. Perguntei a minha advogada se precisávamos que Jon entrasse em contato para uma ou outra coisa jurídica, mas pelo visto com "tão poucos bens na mesa" (obrigada, Lori), era improvável que houvesse muitas idas e vindas.

Mantive-me ocupada com minhas colagens e livros de autoajuda e mais algumas tentativas de socializar. Estava me preparando para uma nova leva de alunos e o último livro de Merris tinha umas questões grandes e não respondidas que me fizeram passar muito tempo sozinha na biblioteca. Era inacreditável como tudo parecia normal, até que eu ia para casa e não tinha ninguém lá, ou alguma coisa engraçada acontecia e eu ia mandar mensagem a Jon e me lembrava de que não fazíamos mais isso. Às vezes eu mandava mensagem mesmo assim.

Era humilhante admitir isso, mas sem um parceiro com quem dissecar as coisas, os grandes e pequenos acontecimentos da vida pareciam ralos. Eu tinha aceitado que acabou, que nunca mais seria como foi, até possivelmente que tinha sido para melhor, mas pagaria um milhão de dólares por mais uma corrida de táxi para casa depois de uma festa, bêbados, tocando as pernas um do outro, debruçados sobre os acontecimentos da noite — quem disse o que sobre o que ou ofendeu quem sem querer, quem estava bêbado demais e foi para casa com alguém novo, se tinha comida suficiente e se parecia que os anfitriões brigariam depois —, emocionados por termos estado com tantas pessoas e mais emocionados ainda por estarmos a sós, agora, só nós dois, a caminho de casa para trepar, rir e beber uma água bem gelada.

Mas! Melhor não pensar nisso. O trabalho era uma distração útil, em geral, apesar de minha situação — o desejo confuso e a nostalgia autoflagelante, o constante baixa e deleta o Tinder — encontrar meios de se meter ali também. Um dia, folheando *Emblemata*, o livro de emblemas de Alciato, em busca de referências a rios, fiquei encurralada. "Às vezes as coisas doces se fazem amargas", escreveu ele depois de alguém ter sido atacado por abelhas. *Nossa*, pensei. *Tão verdade isso*. "Infeliz, carrego os frutos de minha própria destruição", disse uma nogueira depois de ser sacudida por umas crianças. Foi desorientador descobrir que isso também dizia respeito a mim, uma voz se estendendo pelos séculos e por um oceano para dizer: *lamento por seu divórcio*. Quando cheguei ao Emblema 192, "O respeito é para ser buscado no matrimônio", tive que fechar o livro e dar um tempo, mandando mensagens ao grupo de novo sobre meu cabelo.

O desejo de cortar e clarear meu cabelo era imenso e aumentava a cada dia. O grupo já admitira timidamente a formação de um segundo grupo separado, dedicado sobretudo a marcar quem ia conversar comigo esta semana sobre um tingimento doméstico. Entendi o argumento contrário: que banalidade, fazer uma mudança drástica no cabelo durante uma separação. Eu queria resistir. Amy recentemente tatuou a palavra RESPIRE, e Amirah brincou que podia muito bem significar DIVORCIADA. Será que eu queria que todo mundo à minha volta soubesse, só de olhar, que eu *estava passando por alguma coisa*?

Talvez não quisesse, mas havia algo de sedutor nisso mesmo assim, a tentação de um novo começo. A imagem da foragida em um banheiro de posto de gasolina com tesoura e água oxigenada, renovando-se. Só meu orgulho com a ideia de Jon descobrir me fazia hesitar — e mesmo assim, se eu conseguia avançar, transformava-se em uma versão desconhecida-sexy da mulher que ele conheceu... bom.

Eu procurava fotos de Drew Barrymore nos anos 1990 para uma colagem que desse apoio ao meu caso quando recebi um e-mail.

> Obrigada pela pergunta relacionada ao exame anual de Janet. Segundo nossos registros, Jon a trouxe aqui na semana passada. Você ficará feliz em saber que ela goza de perfeita saúde e agora todas as suas vacinas estão em dia. Enquanto esteve aqui, Jon atualizou a conta de Janet conosco e retirou suas informações de contato e status de tutora. Terá sido isso um erro? Se for, somos incapazes de fazer quaisquer alterações sem o consentimento de Jon, então você terá de entrar em contato com ele. Lamento não poder servir de mais ajuda. Por favor, peça a Jon para nos mandar uma mensagem e poderemos corrigir o arquivo de Janet.

A veterinária assinou com seu nome e uma pequena imagem de uma pegada animal. Parecia que um gatinho de cartum estava me mostrando o dedo médio. Enquanto eu piscava para o monitor, Olivia entrou com um saco de proteína magra na mão.

— Está tudo bem? — perguntou ela, pescando no Ziploc o primeiro de dois ovos úmidos. Disse a ela que estava tudo bem, eu só estava cansada, e Olivia assentiu como se soubesse o que eu queria dizer, embora eu suspeitasse de que ela raras vezes se cansava, e assim que se cansava, tirava um cochilo razoável de vinte minutos e acordava renovada e hidratada.

Olivia corria maratonas, por isso os ovos. Estava sempre comendo alguma proteína entre as refeições, mastigando sem reclamar o peito de peru desidratado ou contando oito amêndoas. Os "ovos de bolso" eram seu pior lanche até agora — um suprimento aparentemente interminável de ovos cozidos molhados que ela carregava por aí e sacava em momentos inoportunos para descascar e comer sem constrangimento algum.

— E aí? — disse ela animada, as unhas se enterrando na casca do primeiro ovo. — Quais são as novidades?

Acho bem possível que meu marido tenha roubado a nossa gata, ou vai se mudar para outro lugar sem me contar e levá-la, ou simplesmente me odeia de morte e quer que eu parta para a briga, ou a gata é uma refém, ou isso é um esquema rocambolesco para me reconquistar, ou talvez ele tenha enlouquecido, e isso é um grito de socorro, e preciso descobrir s...

— Não muitas.

Olivia riu.

— O mesmo de sempre, o mesmo de sempre! — disse com entusiasmo, como se fosse uma expressão nova e engraçada que estivesse experimentando. Tentei voltar ao meu computador, mas claramente ela estava com humor para um bate-papo no intervalo. Passou pela minha cabeça a ideia de que ela talvez tivesse entrado aqui, com esta atitude, de propósito, para me animar: que horror.

O problema era que Olivia era uma pessoa maravilhosa e atenciosa, e sempre trazia umas amêndoas a mais para o caso de alguém querer, e nunca me pediu para correr uma maratona de dez quilômetros com ela, embora sempre fizesse isso e uma vez tenha perguntado a Merris se ela não queria participar. Merris não aceitou e às vezes ríamos um pouco dos "ovos de bolso", mas não era prazeroso, nem mesmo possível, não gostar de Olivia, então era preciso aceitar os ovos como parte do pacote.

— ...o que não é terrível nem nada mas não é meu trabalho responder a essas perguntas quando o Google pode fazer isso mais rápido do que eu — concluiu ela, fazendo-me perceber que não estivera ouvindo, só encarando suas mãos que catavam a esmo uma casca de ovo. Não era um descascar fácil: o ovo por baixo estava esburacado e irregular, a casca lascava e tirava nacos pequenos da clara. Fiquei enjoada.

Olivia continuou.

— Tem uma garota que me manda e-mail quase todo dia e, por outro lado, tenho empatia, e espero que ela tenha amigos ou entes queridos ou, sei lá, alguém na vida dela, mas não é meu trabalho estar tão presente para ela desse jeito...

Foi por que mandei e-mail aos pais dele? Foi só para agradecer por terem me acolhido na família, e que eu sentiria falta deles, e que se eles quisessem sair um dia desses, certamente ainda poderíamos? O que havia de tão errado nisso? Eles não responderam e eu só insisti uma vez.

Olivia ainda falava.

— Estou sendo muito má... mas se eu respondesse a cada aluno solitário e sem noção, seria outro emprego de tempo integral, e basicamente já tenho três. Tem certeza de que você está bem? — Olivia temperou o segundo ovo com uma pitadinha de sal e pimenta dos saquinhos que também estavam no saco. — Quer um café ou coisa assim?

Ela deu uma boa mordida e imaginei-a em casa, esgotada depois de um grande dia de mountain bike com o noivo, enchendo uma panela de água de cinquenta litros para ferver mil ovos.

— Sei que está passando por uma fase difícil — disse ela.

Dei de ombros e disse que estava bem, meio entediada e falida.

— Não se preocupe — falei, adotando uma expressão de falsa bravura. — Só fico suicida nas segundas-feiras.

A cara de Olivia de repente ficou muito séria.

— É brincadeira — falei. — Estou bem.

Olivia dobrou o saco plástico de onde saíram os ovos e o recolocou no bolso.

— A mudança pode ser muito complicada — disse. — Está saindo de casa? Vendo amigos?

Respondi algo sobre fazer o melhor que posso. Sua cabeça estava tão inclinada que parecia desconfortável.

— Olha, se um dia parecer que está demais, se você começar a achar que talvez possa, sei lá, se precisar de alguém, em uma... situação de emergência...

— Meu Deus, Olivia foi uma *brincadeira* — eu disse. — Para com isso.

Olivia engoliu em seco.

— Claro que foi — disse. — Mas é preciso avaliar bem essas coisas... e você anda parecendo tão... Enfim. Se um dia quiser conversar com alguém, por qualquer motivo, estou aqui. Mas não conte aos meus alunos, tá legal?

Ela deu uma risadinha nervosa e se virou para sair, olhando-me com uma preocupação tão autêntica que fiquei vermelha. Voltei a me concentrar no computador. Dezenas de Drews Barrymores sorriam para mim, mostravam a língua e se exibiam no David Letterman. Elas pareciam bem, mas os olhos estavam vazios.

Tentei me lembrar da última vez que tive contato com Jon. Uma mensagem de voz uma semana atrás, porque a Bean Pun, nossa cafeteria preferida, estava se convertendo em uma Starbucks. Mensagens de texto na semana anterior que diziam, não sei o que aconteceu conosco, **depois** desculpe, idiotice minha, **depois concluindo** hahaha, espero que você esteja bem!! Mas o que *aconteceu* conosco? Não podíamos passar por isso numa boa? No mínimo, a conversa sobre a gata não ia continuar, caralho?

Ele não precisava fugir, sorrateiro, à noite com o animal ao qual me referia, brincando mas também incrivelmente séria, como minha filha única. Eu não teria negado um último carinho em seu focinho macio, nem um momento agridoce em que Jon e eu desejávamos bem um ao outro e trocávamos platitudes sobre o crescimento, em que talvez ele me desse um beijo tristonho na testa. Tínhamos decidido que acabou, é verdade, mas devíamos trabalhar juntos para terminar isso direito.

Merris entrou, usando um de seus xales mais espalhafatosos. Segurava um saquinho de ovos.

— Você deixou Olivia perturbada — disse ela, colocando-os na minha frente. — Parece que B_{12} ajuda.

— Ele levou a gata — falei.

Merris me fez um carinho nas costas, um gesto maternal que era pouco característico dela.

— Bom — disse ela —, pelo menos você não vai mais aparecer no trabalho com vômito na blusa. Não vômito de gata, pelo menos. — Ela riu e parecia realmente que eu ia rir também: o som começou do jeito certo. Em vez disso, soltei um gemido alto e inesperado e senti que me dobrava ao meio. Minha cabeça caiu primeiro, depois o resto do corpo, uma pequena pilha de mulher na qual antes estivera uma humana competente. Merris parecia estar esperando por isso, puxando minha cabeça para seu ombro com uma das mãos e fechando a porta da sala com a outra.

Eu tinha chorado muito desde que Jon foi embora, mas aquilo foi diferente, intenso e animal. Foi tudo derramado, no trabalho, com minha chefe: a recusa de Jon em retornar meus telefonemas, meu alívio por ele estar indo embora e imediatamente remorso por ele ter ido, o vermute e os hambúrgueres e os gastos imprudentes no cartão de crédito, as horas no Instagram e o aluguel impossível e a conta bancária que minguava a toda. O fato de que meus pais estavam a horas de distância, que eu sabia que meus amigos já me consideravam meio cansativa, que minha advogada parecia não se preocupar com a maior decisão de minha vida jovem, que eu estava escrevendo poemas de novo. E, o pior de tudo, saber que nada daquilo era um problema real, que passar cada momento remoendo essas coisas provavelmente fazia de mim uma pessoa muito ruim ou pelo menos chata para cacete que nunca realizaria nada nem ajudaria a ninguém, que morreria em uma enchente causada por um desastre ambiental ou de câncer ou de inanição, sozinha e odiada.

Enxuguei o nariz e o silêncio de uma fronteira cruzada se estabeleceu.

— Bom — disse Merris, antes que eu pudesse concluir o pedido de desculpas que minha boca formava. — Espero que você extraia algum conforto da ideia de que acho que você fez a coisa certa. Não se deve dizer isso, porque um casal pode voltar, mas esse não me parece ser um risco muito grande aqui.

Eu disse a ela que sempre ficava surpresa por me sentir tão péssima. Quando meu primeiro namorado e eu terminamos, aos dezoito anos, aquilo curou meu medo da morte — o nada eterno era preferível à cavidade no peito que Jason deixou quando escolheu uma universidade diferente (apesar de um acordo *expresso* de que iríamos para Toronto juntos!). Supus, uma década mais tarde, que um coração partido seria diferente, que eu teria adquirido certas habilidades para lidar com isso com elegância e dignidade. Mas não. Em um e-mail pós-término, eu disse a Jason que parecia que ele havia aberto minha caixa torácica e cagado dentro de mim. Isto parecia quase exatamente o mesmo — pior, no mínimo, devido a sua familiaridade — e ali estava eu, chorando em minha mesa no meio do dia, ganhando ovos de colegas mais jovens com pena de mim.

Merris soltou um muxoxo.

— Os ovos são gostosos.

Eu disse a ela que gostava da ideia de que era difícil sair de um casamento — até achava romântica. Parecia que devia ser difícil partir, porque com certeza seria difícil ficar próximos. Uma tia disse de brincadeira, "O melhor conselho matrimonial que posso lhe dar: *cuide para que cada um queira o divórcio em épocas diferentes*". Eu achava que o desafio chegaria depois.

— Parece uma ideia formidável no momento, não é? — disse Merris. — E olha, talvez tenha sido. Sei que vocês se amavam na época e não é um crime mudar de ideia. Não serei condescendente com você sugerindo que aprenderam tudo que precisavam um com o outro. Às vezes uma relação simplesmente se perde.

Eu disse a Merris que ela estava certa. Eu me sentia perdida. E burra. A coisa toda era constrangedora. E desmoralizante, e desesperada, e, e, e. Disse que me sentia velha demais para tocar a vida e nova demais para ser divorciada, como se eu estivesse encalhada no espaço entre a experiência e a maturidade.

Merris sentou a nós duas de costas retas.

— Um dia — disse ela —, e você se surpreenderá ao ver que esse dia chegará logo, mas um dia você vai acordar e se sentir bem. Não dura muito, mas você então terá outro dia em que mal vai conseguir se lembrar deste aviltamento, e de outro, e de mais outro, até que isto é só a sua vida. Mas por ora, será difícil. Esta é a pior parte.

Abri um sorriso amarelo.

— Meu Deus, você é tão sábia.

— Sou velha — disse ela. — E divorciada *e* viúva... certamente você veio ao lugar certo. Agora vá para casa, você não está bem. Durma um pouco, beba um vermute ou o que tiver em casa, e volte amanhã, melhor. E quem sabe, deixe o homem em paz.

Apertei o braço de Merris e virei a cara, querendo poupá-la de qualquer outra exibição emocional. Embora fôssemos colegas de trabalho relativamente dadas, esta tarde tinha exigido mais intimidade da parte dela do que toda nossa relação até então. Ela se levantou e ajeitou o linho de seu vestido.

— Passarei um artigo a você — disse. — É uma compilação de erros de corretor automático. As pessoas digitam "mamilo" em vez de "bacilo", esse tipo de coisa. Um pouco de humor leve pode tirar sua cabeça de tudo isso.

Depois que Merris saiu, peguei minhas coisas e entrei na névoa opressiva de mais um dia de setembro quente demais. Caminhei pela College Street, serena o suficiente para fazer cinco minutos dos quinze necessários para uma meditação de "caminhada consciente". Ouvi-la era pavoroso, mas clicar nela parecia transformador, o primeiro passo no caminho para o crescimento significativo. Desliguei quando a voz suave demais me pediu para notar como meus pés se sentiam dentro dos sapatos.

O conselho de Merris foi inteligente e maduro. *Que sorte*, pensei, *ter acesso a um modelo tão generoso sobre o qual basear meu pensamento*. Que tristeza que suas palavras nada significassem para mim, que eu estivesse cheia de uma fúria incandescente que só seria saciada quando eu vencesse esse divórcio e reduzisse a pedaços o homem que me magoou, arrasasse suas cidades e salgasse a terra para que mais nada crescesse ali. Merris tinha razão em tudo, mas não era assim que íamos proceder.

Em vez de notar com plena atenção as folhas nas árvores, os cheiros e sons da rua, meditei sobre o quanto eu desprezava o meu marido, sua intensidade e pretensões, o gosto para música e o calombo no nariz fruto de uma lesão no hóquei no colégio. Odiei seus pelos nas costas, o jeito que ele cozinhava e sua mãe e como ele era alto demais para ser tecnicamente baixo mas não era alto de verdade, e com certeza também não era "perto de um e oitenta", como ele alegava. Recitei como mantras meus ódios preferidos, detendo-me em cada vez que ele me decepcionou, feriu meus sentimentos, expressou raiva. Pensei em momentos em que olhei para ele e senti, *Meu Deus, essa pessoa?* — nas vezes em que ele me humilhou no mercadinho, quebrou uma caneca de raiva, deu uma fechada em alguém no trânsito. Corri meus vinte anos até agora, culpando-o por toda experiência negativa, pavimentando aniversários, viagens, manhãs de sábado, jantares e cinema e Natais com a família. Remodelei nossas lembranças felizes até elas se revelarem o que eram de verdade: momentos falsos de esperança que escondiam a realidade. Aquele era um homem que prometia te amar e mentia sobre isso. Aquele era um homem que roubaria sua gata.

Tomei um porre e fui para a cama com Calvin.

Pesquisas no Google, 4 de setembro

apps feministas de relacionamento

b12 é importante

apps de encontros sem casais

tracy anderson braços vídeo grátis

memes bons

probabilidade de extinção global

reciclar ajuda

nicole kidman saindo escritório advogado de divórcio

divórcio rápido ontário

ver stories do instagram anonimamente

toronto bares boa iluminação

ist 2018

beijo grego é perigoso?

o que está acontecendo com as abelhas

exercícios para corcunda

espaguete abobrinha por que

crise habitacional toronto

hpv língua na bunda

catherine zeta jones divórcio

designer gráfico fergus toronto leslieville

designer gráfico tess toronto vegano

designer gráfico bartender fotógrafo ali toronto

culto os quatro compromissos?

calombo estranho no polegar

início precoce artrite celular

preenchimento para mãos

fala romântica TV cortes

razão e sensibilidade emma thompson willoughby

colete de correção postural fraude?

óculos azuis claros fraude?

desodorante natural fraude?

empregos acadêmicos primeira era modernismo américa do norte

diploma de magistério rápido

taylor swift músicas de término

one direction primeiros vídeos

retorno de saturno

Quando as aulas recomeçaram, prometi a mim mesma que pararia de pensar em Jon. Por acaso foi surpreendentemente fácil; só exigia 100% da minha energia, 100% do tempo. Fiquei ocupada com o trabalho e as reuniões, indo a casa de amigos para fofocar e trocar mensagens sobre filmes, fazendo ligações obrigatórias a minha família para dizer a eles que sim, eu estava bem, não, eu ainda não queria passar um tempo na casa deles para "resolver as coisas".

Eu evitava pensar em Jon nas idas e vindas do trabalho, espremida no ônibus com os fones no ouvido, de vez em quando olhando estranhos atraentes com uma expressão que Lauren chamava de "olhos de conexão perdida". Mal pensava nele enquanto me arrastava por listas de imóveis para alugar na minha sala no departamento ou respondia a perguntas meia-boca dos alunos — mais comentários que perguntas, na verdade — sobre Spenser ou sei lá mais quem. Não pensava nele nas longas noites de fim de semana sozinha, sentada no chão da sala corrigindo provas ou fazendo exercícios para flacidez facial provavelmente inúteis, ou acendendo minha única vela bonita pelos trinta minutos previstos antes de voltar a apagá-la.

Eu não sabia bem qual era o plano; nesta fase, só sabia que ficar ocupada significava ficar distraída e, portanto, algo próximo da felicidade. Se eu saísse desta fase com um corpo melhor, a vida mais legal, a cara mais bonita e com um novo parceiro incrivelmente gostoso e talvez famoso, que fosse. A serviço desses objetivos, comecei um "desafio de agachamento" e tomei a decisão de pedalar mais e talvez economizar para um botox preventivo. Parei de chorar o tempo todo — na verdade, não chorava havia semanas

— e fazia piadas online sobre minha fabulosa vida louca, passando os fins de semana bebendo, dançando e namorando. Como se provou a distração mais imediata, concentrei-me mais na parte dos encontros.

Meus amigos temiam que eu estivesse mudando rápido demais, avisando que minha primeira vez com uma pessoa nova podia parecer confusa e muito emocional. Na verdade foi tudo bem — a não ser por alguns casos de disfunção erétil de Calvin —, mas eu tinha decidido não contar a ninguém sobre esta opção de vida em particular. Ter um segredo sexual parecia divertido e novelesco, mas eu também tinha muita vergonha de mim. Então fingia interesse nos conselhos deles sobre ir mais devagar, enquanto no fundo torcia para que a coisa corresse o mais rápido possível, para empurrar logo Calvin para baixo no pergaminho de minha história sexual. Eu também estava impaciente porque ficar empolgada, nervosa ou excitada era melhor do que ficar triste.

— Era isso que eu devia estar fazendo — eu disse a meus amigos uma noite na casa de Clive. — Voltar a sair. Estou no Tinder e acho que vou experimentar o Hinge.

Lauren riu com tristeza e disse:

— Boa sorte.

Amirah observou, sem ser necessariamente útil, que eu mal "saí", para começo de conversa. Tendo namorado Jon desde meus dezenove anos, eu não estava fazendo nenhum retorno grandioso à vida de solteira. Aquilo era a minha estreia.

Meu primeiro encontro foi com uma bartender de vinte e sete anos chamada Sofia, de quem tirei a ideia de usar fotos normais em meus perfis dos apps. Ela parecia bem bonita online — baixinha e forte, com sobrancelhas grossas e peitinhos de Maria Antonieta —, mas quando nos encontramos na vida real e a vi pela primeira vez andando para o pátio onde eu guardava duas sidras enquanto tentava não transpirar, ela estava tão bonita que por um momento pensei em fugir. Em vez disso, enxuguei as palmas das mãos pegajosas na calça jeans e, antes que conseguisse me reprimir, apertei sua mão como se fosse alguma entrevista de emprego sexual e emocional, o que acho que de certo modo era mesmo.

Sofia apertou minha mão com um sorriso malicioso e disse, "Como vai, Maggie?", e passamos três horas bebendo sidra e falando de nossas feridas profundas antes de chegarmos a uma pegação mais intensa em Trinity Bellwoods. O encontro foi um sucesso tão grande que passei mais ou menos uma semana entretendo a ideia de que estava farta dos homens para sempre, mas depois, em outro encontro, um músico chamado Tyler me levantou na máquina de lavar dele e fui obrigada a admitir que estava muito interessada em quem se interessasse por mim.

Consumia um tempo enorme, todo o deslizar o dedo na tela, conseguir match, escolher uma frase de apresentação encantadora mas ao mesmo tempo indiferente... depois o flerte, marcar, remarcar, cancelar e encontrar outra pessoa. Às vezes eu deixava que Olivia ou Amirah procurassem no app por mim. Pessoas já comprometidas com alguém divertiam-se com "os apps" não porque, como muitos parecem pensar, fossem invejosas ou por nostalgia quisessem experimentar os novos métodos high-tech de marcar encontros e arrumar alguém. A abordagem delas era mais como a de correspondentes de guerra, como se tivessem o dever de observar com imparcialidade o horror. Eu podia ver isso nos olhos delas quando um perfil aparecia mostrando os dois terços inferiores da cara de um homem em um close incrível em três lugares diferentes, ou quando uma mulher com quem falei por quatro dias revelou que tinha namorado e estava procurando uma surpresa divertida para o aniversário de namoro deles, ou quando um homem mandou a mensagem *vc chupa pau?* com o emoji de um macaco envergonhado tapando os olhos. Havia uma excitação ali, uma avidez em voltar correndo e contar a seus parceiros sobre a linha de frente dos encontros modernos: *vocês não iam acreditar, gente, é um pesadelo aquilo lá.*

Nem sempre era um pesadelo. Sofia era adorável e nos vimos mais duas vezes antes de ela me enviar uma longa mensagem cheia de elogios que terminava com a informação de que ia voltar com a ex. Lauren e eu fomos a um encontro duplo com dois primos que nos pagaram ingressos para vários jogos de basquete, e uma mulher chamada Gretchen que conseguiu me fazer ter um *squirt*, algo que antes eu julgava impossível. Mesmo quando um encontro era ruim — o homem que passou fio dental à mesa, a mulher que perguntou se podia usar parte de meus pelos pubianos para uma "magia sexual que não era do mal" —, não importava. Havia, como prometido, muitos outros peixes no mar. Muitos desses peixes até eram atraentes. Alguns tinham um papo divertido e, para ser sincera, a única coisa que importava era que todos eles, tecnicamente, estavam disponíveis. Depois que dava match com alguém e processava os obrigatórios como tem passado e o que está procurando por aqui, um primeiro encontro estaria no horizonte dali a entre doze horas e duas semanas.

Eu sempre me surpreendia ao ver como os novos matches eram diretos antes mesmo de nos encontrarmos pessoalmente. Naquelas conversas preliminares de dez minutos, eu aprendia sobre os pecadilhos, as relações parentais e os colegas de trabalho menos queridos das pessoas antes de saber seu sobrenome ou que altura realmente tinham. De minha parte, preferia largar a bomba do divórcio ao vivo, embora nunca tivesse certeza de como abordar a revelação. Pedi dicas a uma amiga sobre herpes e ouvi que ela preferia namorar um cara com IST do que alguém "com um nível alto de bagagem emocional".

Falei que eu era o pacote completo: morta por dentro, além disso eu tinha herpes labial.

— Ah, se é só herpes labial, você não precisa contar a eles — disse ela. — HSV-1 não dá manchete.

Longe de ser um problema, minha situação matrimonial proporcionava uma boa conversa divertida. A maioria das pessoas reagia com uma surpresa irônica, como se eu lhes contasse que tinha uma vida secreta com um famoso artista infantil ou um espião internacional. Também funcionava para as duas partes discutirem o que deu errado em seus últimos relacionamentos, uma atividade que compreendia metade dos encontros do app que eu tinha. Amy tinha razão: fazia com que eu parecesse excitante, até misteriosa. E também — e talvez mais importante — fazia com que parecesse improvável que eu procurasse compromisso, algo que logo aprendi que a maioria dos homens não queria e a maioria das mulheres queria de imediato, mas pareciam adorar ser rejeitadas.

Notar isto fazia com que eu sentisse que vivia em uma daquelas sitcoms em que os personagens estão sempre dizendo "São os anos 1990!", mas eu não podia negar o padrão que evoluía. Os homens aparentemente eram libertados pela ideia de que uma mulher que tentava ativamente se desvencilhar de um homem não pularia tão rápido em uma relação séria com outro, e as mulheres ou achavam isso romanticamente trágico, ou se identificavam. Se não queriam me salvar, pelo menos podíamos trocar histórias de guerra — nem todo mundo é divorciado, mas todo mundo já teve o coração partido.

Uma mulher mais nova que conheci pelo Hinge me disse que meu estado civil era "sinceramente meio chique", acrescentando que funcionava "como uma zerada na idade, porque você não parece jovem, sem querer ofender, mas parece jovem *demais* para ser divorciada". Naquela mesma noite, ela — Harriet, talvez? Ou Hali? — menstruou com tal intensidade que o sangue atravessou meus lençóis, manchando o colchão. Alguns dias depois disso fiz uma piada sobre testes de virgindade medievais, dizendo que meu pai, o rei, ficara satisfeito em ver aquilo, mas ela não entendeu ou, se entendeu, não gostou. Seja como for, ela não respondeu.

Clive me disse que a geração Z raras vezes perde tempo terminando direito as coisas.

— Acho que é um cenário mais otimista — disse ele. — Os caras velhos são muito grudentos. Com os jovens, eles ou gostam de você ou nunca mais dão notícias.

Isto se provaria uma grande verdade. Em meu primeiro mês nos apps, fui a seis primeiros encontros, três segundos encontros e um terceiro encontro. Não vi ninguém pela quarta vez. Era bom ficar ocupada, ter lugares aonde ir e motivos para tomar banho. Era bom também ter motivo para olhar meu celular. De repente ficar sentada em casa rolando a tela distraidamente no Twitter parecia matar o tempo entre mensagens importantes. Meu telefone não era só um portal de delivery de comida ou álbum cheio de fotos e vídeos de partir o coração. Era um polo de afirmação sexual e conexão amorosa em potencial! Ficar nessa por horas simplesmente fazia sentido.

Mas à medida que as semanas se passavam e se esgotava a novidade do bufê humano coma-o-que-puder, percebi que minha parte preferida desses encontros era a hora antes do início. Eu gostava do ritual de preparação para o encontro: tomar banho e passar hidratante languidamente, aparar os pelos da axila (*ela é feminista!*) e depilar as pernas (*mas discreta!*), passando um óleo de perfume suave nas pontas do cabelo enquanto o gelo derretia em um drinquezinho pré-encontro no radiador.

Colocava uma música que me deixasse no clima de sedução, cantando junto com as mulheres blasés pelos alto-falantes mínimos de meu celular, comendo um lanche leve para absorver álcool mas não inchar. Repassava mentalmente a noite, ensaiando sem muita dedicação minhas piadinhas burras, tentando me lembrar se esta pessoa era aquela a quem já falei da arrasadora queimadura de sol em 2005, ou se seria outra que também usava óculos e gostava de viajar.

Li em um artigo deprimente que achei no Google sobre encontros em 2018 que os homens não gostam quando mulheres usam calças nos encontros, então com eles eu usava vestidos e saias, embora não tivesse muitos. A princípio me preocupei que, se conhecesse um homem de que gostasse, ficaria sem versões limpas da minha fantasia de mulher, mas é claro que logo se revelou que isso não seria problema. O verdadeiro perigo era sair com mulheres bi demais e ir para casa para passar quatro horas pensando se deveria fazer um piercing no septo.

Apesar disso, a maioria dos encontros era agradável. Só um foi horrível — um homem que chegou trinta minutos atrasado, descalço, e me deu um sermão sobre a usurpação feminina do "papel masculino natural" — e dois foram muito divertidos. Íamos a bares ou nos sentávamos no parque ao pôr do sol, ou de vez em quando fazíamos uma atividade, estimulados por três a sete drinques, o anonimato relativo e a compreensão tácita de que éramos atraídos um pelo outro, ou pelo menos estávamos igualmente excitados.

Ocorreu-me — enquanto me esforçava com cada fibra de meu ser para não pegar o celular enquanto uma garota estava no banheiro — que no final de nossos vinte anos talvez tenhamos o primeiro encontro satisfatório com quase todo mundo: todo mundo teve um ou dois términos grandes, a maioria adquiriu uma fonte semiconfiável de renda e pode pagar uma ou duas bebidas (ou pelo menos conhece um bartender) no tipo de lugar em que as garçonetes eram resolutas na dispensa do sutiã e você simplesmente sabia que tinha alguma coisa empalhada em algum lugar por ali.

Não era problema que os bares todos parecessem iguais. Havia dados demais sobre os gostos de millennials no mundo; todo lugar aonde vamos parece calculado. Mas embora eu tivesse suposto que os apps ampliariam meus horizontes amorosos, surgiu uma figura incrivelmente homogênea como o tipo com quem eu mais dava match, conversava e me encontrava. Os homens tendiam a ter barba, ser de esquerda e ficar empolgados demais se a gente falasse em Harry Nilsson. Todos achavam que Bernie ia ganhar. Um número alarmante pensava em fazer comédia stand-up. Nenhum deles tinha cortinas.

Embora as mulheres fossem um pouco mais variadas (cortes de cabelo diferentes, estilos de roupa diferentes, diferentes abordagens à ideia de "encontrar o Jim para a sua Pam"), considerando o círculo limitado de pessoas queer em Toronto, muitas já eram conhecidas: fiz aulas de ioga com elas, segurei portas para elas em festas de amigos, passei por elas nos corredores da universidade. As mulheres ficavam próximas demais e eram obcecadas por informar ao mundo que eram "ternas". Os homens, embora desconhecidos para mim, tinham banheiros nojentos e escreviam mal. O Tinder não era tão divertido quanto todo mundo não dizia que era.

Acontece que isso não importava. Justo quando eu estava me cansando do ciclo de encontros de aplicativos (conhecer, duas saídas, sexo, terceira saída adiada, remarcar, cancelar e por fim sumir), notei outra coisa no trabalho. Uma espécie de bat-sinal de "estou vulnerável" tinha chegado aos quase interesses do meu passado — pessoas com quem quis dormir na universidade, conhecidos que sempre achei bonitinhos, sedutores colegas de antigos empregos com quem esbarrei em um bar —, e eles estavam entrando em contato aos montes.

Eles curtiam um tuíte velho, ou comentavam embaixo de uma foto, ou deixavam uma mensagem casual para dizer algo que viram que os fez pensar em mim: uma propaganda de restaurante sobre o qual brincamos seis anos antes, uma flor da cor do meu cabelo. Um inglês que quase beijei numa festa em 2017 me mandou uma foto de uma batata assada coberta de feijão com a legenda enigmaticamente ameaçadora: vc é o feijão.

Amy, com quem mantive contato e às vezes encontrava para um café quando eu já havia reclamado demais de Jon com meus outros amigos, disse que essas figuras do passado "sabiam" que eu estava solteira por minha atividade nas redes sociais.

— É instintivo — disse ela. — Aquele story que você postou outro dia? Seus mamilos estavam *visivelmente* duros. Mulheres em relacionamentos não postam essas coisas, simples assim. Estas pessoas sabem disso.

Ela me mostrou um videozinho de um homem colocando whey em uma coqueteleira de água e sacudindo com vigor.

— Para mim, isto tem muita energia de solteiro — disse ela. — Vê como ele parece trepar com a câmera? E olha. — Ela abriu o perfil e rolou pelas fotos dele, dando muxoxos. — Não bota a namorada no feed há três meses. Quer dizer, esse é um solteiro nível Grande Muralha da China. Até do espaço dá para ver que esse cara tá na pista.

Parte de mim ficou horrorizada por estar no mesmo campo do homem-proteína desmedidamente excitado. Eu era mesmo tão óbvia? Sentia-me um babuíno rebolando meu traseiro inchado para outros macacos de uma conferência a que compareci cinco anos atrás. Mas fiquei emocionada em especial com as mensagens, a validação exterior, a chance de experimentar algo que eu já sabia que gostava.

Conhecer gente nova parecia um recomeço: assustador e deprimente, um desafio para alguém derrubado em uma fase amorosa complicada. Era mais fácil. E parecia mais objetivo, reconectar-se com caminhos não trilhados. Estas eram as pessoas que minha relação me impediu de ver! As pessoas certas estavam ali o tempo todo! Era reconfortante pensar que ficar com Jon foi o erro, e não o perder ou deixar que ele partisse. Se eu devia ficar com um daqueles quase de meu passado, então terminar com meu marido foi um passo importante para encontrar o verdadeiro amor, no lugar do que costumava parecer: um fracasso.

Chegando em casa depois de um encontro com um antigo colega, um conhecido de paquera distante, ou amigo de um amigo com quem sempre houve certa tensão sexual, eu sentia uma satisfação e um orgulho que beiravam a mania. Perceber que outras pessoas — muita gente! — gostavam de mim, me achavam bonita ou queriam trepar comigo era espetacular. Eu tinha esperanças de que Jon me amaria para sempre, claro, mas uma parte de mim também tinha suposto que ele foi a única pessoa que realmente quis tentar.

De volta a meu apartamento às quatro da madrugada, passei pelo espelho do corredor e vi meus olhos: uma pessoa sedutora o bastante para ser convidada a sair, gostosa o bastante para dar uns amassos no banco de trás de um Uber, "boa de papo" o bastante para conseguir um segundo ou talvez um terceiro encontro. Contar minhas histórias, passar delineador e encontrar discretas oportunidades de tocar a cintura de alguém funcionava. Eu era, segundo a opinião objetiva de terceiros, digna do tempo, e como era a frase mesmo? "O tempo é o modo como você gasta seu amor"? Reclame com a Zadie Smith!

O fato de que amar e apoiar uma pessoa por muitos anos não era o mesmo que comer pizza com ela por duas horas em um bar cheio de máquinas de pinball não importava. Eu era adorável, porra. Eu estava bem.

Uma fantasia

Estou indo para casa a pé, depois de fazer algo produtivo e moralmente bom, tipo spinning. Tomei banho há pouco e meu cabelo secou exatamente como deveria. Não estou maquiada, mas não preciso, minha pele brilha como se eu tivesse feito três máscaras ao mesmo tempo. Pareço francesa. Eu *me sinto* francesa. Nem mesmo estou ouvindo um podcast enquanto ando, porque sou o tipo de pessoa que quer *viver a vida*.

O sol se põe e respiro fundo, como as pessoas fazem quando no íntimo estão tranquilas e não têm nada a provar. Nenhuma parte de meus peitos está saindo por cima do top esportivo que uso como camiseta, uma decisão que ninguém notou, porque ele fica tão bem em mim.

Enquanto ando pela rua, belamente iluminada, alguém me dá um suco verde: "Para você, moça". Ninguém nem mesmo pensa em dizer "senhora" e por que pensaria? Eu sou jovem. Bebo o suco e o gérmen de trigo se acomoda em meu corpo, dando-lhe energia ou expulsando toxinas ou sei lá o que faz o gérmen de trigo.

Cantarolo baixinho e dou um pulinho ao descer da calçada, me sentindo leve. Quando chegar em casa, vou acender um incenso e ler um livro, e meu celular ficará em outro cômodo e eu nem vou me lembrar onde, porque não me incomoda nada ficar longe dele. Passarei hidratante no corpo e me sentirei neutra em relação à minha celulite, não tem problema nenhum, todo mundo tem, até alguém que está tão bem como eu.

Enquanto ando pela rua vou saber, no fundo de meu corpo, que sou amada. Por amigos, familiares, até...

De repente, lá está ele. Jon, de olhos vermelhos e aparência cansada, vagando sem rumo como uma pessoa que tomou muitas decisões ruins na vida, e uma delas o assombra em particular. Eu o vejo muito antes de ele me notar, e penso, *mas que tragédia*.

É difícil vê-lo sofrer quando eu, nas palavras de nossos amigos, conhecidos e de um artigo de primeira página surpreendentemente pessoal, mas correto, "estou tão incrivelmente bem".

Acho que talvez seria mais gentil evitá-lo, então meço meus passos para que ele passe à frente. Ando bem devagar, mas não basta. Pelo jeito como ele se arrasta — resignado, arrasado —, estamos quase nos encontrando. Tento imaginar a forma mais delicada de dizer "Conheci alguém" quando:

"Maggie! Maggie!"

Viro-me ao mesmo tempo que Jon. Nós dois vemos o homem de imediato, não tem como não ver, em vista da multidão que se formou. Ele corre até nós com suas pantalonas imensamente largas e *avant-garde*, sorrindo e acenando.

"Aí está ela", diz Harry Styles, envolvendo minha cintura com um braço tatuado e estiloso.

Jon percebe de pronto: nossa intimidade tranquila, o rubor em minhas faces. Sinto uma pontada de pena do homem que no passado foi meu marido. Quero pedir a Harry Styles que seja menos íntimo, que mostre algum respeito pela situação constrangedora. Quero dizer "Harry Styles, por favor". Mas sei que não posso impedi-lo — ele está excitado demais, é tudo muito novo. Jon fica deprimido, mas estende a mão para cumprimentar o superastro internacional que conheci por acaso em um avião e conquistei fingindo não conhecer sua discografia.

"É melhor não, parceiro", diz Harry Styles. "Passei a manhã toda dedando tua mulher."

O frenesi de atividades teve início em algum momento de meados do outono e até eu sabia que isso era um mau sinal.

— De jeito nenhum — disse Lauren, depois de eu sugerir nos matricularmos em um intensivo de krav magá que Olivia garantiu que ia acabar com a gente. — Nenhum adulto começa um hobby se está feliz.

Lauren tinha razão. Não importava que fosse uma nova tendência modinha de ginástica ou uma aula útil do ponto de vista aspiracional, ou algo divertido e específico, como desenho com modelo vivo ou um grupo de conversação em italiano — todo mundo envolvido no aprendizado adulto estava fugindo de alguma coisa.

Aprendi isso em primeira mão, depois de ter a ideia de me dedicar a um hobby ao ler conselhos no WikiHow para administrar um divórcio durante uma noite particularmente sombria e patética. A lista arrolava dezoito dicas, mas as últimas sete se referiam à criação de filhos em um acordo de guarda compartilhada e, portanto, não eram relevantes. "Tenha um hobby" era a dica de número quatro, logo acima de "Revisite antigas paixões", um cabeçalho acompanhado de uma ilustração de uma mulher mexendo algo bege em uma frigideira enquanto imaginava um despertador. Um hobby parecia menos confuso, e a sexta dica, "Faça terapia, se necessário" não se aplicava a mim.

Não consegui convencer Lauren a fazer artes marciais israelenses, mas a convenci a ingressar em uma liga de boliche para solteiros com o argumento de que podia haver uns homens gostosos no grupo. Foi uma decepção. Eu sabia que talvez houvesse *um* homem interessante em meio ao bando, mesmo em um cenário da melhor hipótese. Todos os cursos em que me matriculava — toda malhação em grupo, seminário de escrita criativa ou oficina de fim de semana para aprender a fazer nossas próprias misturas de óleos essenciais — eram, na maior parte, frequentados pelos recém-abandonados, a maioria mulheres, todas muito mais velhas do que eu.

Uma vez, em uma noite bastante ambiciosa de "introdução ao *bouldering*" que encontrei no Groupon, vi duas mulheres que pareciam ter a minha idade e fiquei animada, pensando, *é isso, é assim que a gente faz amigos depois dos trinta anos*. Mas por acaso elas não eram entusiastas amadoras de escalada indoor em rochas que esperavam fazer amizades. Eram irmãs, presentes para dar apoio à mãe, que estava — você adivinhou — passando pelo seu segundo divórcio.

"É complicado", disse uma delas, colocando giz na mão de um jeito que achei inescrutável e estranhamente sedutor. "Ela não para de dizer, 'Devemos admitir que o experimento heterossexual fracassou'. E eu até concordo com ela, mas ela não é lésbica, então... não sei que plano tem em mente."

Mais tarde, quando eu estava sentada no chão da academia de escalada indoor, vendo a filha solidária-mas-cínica subir um penhasco simulado, a mãe se sentou por perto, ofereceu-me um suco de caixinha e suspirou de um jeito tão longo e alto que espanei o pó que tinha em mim e saí.

Além do bouldering, tentei uma aula de macramê, uma noite de grupo de tricô e uma noite em que todo mundo a minha volta modelava argila freneticamente em pequenos seios para fazer vasos de plantas; teve uma oficina de *batik*, um fim de semana de culinária pan-asiática e uma aula de exercícios em grupo em que éramos encorajados a gritar do começo ao fim, liberando nossa raiva e o que estivesse nos impedindo de atingir objetivos individuais indefinidos. Dessa eu saí depois que o instrutor berrou "Existem coisas mais importantes do que o DINHEIRO!" e toda a turma aplaudiu, embora a presença deles ali tivesse custado quarenta e sete dólares por cabeça.

Não tinha me custado nada, e um grande motivo para que eu estivesse tão ocupada com meu novo hobby de "ter hobbies" era que a maioria das atividades permitia que você comparecesse a uma primeira aula de graça. A cidade fervilhava de oportunidades para experimentar artesanato e atividades atléticas híbridas sem custo algum. Se você tivesse tempo suficiente e não fosse cheia de frescura com coisas como a higiene do lugar ou a competência do instrutor, podia fazer várias aulas de ioga de graça em qualquer dia da semana.

Continuei a frequentar meu curso de ioga restauradora do bairro (Clive nunca mais apareceu), mas sondando pelas ruas, achei hot ioga, ioga para corredores e algo chamado "ioga Rihanna" em fachadas de loja diferentes mas quase idênticas pela cidade. Eu corria até o Mixed Level Movement antes do seminário das 10h30 ("entram com roupas molhadas: o clima no palco elisabetano"), em seguida, entrava na sala escura e sem janelas onde eu dava aulas, de cabeça ostensivamente erguida. Depois da aula eu me desvencilhava de minha essência e arriava na mesa por sete horas antes de parar para outra rodada de chaturangas subsidiadas a caminho de casa.

A maioria de meus esforços que não envolviam ioga centrava-se em destravar algum lado inexplorado mas prolificamente criativo e talentoso que vários panfletos e descrições online me garantiam que havia dentro de todos nós. Meu apartamento aos poucos se encheu de "suportes para plantas" de lã trançada, esculturas de argila tortas e um minijardim zen que parecia uma caixinha com um garfinho de comida delivery dentro dela.

Fiz a maior parte dessas coisas sozinha. Meus amigos eram, por princípio, antiatividades, e eu não podia mais invocar sua solidariedade como no início do verão. A essa altura, eles estavam acostumados — eu passava por um rompimento e estaria assim pelo futuro previsível. Não era possível esperar que largassem tudo e viessem me socorrer sempre que eu me sentisse péssima. Eu me sentia péssima o tempo todo! De vez em quando, enquanto eu lutava com cola e lã ou cortava pedacinhos de tecido para costurar em um pedaço maior de tecido, imaginava meus amigos satisfeitos: a Lauren Emocionada aconchegada com seu namorado tranquilão, Nour, vendo documentários sobre a natureza e chorando por filhotinhos de animais; Lauren chegando de uma aula na F45 em seu apartamento perfeitamente equipado para uma só pessoa, pronta para pedir o jantar em um delivery chique; Amirah e Tom encontrando sua luz comendo tapas; Clive vendo um filme com os caras mais velhos e bonitos com quem ele estava em uma espécie de trisal. E lá estava eu, tingindo uma toalha.

Por fim até meus amigos solteiros não estavam solteiros o bastante para o caminho que eu trilhava. Clive fugiu depois que o levei a uma aula de ginástica que acabou por ter a ver com jazz (a dança). Lauren desistiu na noite de pintura enquanto estávamos lado a lado, bebendo vinho com outras doze mulheres, todas delineando a mesma imagem de uma silhueta urbana ao poente. Ela acrescentou algumas pinceladas de rosa no canto de um céu que escurecia e falou.

— Isto é autoflagelação. É pior do que quando meu chefe nos mandou fazer arremesso de machados.

Eu não consegui convencer ninguém do grupo a arremessar machados e Amy passara as últimas duas semanas entocada em um loft com um cara do mercado financeiro, alternando entre mensagens é ISSO!!! e me ignorando por dias. Em vez disso, levei Nathan, um barbudo musculoso que conheci vários anos antes em uma festa, que recentemente tinha respondido a um de meus stories no Instagram às três da manhã com um hahaha.

Nathan era o tipo de homem que teria sido considerado vagamente alternativo dez ou até cinco anos atrás, mas cujos traços agora combinados deixavam claro que era um ex-suburbano que se mudou para a cidade grande, virou vegano e arrumou um emprego de relações-públicas na indústria musical.

— As pessoas acham que tudo se limita a tigelas de grãos e açaí — disse ele, tomando posição e olhando o machado na mão tatuada. Sua camisa de flanela e os jeans rasgados pareciam se fundir com o corpo, como se alguém tivesse embalado Kurt Cobain a vácuo para guardar durante o inverno. — Mas eu sou a prova viva de que você pode comer porcaria e ainda ter uma vida à base de vegetais. Me pergunte quais Doritos são veganos — disse ele, concluindo. — Nem todos são, mas tem mais do que você pensa.

Ele acertou no alvo de imediato, e várias outras vezes depois dessa, um fato que eu achei estranhamente deprimente. Os encontros tinham um jeito de fazer com que a incompatibilidade parecesse um fracasso pessoal; não havia nada tecnicamente *errado* com Nathan, eu só não gostava dele ou não queria passar mais tempo com ele, o que, no contexto de nós dois tendo pagado quarenta e cinco dólares por uma hora de arremesso de machados e uma cerveja cada um, era um problema. Quando ele me disse que eu dava a impressão de ter "uma ótima forma por baixo disso aí", ofereci-me para ir ao bar.

O lugar não abrigava apenas arremesso de machados. Os adultos com idade para beber podiam ir ali para desfrutar inúmeras atividades vagamente relacionadas com acampamento: cabo de guerra, *shuffleboard* e aquele clássico passatempo da natureza, enormes máquinas de fliperama. Contornei um grupo grande e barulhento que se acotovelava no boliche na grama indoor, seus adversários insistindo, sim, Scott tinha colocado o pé além da linha, ele colocou — ele colocou! —, todos eles tinham visto.

O que todos eles faziam ali? O que esperavam sentir aqueles adultos envolvidos em jogos de seu passado real ou imaginário? Distração, imaginei. Essa foi a conclusão a que meu contínuo experimento com hobbies parecia levar. Fins de semana de esqui, boliche, ligas de vôlei pós-trabalho, acompanhar esportes... todas as atividades pareciam ser esforços transparentes para fugir do vazio, quando na verdade nada convence mais da falta de significado na vida do que ver milhares de pessoas desesperadamente animadas enquanto um milionário tentava fazer uma bola cruzar a linha de outro milionário. A única atividade que já me interessou na vida foi ficar sentada com meus amigos sob uma luz que me valorizasse, comendo e conversando sobre quem queria nos beijar, e que roupa estaríamos usando quando fizessem isso.

Eu pensava nisso enquanto via um grupo de meninas de vinte e poucos anos torcendo por uma das amigas que dava uma surra em uma máquina de pinball. Desfrutavam de um nível de diversão que eu nunca vira fora de um comercial de uma cadeia de restaurantes. Talvez eu estivesse enganada. Talvez a fuga fosse o caminho a seguir. Pensei em me juntar a elas para torcer pela amiga, que nem era tão boa no pinball, não que desse para notar pelo apoio exagerado que ela recebia das companheiras barulhentas. A garota tinha acabado de cair em um pocket de cinquenta pontos quando um dardo penetrou na minha perna.

O que aconteceu foi o seguinte: uma mulher gritou e quando procurei a origem do som, três pessoas me encaravam com a boca tapada pelas mãos.

Baixei os olhos para a minha coxa. A saia que eu usava (de couro, uma grande mudança) e as meias-calças (de camada dupla para mais maciez e apoio) ajudaram, mas ainda assim tinha um pequeno dardo empalado na parte superior de minha perna.

— Aaaaaai, meu Deus — gritou uma das mulheres. — Ai, meu *Deus*, está tudo bem com você?!

Eu não sabia o que responder. O dardo não parecia ter se enterrado profundamente, mas e se tivesse perfurado uma veia? E se, quando o retirasse, esguichasse sangue em tudo, como nos filmes em que alguém é cortado na, como se chama mesmo, jugular? Não tinha uma artéria importante em algum lugar da perna? O importante provavelmente era não entrar em pânico, manter o batimento cardíaco baixo, mas isso não parecia algo que dependesse de mim. Como era mesmo aquele negócio de respirar — quatro, oito, cinco?

— Posso dar uma olhada nisso?

A voz pertencia a um homem de cabelo cacheado com uma expressão preocupada e um cardigã de gola xale.

— Você é médico? — perguntei.

— Melhor — disse a bêbada, segurando-me pelos braços no que ela deve ter imaginado ser uma sacudida tranquilizadora. — Ele é meu *chefe*.

— *Você é médica?*

— Talvez! — respondeu ela.

— É claro que você não é — disse o homem, afastando-a com delicadeza. — Vá beber uma água, está bem?

Por cima do ombro, a mulher gritou:

— Emergência 6Bites! CÓDIGO VERMELHO!

Antes chamado de Taste of T.O., 6Bites era um entre vários empreendimentos de mídia que mergulhou de cabeça quando um ator infantil que virou rapper sugeriu começarmos a chamar nossa cidade de "the 6ix". Tinha críticas de restaurantes e entrevistas com chefs locais e a ocasional exposição de "cultura tóxica de cozinha", mas parecia sobretudo ganhar a vida com vídeos de mãos sem corpo cozinhando receitas inteiramente intragáveis e listas sobre onde conseguir um Bloody Mary com um hambúrguer dentro.

— Peço desculpas por ela e todo o resto dessa história — disse o homem, ajoelhando-se para examinar minha perna. — Um desastre, do começo ao fim.

Uma consciência vaga de que ele era bem bonito se solidificou em estresse, como se as meias-calças duplas e o couro tivessem me deixado com a virilha suada.

— Damos às novas contratadas a ida gratuita ao bar — disse ele. — Esta é a pior que já aconteceu, mas acredite em mim quando digo que você não é a primeira baixa do jogo de dardos. Talvez eu possa... — Ele estendeu a mão, hesitante, para o dardo.

— Não devíamos chamar um funcionário ou coisa assim? — perguntei.

— Todos eles têm uns dezenove anos e estão doidões — disse ele. — Acho que sou sua melhor aposta. Além disso, parece que ele não... quer dizer, que mal entrou. Só me deixe...

A ponta de seus dedos fez contato com o corpo do dardo. Estremeci e virei a cara, incapaz de suportar. Meu rosto ainda estava franzido, o corpo tenso, os olhos desviados, quando ouvi o dardo tilintar no chão. Examinei minha saia: nem tinha atravessado o forro.

— Meu nome é Simon — disse ele, sorrindo enquanto se levantava do chão. Ele tinha a atitude calmamente confiante típica dos atraentes, mas havia uma receptividade nele que sugeria algo mais: um ambiente doméstico insistentemente encorajador, talvez, ou uma criação religiosa. Parecia alguém que achava que o paraíso era real.

Simon se ofereceu para me pagar uma bebida para compensar o ferimento. Observei que, no fim das contas, não houve ferimento nenhum. Ele disse, "Mesmo assim" e partiu para o bar.

Eu não sabia como processar a franqueza de sua paquera. Era minha compreensão de que a intenção amorosa (ou pelo menos o sexo casual) era comunicada por uma série de alfinetadas irônicas sobre a roupa, os hábitos ou o caráter do outro, talvez alguma interação nas redes sociais feita em uma hora discreta. Esta abordagem direta "posso te pagar uma bebida?" era nova e desconcertante. Ainda assim, ele era bem bonito e eu tinha ignorado sentimentos mais estranhos do que a novidade em nome de uma conversa de alguns minutos com alguém atraente.

Simon foi ao bar, bateu um papo tranquilo com quem o atendeu e pediu uma bebida de que eu nunca ouvira falar, com uísque, Campari e um terceiro ingrediente que não peguei. Era de um vermelho vivo e tinha um sabor agridoce, com uma cereja dentro. Ele agradeceu e deu uma gorjeta ao bartender. Vi que o funcionário absorveu seu sorriso tranquilo. Depois ele se virou para mim.

Conversamos com facilidade e sem nenhuma pausa desconfortável por mais ou menos vinte minutos. Descobri que ele tinha trinta e um anos, era solteiro e morava ali perto. Era quase inacreditavelmente hétero — a camisa social, a suposta camaradagem com o bartender, a torcida fervorosa por um time de futebol que eu nem sabia que existia em Toronto —, mas não apareceu nenhuma bandeira vermelha imediata. Ele parecia ser um homem gentil e de fala mansa que se sentia à vontade naquele bar e talvez até em qualquer outro lugar em que estivesse. A gritaria de bêbados e a barulheira de vários jogos dificultava nossa conversa e, embora eu gostasse de ficar com o rosto pressionado na orelha dele para falar, queria conversar mais intimamente e em particular.

— Você pode abandonar suas estagiárias? — perguntei. Não era incomum que eu "me expusesse" desse jeito, mas eu já havia me notado usando técnicas de flerte confiáveis: uma versão exageradamente juvenil de minha risada comum, insultos que na verdade eram elogios e uma pegada meio vagaba de que eu não me orgulhava. Não parecia um risco mostrar interesse por este homem; por motivos que não estavam claros (pelo menos para mim), ele já estava visivelmente interessado.

— Tecnicamente, não — disse ele. — Mas estou odiando este lugar. Precisa voltar ao seu grupo em algum momento?

Olhei para minha mesa, onde Nathan estava feliz batendo papo com outra mesa, presumivelmente sobre *seitan*.

— Na verdade, não.

— Ótimo — disse ele. — Quer ir para casa comigo?

Simon tinha vindo de bicicleta. Ele mexia na tranca enquanto eu mandava uma mensagem para Nathan dizendo que tive de ir embora devido a uma emergência inespecífica que deixei implícito ser diarreia. Com a bicicleta livre, Simon se ofereceu para caminhar ao meu lado, depois falou.

— Espere, não. — Tirou o suéter e embolou por cima da garupa para formar uma almofada horrível. — Sobe aí.

Revirei os olhos — a coisa toda era meio parecida com *Aladdin*. Mas subi, e enquanto percorríamos Dovercourt com o vento de outono jogando meu cabelo para trás, pensei que se foi assim que se sentiu a princesa Jasmine, ela deve ter se divertido pra caramba. Depois abri bem a boca e um inseto entrou voando.

Quando entramos no apartamento dele, gritei.

— Você tem que me contar qual é o problema das cortinas — falei. — Por que nenhum cara tem cortinas? O que é isso? Vocês detestam dormir? Detestam privacidade? Há pouco tempo paguei um boquete à plena vista de uns adolescentes que pulavam em uma cama elástica do lado de fora.

— Meu Deus.

— O sujeito não tinha cortinas! — falei. — Literalmente não havia alternativa.

— Acho que você podia não ter feito o boquete — disse ele, tirando o casaco e pendurando em uma fileira de ganchos ao lado da porta. — Eu me mudei para cá há pouco tempo e tinha umas venezianas de plástico horríveis, então tirei e ainda não as substituí. Vou fazer isso.

— Quando você se mudou?

— Há quatro meses.

Passei por ele, entrando na sala de estar; o estilo era moderno retrô, como o de todos os outros. Algo cheirava bem, ou o apartamento, ou ele. Espiei o quarto para ter certeza de que havia lençóis na cama (nem sempre é garantido, o Tinder me ensinou). Não só tinha lençóis, como a cama estava arrumada.

Seu closet não tinha porta e pude ver uma fileira de camisas sociais azuis imaculadas, exatamente iguais à que ele vestia agora. Perguntei-me o que isso significava em relação a sua personalidade, se ele era avesso ao risco, ou rico, ou apenas tinha descoberto que a Uniqlo ia parar de fabricar um estilo particularmente amado de camisa social. Esta matemática indiscreta era uma das melhores partes de ser solteira e o motivo para eu raras vezes convidar alguém a minha casa. Queria bisbilhotar a casa dos outros, tirando conclusões a partir de seus copos de bebida, do posicionamento das bugigangas decorativas e da dobra do papel higiênico; a ideia de alguém fazendo isso na minha casa me gelava o sangue.

Voltei à sala, onde Simon mexia nos armários.

— Situação de petiscos ruim, lamento dizer — disse ele. — Quer uma cerveja?

Fiz que sim com a cabeça. A geladeira dele era limpa, escassa e triste: algumas cervejas, um filme Polaroid, três tipos de molho de pimenta e ração para cachorro.

— Você não come em casa? — perguntei.

— Não com frequência.

— Tem um cachorro?

— É, eu tinha.

Simon e a namorada de quatro anos haviam rompido na primavera anterior. Para lidar com a solidão, ele adotou um Chihuahua velho chamado Bartholomew que morreu tipo imediatamente depois. Simon passou o verão de luto pela ex e pelo animal, e agora fazia terapia, escavando o que queria da vida, suas falhas como pessoa, em que ponto ele errou e foi vítima de erros no relacionamento.

Isso era mais informação do que eu queria, sobre o cachorro ou sua história emocional. Ele virou a cara com tristeza e parecia que talvez fosse chorar. Para ser sincera, eu não queria que ele fizesse isso.

— Só o que estou ouvindo é que a ração de cachorro está aqui há pelo menos três meses — eu disse.

Simon franziu os lábios, fingindo irritação.

— Quer a cerveja ou não?

Aceitei e agradeci, inclinando-me para bater desajeitada a base do meu copo na dele. Ele estava mais distante do que eu previra e o esforço despendido para alcançá-lo tornou-se imediatamente ridículo pelo baque surdo do copo que mal tocou no outro.

— E você? — perguntou ele. — Quando foi sua última relação?

Parei por um momento, depois disse que já fazia algum tempo que não estava com ninguém. Apesar de tudo, minha vida amorosa não era tão interessante. Nada de importante a relatar.

— Sério? — perguntou ele. — Nenhum grande amor? Nenhum "aquele que escapou"?

— Nada de nada. — Dei de ombros. — Acho que não sou uma pessoa de manter relações. — Eu disse a ele que recentemente havia deletado o Tinder pela quarta vez e tinha esperanças de que isso durasse.

Simon não se aventurava nos apps. Esteve saindo de forma casual com a amiga de uma amiga, e o tempo deles juntos parecia estar chegando naturalmente ao fim. Ela andava pedindo, com uma frequência cada vez maior, que ele a esbofeteasse enquanto trepavam.

— É óbvio que quero fazer o que ela quiser — disse ele. — Mas parece meio... cedo, quem sabe? Estou tentando entender como fazer isso de um jeito respeitoso.

Eu disse a ele que talvez a questão não fosse essa. Houve um momento desagradável em que Simon parecia mesmo estar refletindo sobre como dizer alguma coisa, depois me saiu com essa:

— Não sei se é uma boa ideia dormirmos juntos.

— Você não precisa me *bater na cara* — falei. — Quer dizer, até pode. Nunca experimentei isso, mas tenho certeza de que fica tipo a um passo de puxar o cabelo, o que a essa altura é basicamente beijar, não é?

— Não é isso — disse ele.

Eu começava a ficar constrangida. Foi ele que me convidou a vir aqui! O que ele achava que ia acontecer? Lembrei de uma frase que fiquei chocada em saber que era uma expressão vulgar muito usada na Austrália: *"I'm not here to fuck spiders."* Ouvi a frase pela primeira vez de uma garota bissexual adepta do poliamor vinda de Melbourne, com quem dividi um drinque e uma conversa sobre se eu seria uma participante apropriada no ménage que ela e o marido pretendiam arrumar. No fim, não fizemos o ménage, mas é sempre divertido aprender algo novo sobre idiomas.

Ocorreu-me que eu tinha interpretado toda a situação do jeito errado. Talvez este homem não me achasse incrivelmente atraente, como sugeriram seu comportamento, a fala e a linguagem corporal. Talvez ele só estivesse tentando evitar um processo da 6Bites. Talvez ele fosse "legal demais" e esse tipo de incompreensão aconteça com ele o tempo todo, os amigos sempre pedindo que parasse de convidar mulheres desconhecidas para casa para uma longa conversa e zero sexo tomando uma cerveja. Talvez ele tivesse um pênis bizarro. Talvez fosse gay. Eu estava prestes a pedir licença ao homem homossexual extremamente educado de pau pequeno quando ele pôs a mão na minha perna e meu cérebro parou de funcionar.

Ele a retirou com igual rapidez, mas a ideia, digamos, tinha sido plantada. Aproximei-me e ele recuou um pouco, dizendo:

— Preciso te contar uma coisa primeiro.

Recostei-me no sofá, metendo as pernas por baixo do corpo num esforço para parecer compreensiva, disposta a ouvir e também, provavelmente, pequena. Simon respirou fundo e se lançou em uma longa história emocional, cujo resumo era que ele tinha traído a namorada.

Claro! Claro que sim. Óbvio ele não era só um supersolteiro que tinha aparecido do nada, resgatando divorciadas de acidentes de baixo impacto em jogos ao ar livre. Ele era um clássico vilão, um cão imundo. Tinha conhecido alguém em um festival gastronômico patrocinado por uma vodca (pelo amor de Deus), dormiu com ela e mentiu sobre isso por vários meses, até confessar e ser expulso de seu apartamento por uma mulher que não fez nada além de amá-lo e lhe dar apoio (provavelmente) nos últimos quatro anos da vida agora acabada dela.

Era uma história clássica e que eu conhecia bem, depois de falar com muitos amigos que viveram cenários quase idênticos nos últimos anos. Para as mulheres hétero no final dos vinte anos, ser traída por um parceiro é basicamente de lei.

Eu disse a ele que isso o fazia perder 40% dos pontos comigo, mas não tinha nenhum impacto especial em meus sentimentos sobre passar a noite na cama dele. O alívio que se espalhou por seu rosto parecia não ter relação com o sexo.

— Sério?

— Você me pegou em uma fase boa — falei. — Estive lendo muito Esther Perel.

De novo, ele parecia prestes a chorar. Acariciei suas costas e pensei em contar a ele sobre meu término, mas decidi que não era tão relevante assim e até podia, neste caso, parecer vanglória. Afinal, nem Jon nem eu rompemos a única condição obrigatória da união amorosa contemporânea: tínhamos agido com nobreza e deixamos de nos amar aos poucos, com o tempo.

Pensei em dizer algo tipo *quer falar sobre isso?*, mas se mostrou inteiramente desnecessário. Ele queria falar sobre isso. E muito. Foi interessante ouvi-lo lutar com tantas coisas ao mesmo tempo: se a relação teria terminado sozinha de outro jeito (provavelmente), se ele era uma boa pessoa (não estava claro), se ele devia procurar mulheres de novo agora, tão cedo (não estava claro, mas... provavelmente não) e o que fazer com o "paradigma do homem tóxico" (palavras dele) em que ele foi criado e socializado. Suas frases eram cheias de condicionantes, moratórias a seus vários privilégios. Ele usava muitos termos de terapia. Era evidente que ele era um homem que escrevia em um diário.

Eu disse que parecia um sinal positivo que ele se sentisse mal, que estivesse na terapia e fizesse todas aquelas perguntas ligeiramente idiotas sobre a moralidade, o amor e a masculinidade.

— Tomara que sim — disse ele.

Ele parecia meigo, nervoso e tímido, o homem despreocupadamente confiante do bar perfurado e murcho pelo grande dardo da vida. Tentei moderar parte da empatia que senti pensando em como a namorada deve ter ficado puta da vida e assim continuaria por algum tempo. Se eu fosse amiga dela, teria sugerido queimar uma efígie dele. Mas eu não a conhecia, então em vez disso estava na sala de estar de Simon, querendo que ele parasse de lamúrias e se jogasse em cima de mim.

Ele terminou a cerveja e falou.

— Passei muito tempo com medo de ser fundamentalmente uma pessoa pior do que pensava ser. Como dá para saber se algo que você fez foi um erro idiota ou um sinal verdadeiro de seu caráter?

Eu não sabia responder a isso, então sugeri que fôssemos para o quarto dele.

O SEXO FOI MAIS íntimo do que eu esperava — eu podia ver como o estilo deste homem podia exigir alguma preliminar até chegar a um tapa na cara —, mas também significativamente melhor do que a média. Como todo o resto nele, foi sincero, envolvido e objetivo. Perguntei-me se era assim porque ele não sabia que eu era divorciada; no que dizia respeito a ele, eu era só uma mulher, solteira pelos motivos normais. Talvez o que eu sentisse fosse a ausência de pena, o modo como alguém te tocava quando não sabia que sua vida estava em frangalhos. O que quer que fosse, senti-me ligada a ele de um jeito que não senti com mais ninguém com quem estive desde Jon. Isso era irritante, claro, mas não se pode discutir com a técnica. Depois de quatro orgasmos somados, dormimos, as luzes da rua brilhando diretamente no quarto.

Na manhã seguinte, acordei de conchinha com Simon — uma posição que tomei emprestada da vida de casada e algo que me humilhava por descobrir fiz em vários encontros recentes. Nunca parecia certo: a familiaridade da sensação e a estranheza da pessoa provocavam uma vertigem emocional inquietante. Tentei retirar a mão sem assustá-lo. Ele resmungou alguma coisa, semiadormecido, depois me virou, a dobra de seu cotovelo em minha cintura, o braço vindo a pousar em meus peitos. Fiquei deitada ali, desajeitada, imaginando quanto tempo ele levaria para acordar e eu para poder ir embora.

Quando meus olhos se abriram mais ou menos uma hora depois, eu estava sozinha. Vesti-me rapidamente e fui à cozinha, com a boca com gosto de guarda-chuva e areia. Simon preparava o café, de roupão.

— Bom dia — disse ele amigavelmente. O roupão tinha um monograma.

— Acho que estou atrasada para o trabalho.

Fui até seu banheiro estranhamente limpo e enxaguei a boca com pasta de dente, passando o dedo de qualquer jeito nas gengivas e nos dentes, e nas laterais da língua.

— Pode usar minha escova de dentes, se quiser — gritou Simon da cozinha.

— O quê? Isso é... não, obrigada.

Simon meteu a cabeça pela porta.

— Não parece menos higiênico do que qualquer outra coisa que fizemos, mas faça como quiser. Café?

— Preciso ir.

— Desculpe-me por falar demais de mim ontem à noite — disse ele. — Estive lutando para saber como ser transparente sobre meu passado com gente nova e ao mesmo tempo ter a consciência de não fazer o outro de lixeira emocional, sabe como é.

Eu não sabia do que ele estava falando.

— É, sério, hmm, não se preocupe com isso — falei distraída, os olhos percorrendo a sala em busca das coisas que larguei ali na noite anterior.

Peguei meu telefone onde ele tinha plugado (!) em sua mesa de cabeceira e fiz um coque no cabelo. Quando voltei à cozinha, tinha café na bancada em um copo para viagem.

— Você tem essas coisas em casa?

— Um amigo meu é gerente de uma cafeteria — disse ele. — De vez em quando me passa alguns escondido. Uso principalmente para beber cerveja no parque.

Peguei e tomei um gole. Estava uma delícia.

— Você é um serial killer?

Ele riu e se inclinou para mim, colocando a boca na minha com uma força surpreendente para as oito da manhã e me empurrando para sua porta aberta. Por um segundo, pensei que talvez fosse tentar me levar de volta ao quarto, mas ele se afastou, olhou para mim e disse:

— Foi ótimo. Gostaria de ver você de novo.

Isso foi muito desanimador.

— Você foi criado em alguma seita? — perguntei. — É americano ou coisa assim?

Um vizinho abriu a porta do outro lado do corredor, e de súbito tive consciência de minha maquiagem borrada e meu cabelo visivelmente despenteado. Simon fez uma cara de conspiração para mim, depois acenou para o vizinho, um pai moderno e bem-arrumado, embora sonolento. Passou pela minha cabeça que este homem provavelmente era no máximo cinco anos mais velho que eu, e no entanto eu me sentia uma adolescente flagrada ao amassos no cinema por um adulto. Perguntei-me se ele me considerava uma colega ou uma jovem, se ele acenava para muitas mulheres neste corredor. O vizinho desapareceu escada abaixo e eu me virei para Simon, com o ridículo copo de papel quente na mão.

— Obrigada pelo café.
— Disponha.

Três dias depois, Simon me mandou um print de uma compra online: UM (1) — PAR DE CORTINAS COM BLACKOUT cor CINZA-ESCURO. Passei alguns dias tentando pensar em algo inteligente para responder, mas não consegui bolar nada, então deixei por isso mesmo.

De: Lori@JansonParkerStevenson.ca
Para: m--@gmail.com
Enviado em: 18 de outubro de 2018
Re: re: algumas perguntas sobre a conta?????

Olá, Maggie

Obrigada por seu e-mail, recebido na última quinta-feira, 11 de outubro. Lamento saber que você foi surpreendida com minha mais recente conta e creio que talvez queira ver uma discriminação de cada cobrança (cópia abaixo). Como cortesia, não será cobrada por este e-mail, mas observe, por favor, que segundo a conta, os e-mails têm taxas de atendimento.

    Sobre o tema da correspondência, creio que devemos abordar os telefonemas. Sei que esta é uma época difícil e que você, como qualquer pessoa que esteja passando por uma importante reviravolta na vida, está sob muita pressão. Fico feliz em responder a telefonemas de meus clientes sempre que eles quiserem, conversar com eles sobre a separação e o processo de divórcio ou receber alguma informação relevante pertinente ao litígio próximo. Porém, os telefonemas feitos a meu escritório ou ao celular pessoal são cobrados à taxa padrão de 215 dólares a hora e, como você verá abaixo, as cobranças podem se acumular com o tempo. Se estiver procurando meios de limitar as custas judiciais, pode ser um começo sensato encontrar um familiar ou outro confidente com quem discutir suas experiências e sentimentos.

    Obrigada e tudo de bom,

    Lori.

Despesas e tempo cobrado,
10 de ago — 10 de set de 2018

Fotocópias $50,75

Fax $3,50

Telefonema referente a: *lei de apoio ao cônjuge, explicada à cliente que o casamento tinha sido curto demais para dar esse direito ou recolher pensão parcial após a dissolução do casamento*
(7 min)... $25,06

Serviços de entregas................................. $10,43

Telefonema referente a: *incapacidade de encontrar a declaração do imposto de 2017: cliente informou que uma estimativa de renda com base na declaração de anos anteriores seria suficiente; conversa relacionada com dificuldades de encontrar trabalho como freelancer, a trabalheira de guardar recibos; pedido de indicação de terapeuta de casais*
(12 min).. $42,96

Telefonema referente a: *ter encontrado a declaração do IR de 2017*
(3 min)... $10,74

Telefonema referente a: *declaração de IR de 2017 na verdade com várias páginas ausentes; perguntas relacionadas com a representação legal e comunicação com o advogado do marido; pedido por histórias "piores" da carreira de advogada; longa digressão relacionada à situação dos encontros por apps hoje em dia*
(28 min).. $100,33

Provedores de Suporte a Litígios — Auxílio judicial $30,00

Serviços de entrega $18,90

Telefonema referente a: *sentimentos de desespero, exaustão com o processo judicial e distração no trabalho; cliente lembrada de que o divórcio é uma maratona, e não uma corrida de velocidade, e sugestão de um foco maior no autocuidado porque ainda não se deu entrada na petição e restam muitos estágios; vários minutos praguejando*
(30 min). $107,40

E-mails variados $48,35

Provedores de Suporte a Litígios — Auxílio judicial $30,00

Telefonema referente a: *pedido de desculpas pelo telefonema do dia anterior* (1 min) . . . . GRATUITO

TOTAL $478,42

Merris, presumivelmente enjoada de me ouvir reclamar dos abutres do mercado imobiliário de Toronto, ofereceu-me a suíte do porão de sua casa das *Supergatas*, dizendo que eu podia ter o primeiro mês de graça se concordasse em passear com Lydia, a dogue alemã de sua colega, enquanto a mulher se recuperava de uma cirurgia no pé.

Não era uma casa na praia nem um loft em Nova York, e eu não estava particularmente interessada em ocupar o porão de uma comuna de aposentadas muito erudita. Mas os encontros estavam ficando quase tão caros quanto o divórcio, eu estive fazendo muitos tratamentos de skincare com Amy, e me ocorreu que eu podia ir a mais encontros e atacar minha derme com ainda mais lasers baratos se morasse em um lugar que não devorasse 80% de minha renda todo mês. Além do mais, os telefonemas à advogada se acumulavam. Protestei por alguns dias, depois aceitei, permitindo que Jiro me fizesse perguntas sarcásticas sobre o acordo, e aceitando de Olivia um vaso de aspidistra que eu sabia que ia morrer na hora.

Perguntei a Merris se ela receava que o fato de eu ser sua inquilina pudesse afetar nossa relação profissional. Ela revirou os olhos e me disse para mandar um e-mail sobre a data da mudança; tinha um aquário quebrado e ela precisava de alguns dias para se livrar dele antes que o lugar ficasse habitável. Entreguei a notificação a minha senhoria. Ela respondeu por escrito, Lamento que você vá embora!, depois anunciou o lugar na internet por quatrocentos dólares a mais por mês.

Mudei-me em um sábado cinzento alguns dias antes do Halloween. As duas Laurens foram ajudar (Amirah não conseguiu encontrar quem cobrisse seu turno de trabalho; Clive estava de ressaca). Combinamos de nos encontrar às dez e meia e elas me surpreenderam aparecendo quase em ponto. Eu não estava preparada. Elas me encontraram no meio da sala, tentando meter uma pilha de horrendos casacos vintage em uma bolsa.

Ainda assim, o apartamento estava ocupado em menos da metade e nós três fizemos um trabalho rápido, fechando caixas, encontrando lugares para um escorredor de pratos ou luva para forno que eu tinha deixado de guardar em meus esforços confessadamente fracos para esse dia. Enquanto embrulhava tigelas em revistas velhas, contei a elas sobre um encontro desagradável que tive na noite anterior, com um homem mais velho que elogiou meus peitos, perguntou minha idade, depois me disse que restavam a eles "provavelmente cinco ou seis anos bons".

— Meu Deus — disse a Lauren Emocionada. — Que babaca! Já vi seus peitos e eles têm uns bons oito a dez anos pela frente... quer dizer, desde que você não tenha filhos. O que aconteceu com o "cara do dardo"? Ele parecia... diferente.

Contei a ela que não sabia se queria revê-lo. Pelos apps de relacionamento, Instagram, festas e bares, eu tinha acesso a tantos parceiros amorosos em potencial ou pelo menos parceiros sexuais, que era difícil saber se gostava de algum deles. Mesmo que parecesse que eu tinha me conectado com alguém, não estava particularmente interessada nesta informação. Por enquanto, meu carrossel de aventuras semanais funcionava bem.

— Também existe a opção de, sabe como é, ficar sozinha — disse Lauren. — Não tem nada de errado em tirar um tempo para você mesma.

A Lauren Emocionada concordou com a cabeça, acrescentando que a sex shop perto da casa dela estava promovendo um vibrador novo bacana que era "essencialmente uma ventosa tamanho industrial". Concordamos que parecia muito legal, depois começamos a desmontar meu sofá deplorável.

Deixar o meu apartamento foi menos doloroso emocionalmente do que eu esperava.

— Continuar a morar no mausoléu de sua antiga relação talvez não fosse a opção mais saudável, pensando bem — disse Lauren, colocando uma mesa de centro decrépita no meio-fio para alguém mais novo e mais desesperado que nós levar.

Reduzido a seu esqueleto, o apartamento se revelou a espelunca que era, todo piso barato e buracos mal tapados, com um banheiro que, com certeza, era quase uma varanda telada ilegalmente convertida — no inverno, a água da privada congelava.

Uma vez, logo depois de nos casarmos, minha avó apareceu para jantar. Enquanto eu lhe mostrava a casa, ela ficou deliciada ao ver alguns móveis de segunda mão que ela pensava terem desaparecido para sempre, vendidos ou perdidos no tempo. "Muito charmoso", dissera ela, olhando nosso sofá velho e mesas de canto arranhadas, as cadeiras da cozinha que pegamos na calçada. "Parece o lugar onde seu avô e eu moramos quando nos casamos."

Lembrei a ela que quando ela e meu avô eram recém-casados, tinham dezenove anos e moravam na Hamilton do pós-guerra, em uma casa alugada onde o aquecimento era operado com moedas. Ela nem mesmo tinha emprego. Nós dois estávamos chegando nos trinta, trabalhávamos mais de quarenta e quatro horas cada e mal conseguíamos pagar para morar ali, naquele lugar onde os "ladrilhos" da cozinha eram adesivos que se descascavam com facilidade e a senhoria trancava o termostato em uma caixinha de plástico para impedir que aumentássemos o aquecimento antes de novembro.

— Mesmo assim — dissera ela. — É bom ver de novo minha velha cômoda.

Pensei em onde meus pais moravam na minha idade: uma casinha própria e quitada, com um bebê a caminho. Jon e eu uma vez conversamos com um corretor de imóveis para ver o que era necessário para comprarmos alguma coisa. Ele sugeriu economizarmos oitenta mil dólares e sairmos da cidade.

As Laurens quebraram a estrutura da minha cama quando tentaram desmontar, então colocamos a cabeceira no gramado com o resto dos objetos à venda. Para não gastar dinheiro em um furgão de mudanças e com a esperança de faturar algum por fora, eu tinha decidido fazer uma venda de garagem improvisada, espalhando meus pertences na frente da casa e oferecendo a quem parava para olhar. Até agora, um secador de cabelo e um cabideiro tinham nos angariado doze dólares e oitenta e cinco centavos, que de imediato gastamos com docinhos.

Passamos o dia alternando entre cuidar dos objetos à venda no gramado e levando caixas, sacos e plantas mal protegidas para a casa de Merris no carro de Lauren, depositando-os de qualquer jeito em minha nova cova antes de voltar para pegar o restante do lixo. Depois da última viagem, Lauren e eu voltamos e encontramos Lauren Emocionada vitoriosa e maravilhada. Alguns estudantes tinham passado e fizeram a limpa no gramado.

— A casa deles *queimou* todinha algumas semanas atrás, eles não tinham seguro e estavam recomeçando do zero — disse ela.

Ela ofereceu tudo a eles por cinquenta dólares.

— Eles ficaram tão felizes, você nem ia acreditar — disse ela, radiante.

— Fizemos uma boa ação hoje.

Na casa de Merris, desembalamos as coisas e comemos wraps de falafel, e a outra Lauren comentou que eu talvez tivesse preferido ganhar mais de cinquenta dólares por uma porcentagem semelhante de meus pertences.

— Você tem algum disco de vinil? — perguntou a Lauren Emocionada. — Quando Nour colocou os dele em nossa venda de garagem, vários homens se materializaram do nada. Eles foram *atraídos*. Ganhamos, tipo, centenas de dólares.

Consultei uma caixa rotulada de MISC. TOTAL. Os únicos álbuns nela eram *Jagged Little Pill*, de Alanis Morissette, um disco ao vivo de Ella Fitzgerald e algo chamado NONSTOP DANCING 1600, que era uma compilação de jigas do século XVII, organizada por dois homens chamados Siegfried. Decidimos vender, em vez disso, algumas das minhas roupas velhas.

Recentemente Lauren tinha ganhado oitenta dólares por um cinto Gucci surrado da mãe em um brechó em College. Eu não tinha nada de marca, mas pensei que talvez alguém mostrasse algum interesse por mais ou menos trezentos pares de jeans pequenos demais que eu tinha comprado pela internet e não consegui devolver porque fazer isso era abandonar a fantasia de que um dia iam caber, e caber com perfeição. Resolvi que passaria no brechó no dia seguinte, depois de experimentar todas as calças uma última vez, só para confirmar.

— Quero enfatizar que estes problemas fazem com que eu não pareça muito bonita, mas acho que todas podemos concordar que minha aparência é normal, talvez até acima da média, e que o problema é o método contemporâneo de fabricação, tamanho e marketing de roupas.

O grupo concordou.

Repassamos minhas roupas e acessórios, descartando qualquer coisa de que eu estivesse cansada, ou que Lauren não quisesse, em um saco plástico grande. A certa altura dei de cara com minhas alianças de casamento e noivado. Livrei-me delas também.

— Talvez... guarde isso aí — disse Lauren.

Eu disse a ela que não conseguia imaginar que um dia ia querê-las de novo, que certamente, se eu quisesse, seria um sinal de que sucumbi à completa insanidade. O que eu podia fazer, colocá-las numa corrente e fazer um colar deprimente? Reutilizar em uma segunda vez quando enfim cedesse à pressão de alguém e decidisse me casar de novo? De todo modo, as alianças custaram menos de quatrocentos dólares em uma casa de penhores perto do escritório de Jon. Não me agradava imaginar o valor de revenda de uma aliança usada duas vezes, mas parecia certo supor: não era alto.

Lauren tocou em meu ombro, depois estendeu a mão e pegou a caixinha.

— Vamos fazer o seguinte — disse ela. — Vou guardar por um tempo. Você pode me dizer se quiser fazer alguma coisa com elas depois. — Ela as colocou no dedo anular da mão direita. — Tudo bem, ficam ótimas em mim. Quem sabe devo ligar para o Jon?

Lauren Emocionada gritou, o que fez Lauren rir. Joguei um travesseiro nela e disse para ficar com as alianças. Ficaram mesmo ótimas nela e alguém devia ganhar alguma coisa com aquilo.

— Não vai te deixar triste ver isso? — perguntou ela.

Fiz que não com a cabeça.

— Legal — disse ela. — Diamantes de graça. Quando ajudei meu irmão a se mudar, ele só nos deu pizza.

Continuamos arrumando as coisas até Merris chegar com uma caixa de cookies como boas-vindas.

— Sempre tem crianças batendo na nossa porta com uma ou outra coisa — disse ela. — O único jeito de nos livrarmos delas é comprar a traquitana que estiverem vendendo. Hoje foram cookies, então aqui está, *bienvenue*.

Os cookies eram da variedade superior de chocolate com menta e ficamos felizes. Merris e as Laurens se deram muito bem, embora Merris tenha se retirado depois do primeiro cookie, prometendo que não ia descer com frequência.

— Seu espaço é o seu espaço; a sua vida é a sua vida — disse ela. — Não quero saber de nada que possa me obrigar a te ver de um jeito diferente.

Eu disse que ela tinha mais confiança na selvageria de meu estilo de vida do que eu. Lauren fez uma piada sobre promover uma orgia e convidar as garotas do andar de cima para dar um ar de autenticidade. Merris revirou os olhos e fechou a porta, exclamando por cima do ombro que essas coisas só aconteciam nos subúrbios. As Laurens foram embora logo depois, para o lançamento de alguma revista fadada ao fracasso, e de súbito eu estava em meu novo apartamento, sozinha.

Olhei as caixas, os sacos e as várias pilhas de coisas. Arrumei parte da MISC. GERAL. Passei uma máscara facial, me sentei em diferentes cantos do cômodo e pensei, *este é um lugar para você se tornar você mesma*. Depois vi um camundongo, gritei, arranquei a máscara com muito esforço e, com uma dor nada insignificante, fui dormir.

Na manhã seguinte, o ambiente desconhecido me fez acordar cedo e desorientada. Preparei um café, voltei para a cama e o tomei enquanto tentava algumas "páginas matinais". Abandonei esse esforço quase de pronto: fazer um diário era constrangedor e parecia inútil. Por que escrever meus sentimentos quando eu podia contá-los a meus entes queridos ou escrever uma legenda muito longa e falsa embaixo de uma foto de algumas nuvens? Pelo menos assim eu teria algum feedback. Ter um diário parecia um jeito mais lento e um tanto mais tedioso de pensar nas coisas que já me entediavam sem que eu precisasse pensar muito nelas. Não.

O apartamento na verdade era um estúdio, compacto, mas iluminado. Portas duplas e grandes levavam a um quintal coberto por uma fina camada da neblina das seis da manhã. Ao contrário de minha casa anterior, o silêncio ali parecia intencional: o som de um apartamento para uma pessoa só. Não senti uma ausência, porque só havia espaço suficiente para mim.

Subi e chamei Lydia, que veio saltando por um canto, muito grande e coberta de baba. Prendi sua guia e fomos dar uma volta por meu novo bairro — mais sossegado do que o anterior, com cafeterias mais esquisitas e caras butiques independentes de roupas que pareciam vender exclusivamente trajes para videntes envelhecidas que passavam os fins de semana em chalés do interior.

Lydia era uma camarada bem comportada que não tinha ideia do quanto era imensa, sujeitando-se de imediato aos cães muito menores e mais confiantes que vinham direto para lamber sua cara ou para farejar seu traseiro. Comprei um café e um pãozinho de cardamomo em um lugar que só aceitava dinheiro, decorado com fotos em preto e branco de lattes.

Quando cheguei em casa, soltei Lydia da guia e cumprimentei Betty e Inessa, as companheiras de moradia de Merris. Eram idosas e meio boêmias, e educadamente sem nenhum interesse por mim; Merris tinha lhes contado todos os detalhes relevantes e elas estavam envolvidas em uma discussão acalorada sobre se precisavam chamar um arborista a respeito de um fungo preocupante que Inessa encontrara na árvore grande do quintal. Betty, a dona de Lydia, tinha o pé em uma bota imobilizadora.

Voltei para a porta de entrada, contornei a casa e entrei no porão por minha lúgubre e pequena entrada lateral. Enchi um saco grande para lixo com várias calças jeans tamanho M e outras roupas velhas e fui ao brechó.

A porta da loja fez um som agressivo de buzina quando a abri, e a mulher ao balcão ergueu a cabeça. Era alta, magra e tinha um monte de tatuagens pequenas nas mãos compridas e graciosas. Parecia morar em um ateliê de cerâmica em um barco, ou em uma van que ela reformou ela mesma e o namorado modelo freelance, ou talvez só um enorme apartamento que os pais tinham comprado. Para ser sincera, eu não queria lhe mostrar minhas roupas.

Não tinha mais ninguém na loja. Pensei em fingir por uns minutos que estava olhando, depois ir embora, mas era visível que eu carregava um saco transparente cheio de roupas velhas, o que tornava implausível sugerir que estava ali só de passagem. Com relutância, levantei o saco para colocar no balcão e comecei um "monólogo da idiota" dizendo que nunca tinha feito aquilo, que não sabia bem como funcionava e torcia para ela se interessar por parte de minhas mercadorias. Eu disse "mercadorias". Na verdade, eu disse "mercadorias, por assim dizer". Me deu vontade de morrer.

A mulher suspirou. Estava vestida de forma impecável, com um corte de cabelo que eu reconhecia do Instagram. Só as mulheres *cool* tinham esse cabelo e parecia ser necessário ir a San Francisco para conseguir esse corte, mas ela provavelmente cortou o cabelo sozinha, com uma tesoura resgatada de um antigo navio naufragado.

Ela despejou meus objetos para si, puxando as costuras e avaliando etiquetas, de vez em quando soltando um muxoxo ou erguendo uma sobrancelha. Tudo foi arrumado em três pilhas, segundo algum sistema proprietário misterioso. Volta e meia ela dizia "bom", ou "que graça", e eu sorria que nem uma monstrenga e gaguejava algo sobre onde adquiri e por que não queria mais: "Ah, sim, hahaha, comprei essa na Topshop, minha mãe estava comigo e literalmente achou que a loja só vendia tops, olha que coisa...! Mas então, agora está pequeno demais, devido ao que a pílula fez com meus peitos."

A mulher abriu um sorriso de lábios rígidos que não chegava aos olhos. Ela apalpou o entulho de minha vida: saltos altos demais que usei apenas uma vez, um monte daqueles cintos trançados que programas de makeover basicamente costuravam aos corpos de garotas gordas nos anos 2000, um colar de corrente comprido com um pingente de coruja. Vinte e nove anos de vida e era aquilo que eu tinha para mostrar. Discuti muitas vezes com minha avó católica dizendo que não existia esse negócio de inferno. Tive vontade de ligar para ela e pedir desculpas: o inferno era real e era aqui.

Por fim, a mulher tinha organizado tudo.

— Vamos ficar com estas — disse ela, gesticulando para as duas pilhas maiores. — E podemos doar o resto se você quiser, mas terei que te devolver essa calça. — Ela passou uma calça de veludo pelo balcão com uma expressão solidária. — O caso é que não podemos aceitar roupas que foram maculadas.

Minhas orelhas se achataram na cabeça como as de um gato.

— *Maculadas...?*

— Não lavadas.

— Não é o que significa "maculada".

— Bom, tem uma mancha nela.

Peguei a calça, examinando, nervosa, as áreas relevantes. Não achei nada. Virei e vi um pontinho roxo perto da bainha.

— A mancha está na *perna* — falei. — E é suco ou algo parecido.

— Não é da minha conta do que se trata — disse ela. — Não estou julgando, é claro, mas não podemos aceitar.

A mulher empurrou a calça pelo balcão. Eu a estava metendo apressadamente na bolsa quando uma voz de homem disse:

— Você não devia cagar nas suas roupas.

Simon tinha um sorriso largo, incapaz de esconder como ficou satisfeito consigo mesmo pela piada. O sorriso levou parte da atitude inicial do cara legal (aparecer a minhas costas com uma frase gentilmente provocadora), mas somou-se à impressão geral dele (um homem direito, afável de forma quase estranha).

— Exatamente, senhor, obrigada — disse a mulher. — A política é esta.

Larguei minha bolsa no chão e me virei para Simon. Ele me olhava com o mesmo interesse descontraído que mostrou no arremesso de machados.

— Você comprou cortinas — falei.

Ele riu e percebi com certa ansiedade que fiquei feliz por vê-lo.

— Comprei.

Fez-se um silêncio. Para interrompê-lo, eu disse a Simon que o trabalho andava movimentado, que mudei de casa e estava muito atolada no momento, pedindo desculpas por não ter mandado uma mensagem.

— Ah, não se preocupe comigo — respondeu ele. — Meu quarto está escuro feito breu e estou amando cada minuto.

— Com licença, senhora, pode levar isto também?

A mulher segurava uma camiseta que as Laurens tinham feito para minha festa de despedida de solteira, mostrando meu rosto *photoshopado* em um corpo de noiva cadáver gostosona. No alto estava escrito com Pilot, MAG'S BOO-CHEROLETTE 2016 e, abaixo, O ÚLTIMO PAU DO MUNDO. Minha mão de zumbi estava segurando um pênis ereto.

— Antes estava pelo avesso e agora que eu vi... quer dizer, para ser realista, provavelmente não vamos conseguir vender algo tão grosseiro — disse ela. — Nas costas diz "RIP", mas esse *R* não significa *Rest*...

— É *Rim in Peace*, eu sei — falei rapidamente. — Não é sério. É uma brincadeira, hmm... Eu só pensei que talvez fosse engraçado mudar a ideia de descansar para beijo grego. Alguém podia comprar ironicamente, sabe como é... para ser engraçado.

Parei de falar, derrotada. Eu sentia meu rosto quente e vermelho, o que sabia, por experiência própria, que só ficaria mais vermelho e mais quente. Eu corria o perigo real de transpirar no bigode. Qual era o problema daquela mulher? Eu só estava tentando ganhar uns trocados, vendendo roupas velhas de que não precisava mais. Era crime querer passar isso adiante para outra pessoa curtir, em vez de cumprir a profecia tóxica da fast fashion e relegá-las ao aterro sanitário? Mas que merda, eu estava tentando *reciclar*.

A mulher se virou para Simon:

— Acha que é engraçado?

— Acho, infelizmente. — Simon sorriu.

Protestei com vontade, apesar de ser em vão. Ele pegou cinco dólares no bolso, comprou a camiseta e a vestiu.

— Então — disse ele, fazendo um teatro e arrumando-se diante do espelho. — Você é casada! — Meus olhos de morta-viva e os peitões de zumbi olhavam fixo para mim.

— Na verdade, sou divorciada. Bom, separada.

Simon ergueu as sobrancelhas.

— Ah.

— Demora para ser oficializado, tipo um ano inteiro e mais um pouco — falei. — Ainda meio que... cumprindo minha pena. A boa notícia é que já embolsei os cheques de todos. — Abri um sorriso amarelo.

A mulher ao balcão ficou confusa.

— A camiseta diz 2016... quanto tempo você ficou casada?

— Basicamente, uns cinco segundos — respondi, alto demais e com rapidez demais. — Obrigada por perguntar!

— Não precisa ficar na defensiva — disse ela, ocupando-se com uma pilha de velhos trajes de banho.

Para não gritar com ela, voltei meu foco para Simon. Ele parecia curioso, mas não zangado. Parecia gentil.

— Não sei por que não contei a você — falei. — Eu estava me divertindo muito e não queria estragar, mas isso *estraga tudo*, não tem como contornar, e depois me senti estranha por não ter te contado, então não contei...

— Não se preocupe com isso — disse ele, parecendo sincero. — O divórcio é, bem... é um doce amargo.

Não sabia o que responder a isso, então sugeri que fôssemos beber alguma coisa.

Motivos por que chorei, 12-23 de novembro

Ônibus cheio e quente demais

Pescoço parecia ruim

Cachorros em geral

Voltei para casa de táxi depois de um encontro tarde da noite e a janela estava aberta e a cidade parecia vazia e bonita, mas eu sabia que estava cheia de gente, e me senti ligada a cada uma daquelas pessoas, e também estava inacreditavelmente bêbada

Tentei me lembrar da minha senha para a App Store cinco vezes, não consegui, tentei reconfigurar, não consegui também, e por fim me lembrei de que era meu próprio nome com um ponto de exclamação

Jiro me viu abrir uma barra de granola no trabalho e, de um jeito fulminante, me perguntou se eu estava "me fazendo um agrado" e eu estava mesmo

Pensei em quanto esforço meus pais dedicaram quando me ensinaram a ler

Fiz sexo com Simon e foi adorável e carinhoso, e o choro surpreendeu a nós dois

Um de meus alunos me chamou de "alta" como se fosse um crime

Vi fotos de um piso de mosaico milenar, descoberto pouco mais de um metro abaixo do jardim de uma senhorinha italiana, perfeitamente preservado, esperando

Fiz sexo com Simon e chorei de novo, e quando ele perguntou sobre isso, chorei mais ainda

Vi um documentário sobre quantas espécies de animais já estão extintas

Alguém me deixou esperando durante a parte errada do meu ciclo menstrual

R. Kelly começou a tocar no rádio do carro de Clive e eu disse que a música me lembrava o colégio, e Amirah disse que lembrava a ela "a prevalência da agressão sexual na indústria da música", e senti que o resto do carro estava me julgando, e também Jon e eu costumávamos dançar com "Ignition (Remix)" no apartamento o tempo todo antes de sabermos que a) R. Kelly era um estuprador e b) não estávamos mais apaixonados

Usei uma daquelas calculadoras para determinar se a gente pode se aposentar cedo se ganhar X e economizar Y todo mês; descobri que podia começar a aposentadoria em duzentos e trinta e oito anos

Steve de *Sex and the City* gritando, "Tem coisa boa aqui!" para Miranda, que ainda não consegue aceitar seu amor

Esta descrição de um molho de tomate, em uma revista: "A genialidade do molho Hazan's reside no fato de que, embora seja basicamente um alimento industrializado, feito de ingredientes baratos e não perecíveis, ele não pode ser melhorado. Coloque um azeite de qualidade ou manjericão fresco, se tiver vontade; não vão melhorá-lo. O molho já tem o máximo de qualidade."

Pensei em topar com Janet na rua como se pode encontrar um ex-amante e tentar manter uma distância distinta enquanto dizia a ele "você parece bem"

Encontrei um cartão-postal que Jon me mandou da Flórida com um grande par de peitos que dizia PEITOS FALSOS & ATITUDE CERTA

Li todas as conversas no Messenger do meu Facebook desde julho de 2014, quando Jon foi à Flórida

Sexo com Simon

Sexo com Simon

Lembrei que todo mundo que amo um dia vai morrer, muitos antes de mim; que ou saberei de suas mortes ou os magoarei com a minha, e não importa o que eu faça, o fim chega para todos nós em um momento que não temos como saber; que nesse meio-tempo meu corpo apodrecerá em volta dos ossos, ficando enrugado, ficando manchado e menos eficiente a cada dia, e que este momento, agora, é o mais jovem e mais saudável e mais belo que jamais serei, e não me sinto assim tão jovem, saudável ou bonita — na verdade sinto que estou perdendo uma guerra para minha própria postura, e fica pior se minha irmã morrer antes de mim, ou se eu morrer antes dela, e o que vou dizer no enterro do meu pai?

Um comercial da lanchonete Tim Hortons em que pais gays levam donuts para o treino de hóquei da filha

A estrutura da cama de futon que Merris providenciou quebrou logo depois de eu me mudar, mas a Ikea estava entupida de pessoas fazendo compras de feriado, então a SKURNSK que encomendei só estava programado para chegar na véspera de Natal. Usei a entrega para justificar minha ausência em um grande evento da família no dia 24 e prometi que pegaria o trem para lá na manhã seguinte.

 Amigos, entes queridos e a sabedoria popular sugeriram que as festas de fim de ano podem ser complicadas este ano, que toda "nova primeira vez" sem meu marido seria angustiante a sua própria maneira, mas até agora as coisas estavam indo bem: Simon e eu fomos patinar na praça em frente ao prédio da prefeitura como turistas de meia-idade, o campus exibia um brilho natalino e o Amigo Secreto correu tão dramaticamente quanto se esperava, com Clive colocando bebida demais em um tradicional pudim de ameixas e quase queimando uma sobrancelha quando acendeu o maçarico. Fizeram um café da manhã no trabalho em que cada um levava um prato, e Olivia levou "cookies de proteína", e as senhoras que moravam no andar de cima do meu apartamento decoraram a casa com enfeites ecumênicos de fim de ano.

 A temporada de provas significava menos caminhadas até o trabalho e mais ficar sentada na cama enrolada em um cobertor do pescoço até o chão, comendo um ensopado direto da panela e escrevendo "FONTE???" em leituras um tanto ecocríticas de *A tragédia do vingador*. Embora o pé de Betty estivesse melhorando, continuei a passear com Lydia na maioria das manhãs. Me fazia sair da cama e ir para a rua, e era recompensador ter uma amiga parruda e silenciosa que sempre ficava animada quando me via.

Lydia era a companheira ideal, um ser pacífico cujos únicos interesses nesta vida eram ser alimentada e ganhar carinho na cabeça — me identifiquei. Às vezes, as senhorinhas não a ouviam latir na porta do andar de cima e ela descia aos saltos até a minha entrada, arranhava com a pata e gania até eu colocá-la para dentro e lhe dar um pedaço do que eu estivesse comendo. Eu gostava da nossa convivência íntima — eu trabalhando ou tingindo as sobrancelhas, ou fuçando a internet; ela esparramada por cima das minhas pernas, peidando. Até agora não consegui convencê-la a dormir à noite em minha cama, mas estou trabalhando nisso.

No dia 23, Amy me levou para uma manicure festiva. Bebemos gemada barata, folheamos revistas e conversamos se tínhamos estrutura óssea para aqueles chapelões que as mulheres sempre usavam na Califórnia. Amy estava de ótimo humor. Recentemente fora promovida a enfermeira encarregada de seu andar no hospital pediátrico e estava saindo com alguém novo: um palhaço risoterapeuta da ala de oncologia infantojuvenil.

— Ele tirou o nariz de palhaço e o andar inteiro surtou — disse ela. — Foi um pandemônio, as meninas se jogando umas sobre as outras, mas a competição desperta o que há de melhor em mim, então...

Eles tiveram três encontros em duas semanas, inclusive um em que ele preparou um piquenique de inverno, completo, com uma garrafa de água quente para cada um deles. Fez uma serenata para ela com covers acústicos e suaves de músicas populares de R&B enquanto ela bebia vinho quente de uma garrafa térmica.

— Foi um sonho — disse ela, embora estivesse descrevendo meu pesadelo. — Ele é um cantor incrível e é ótimo com as crianças... como um bom pisciano.

Dei os parabéns a ela pela promoção e pelo cara novo e confessei que não achava que a astrologia fosse uma coisa séria.

— Talvez não seja — disse ela, examinando o enfeite de azevinho na unha do indicador. — Mas a relação de uma pessoa com a *ideia* de seu signo ainda é uma informação interessante de se ter. Além do mais, eu culpo qualquer coisa de ruim que faço ao fato de ser de Câncer.

Perguntei que características definem alguém de Gêmeos. Ela me disse que essas criaturas eram "os verdadeiros psicopatas do zodíaco". Amy disse que dava para saber que um homem esteve em uma relação forte se ele soubesse em que casa ficava Vênus no mapa dele.

Naquela mesma noite fui à casa de Simon, para beber sidra e mostrar minhas unhas novas e cintilantes. Andávamos nos vendo com frequência, tomando um café entre minhas aulas, comendo de graça em restaurantes que Simon tinha de escrever uma crítica, trocando mensagens onde vc está como último contato. No início, tive medo de que ele fosse um mauricinho burro e pedante por causa do seu rosto, do cabelo e das roupas arrumadinhas, mas ele era inteligente e divertido e nem mesmo continuou a falar de *sous vide* apesar de ser um crítico gastronômico de verdade.

Ele também era surpreendente. Certa manhã, de ressaca e óculos escuros no brunch, notei que ele me encarava intensamente. Examinei meus ovos mexidos e fiz sinal para a garçonete, pedindo ketchup. Ela me trouxe e despejei um monte na beira do prato. Quando voltei a olhar para Simon, ele ainda me encarava, com um leve sorriso sonhador.

— Desculpe — disse ele. — Não aguento.

Ele estendeu a mão pela mesa e tirou os óculos do meu rosto. Eu me preparei para a bobagem romântica que ele estivesse prestes a soltar, elogiando meus olhos ou me dizendo que queria ser capaz de olhar — realmente *olhar* — para mim, quando ele tirou um paninho branco do bolso e começou a limpar as lentes.

— Isso está nojento — disse ele, ainda sorrindo. — Você é um bicho. — Ele soprou nas lentes e deu uma última limpada na ponte antes de recolocá-la em meu nariz.

— Você carrega um pedaço de camurça por aí? — perguntei. — O tempo todo?

Simon sorriu.

— Claro. Por que não?

Esta atenção levemente fresca passou a ser seu cartão de visita. Uma vez ele deduziu que eu tinha usado sua colônia porque a recoloquei na prateleira com o rótulo virado para trás. Quando me chamou a atenção para isso, ele me deu um frasquinho de amostra para eu levar na bolsa.

— Relaxa — disse ele, quando comecei a gaguejar que não achava que estivéssemos em uma fase de trocar presentes. — Ganhei de graça quando comprei minha loção pós-barba.

Com estes incidentes em mente, eu tirava os sapatos no hall quando ia à casa dele. Entrava de meias e o encontrava passando vaporeto nas almofadas do sofá, numa concentração enorme.

— Qual é o seu signo? — perguntei. — Ou, quais são todos os seus signos? Ascendente e coisas assim.

Simon parou, com o vaporeto na mão.

— Preciso ligar para minha mãe para saber a hora exata de meu nascimento — disse. — Mas tenho certeza absoluta de que tenho Virgem em um monte de casas.

Transamos e vimos episódios antigos de *Os Simpsons*, e ele preparou uma refeição muito simples com uma concentração quase impossível, como se tivesse medo de que, se olhasse do jeito errado, o ravióli gourmet pré-cozido aproveitaria este momento para despencar de um jeito espetacular e se desfazer de propósito. Ele protestou por tanto tempo por eu lavar os pratos que a coisa ameaçou se transformar em nossa primeira briga feia, depois por fim cedeu e se conformou em adejar atrás de mim de mãos nos quadris enquanto eu lavava dois pratos e uma panela grande com um escorredor.

— Seu cheiro é bom — disse Simon, com o nariz no meu pescoço.

Eu disse a ele que era o fedor de minhas esperanças e sonhos apodrecendo dentro de meu corpo (um de meus artigos pífios tinha sido rejeitado por um terceiro periódico acadêmico naquela semana).

— Caramba — disse ele, afastando os braços.

Virei-me, com bolhas de sabão nas mãos.

— Que foi... o que está acontecendo agora?

— Queria poder dizer algo sincero sem que você transformasse tudo numa piada — disse ele. — Aceite o elogio, cara.

— *Cara*? Tá legal, parça.

— É exatamente dessa postura defensiva que estou falando — disse ele. — Só me deixe ser legal com você.

Revirei os olhos. Nas últimas semanas, Simon vinha me passando sermões com uma frequência crescente sobre minha suposta "aversão à gentileza". Ele virava a cabeça de lado com uma expressão pensativa e eu podia ver que corríamos o risco de repetir a situação da cachoeira.

Para resumir: Simon tinha carro. Quando me contou isso, eu disse "É claro que tem", e ele me deu um olhar questionador, mas não expliquei nada. Era um Volkswagen Golf velho e amassado de um verde escuro desanimado, com bancos de tecido arranhado e porta-copos pegajosos. De vez em quando ele me buscava para me levar a uma espécie de bufê drive-thru, parando na Tim Hortons para o sanduíche de café da manhã, no McDonald's para batatas fritas e café e no Wendy's para um shake no qual despejávamos nossos cafés, uma coisa que o 6Bites recentemente denominou de um "*affogato* nojento".

Na semana passada ele me levara de carro a Elora, para ver uma cachoeira. Sendo inverno, não nadamos nem nada, então admiramos a atração natural parcialmente congelada por uns trinta minutos, depois voltamos ao carro e fomos para casa. No caminho, percorremos as emissoras de rádio locais, ouvindo a Moose FM e a Canoe 100.9 que tocava músicas leves que me lembravam viagens de carro com a família no passado. Eu não tinha notado que estava cantando junto até que Simon riu baixinho. Parei na mesma hora, olhando-o com desconfiança.

— Que foi?

— Você está sempre umas quatro notas à frente da letra — disse Simon, tamborilando os dedos no volante. — É uma gracinha. Como se tivesse pressa para chegar à parte que mais gosta de cantar.

Ele riu e senti náuseas.

— Não faço isso — explodi. Desliguei o rádio e seguimos sem falar por alguns minutos, os dois concentrados demais na paisagem que passava. Eu sabia que estava sendo babaca e queria não ser assim. Não conseguia me conter quando ele ficava desse jeito, todo observador e idiota. Eu não queria que ele ficasse me olhando. Mal queria que ele me olhasse.

Simon suspirou.

— Gosta disso, do que estamos fazendo? — perguntou, parecendo meio irritado. — Porque eu gosto e pensei que também gostasse. Você está sempre me mandando mensagens, me ligando, me convidando para sair, e não sei mais como interpretar isso.

Resmunguei que eu estava curtindo — é evidente que estava —, mas era complicado. Simon perguntou se eu queria falar sobre isso. Voltei a ligar o rádio e me joguei com desânimo no refrão de uma música sobre adorar a vida noturna, precisar dançar etc.

Agora, na cozinha dele, senti o mesmo desconforto, um surto de comichões dentro de mim. Queria dizer que ele estava sendo um chato. Queria gritar *NÃO!* Queria que ele entendesse que era muito estressante viver esse tipo de atenção amável, sabendo, como eu sabia, que aquilo poderia se transformar e se desfigurar em algo irreconhecível, ou desaparecer por completo. Queria dizer que uma vez acordei na cama dele e pensei no escuro que ele era outra pessoa, alguém que tinha notado todo tipo de coisas adoráveis a meu respeito, e que mais recentemente dissera que ficar comigo parecia se afogar na carência do outro. Refletindo melhor, eu na verdade não queria falar sobre isso com ele.

Peguei um pano de prato e comecei a enxugar a louça de qualquer jeito..

— Tudo bem — falei. — Meu cheiro é incrível. Sou uma lavanderia que trepou com uma padaria e pariu uma rosa. — Na bancada, meu telefone se acendeu com um novo match do Tinder. Eu virei a tela para baixo antes que Simon pudesse ver.

— Assim é melhor, cara — disse ele, tirando o prato de minha mão e me puxando para ele. — Da próxima vez veremos se você consegue manter algum contato visual.

Percebi que Simon não estava mais preocupado. A crise, como ele via, acabara. Por que pensar mais nisso? Simon era um homem que sentia que as coisas na vida em geral se resolviam, porque, para ele, elas costumavam se resolver. Era o tipo de pessoa por quem os aviões esperavam, a quem os baristas davam café de graça e os bartenders, uma dose a mais. Uma vez o vi se livrar de uma multa por excesso de velocidade só no papo, quando também não estava com a carteira de motorista. Não seria eu que lhe contaria a novidade de que isso não era normal. Ele me beijou e pensei: *nós estamos condenados*.

Na manhã seguinte eu estava sentada sozinha com meu suéter grande de gola rulê, embrulhando o casaco idêntico que tinha comprado para Hannah e pensando em postar um story no Instagram de mim mesma com filtro de gato e a legenda Miauuu Natal... ou sei lá o quê, que eu sabia que era ridículo, mas não me importava, porque na foto meu queixo tinha ficado afilado.

Decidi que não, postando em vez disso uma imagem borrada de tiras de papel de embrulho descartado que eu esperava que expressasse uma popularidade atormentada. Minhas janelas estavam embaçadas de condensação e eu ouvia os filhos de algum vizinho brincando na neve. Resolvi não montar uma árvore — o que eu colocaria nela? —, mas apoiei alguns cartões de fim de ano na cômoda como um gesto festivo. Uma tira de festão se pendurava mole no alto de minha pilha de roupa suja.

Revi *Natal branco*, avançando o vídeo para não ver a parte do número musical em que os quatro protagonistas expressavam o desejo pelos bons velhos tempos dos menestréis, depois passei a filmes festivos menores (embora não menos desfrutáveis), comédias sobre trocas de casa e confusão de identidades e encontrar o amor com uma reviravolta natalina. Durante estes, corrigi provas e fiz um almoço satisfatoriamente desconjuntado de mingau de aveia com canela, sopa de missô de pacote e um bolo de arroz coberto de mostarda e frios. De sobremesa, pus queijo em um cookie.

Lá pelas 16h30, senti a solidão ameaçando se infiltrar. Subi para ver se Lydia estava por ali. A casa estava deserta, todas com seus respectivos familiares ou, no caso de Inessa, com um excitante namorado mais jovem (ele tinha sessenta e sete, mas que seja). Voltei para baixo e verifiquei minha lista de afazeres, embora tudo já estivesse concluído. A solidão deixa uma pessoa eficiente demais. Tentei cochilar, o que só significou que fiquei de olhos fechados pelo que restava do dia de inverno. Quando acordei, eram cinco da tarde e estava muito escuro lá fora. Acendi uma vela e abri um livro, colocando meu telefone entre as páginas.

Às 20h30, a campainha tocou. O entregador empurrou um pacote nas minhas mãos com um brusco "Boas festas". Muito justo. Aquele homem devia ter algum lugar para ir — uma família amorosa, ou alguma parceira devotada esperando por ele em casa, sentindo uma falta terrível dele. Era injusto que tivesse que trabalhar na Véspera de Natal, entregando pacotes a tolas solitárias que, se tivessem a vida certa, mesmo que um pouquinho que fosse, podiam pegar com tranquilidade um carro emprestado, ou alugar um, dirigir até a Ikea e pegar sozinhas a estrutura da cama de médio orçamento. Enquanto eu tentava expressar uma versão truncada disto, ele tirou o que eu presumi ser a foto mais feia que já tiraram de mim, sem banho e desengonçada, equilibrando a caixa de papelão num quadril como um bebê comprido e mau.

Voltei para dentro e abri o pacote. Um saquinho de parafusos e acessórios plásticos caiu, junto com o manual de instruções. Na primeira página, uma figura angulosa de cartum estava de pé com um lápis atrás da orelha e um X cobrindo todo o corpo. Olhava uma pilha de peças de mobiliário e tinha a testa franzida. Abaixo dele, a legenda: "Melhor concluído a dois." Mais adiante na página, uma dupla de amigos angulosos de cartum — ou amantes, a relação não estava clara, mas pareciam se entender — sorriam juntos, prontos para terminar a tarefa em equipe. Decidi montar a cama depois.

Eu passava as vésperas de Natal de minha infância acordada até tarde com Hannah, comendo cookies e tangerinas, deliberando se podíamos descer correndo a escada razoavelmente cedo e esperar que nossos pais (ou a mãe ou o pai, em seguida) se juntassem a nós. Continuamos a dividir um quarto na Véspera de Natal já na nossa adolescência, só paramos quando a onipresença do namorado dela tornou o arranjo indesejável. Ela ainda estava com este namorado — um cara sarcástico e magricela chamado Ed. Os dois dividiam um apartamento periclitante na Princess Street que eles sublocavam por longos períodos, viajando à Colômbia, à Tailândia e à Nova

Zelândia, tirando lindas fotos de praias, um do outro e de estranhos em passeios de barco eticamente complicados. Eles não tinham um apelido para o outro, mas se referiam a si mesmos como "mamãe e papai". Não tinham pressa para se casar, mas claramente ficariam juntos para sempre.

Comi algumas tangerinas e voltei para a cama, desejando ter ido para casa e passar a noite com Hannah. Arrastei meu laptop para o travesseiro ao meu lado, a SKURNSK agigantando-se no canto enquanto eu via uma jovem confeiteira talentosa perceber que era a imagem cuspida e escarrada de uma linda duquesa cansada do mundo, e por aí vai até a inevitável alegria de fim de ano. Cochilei em algum momento depois de uma crise evitada na competição televisionada de confeitaria, mas antes do duplo casamento festivo.

No dia seguinte, acordei cedo e peguei o trem para Kingston. A voz automatizada anunciava as cidades a que chegávamos em inglês e francês enquanto o vagão nos balançava devagar de um lado a outro como bebês em um berço numa secadora de roupas. O lago era bonito e frio, o sol cintilava no gelo em suas margens. Eu sabia que a cidade em si seria um misto de cinza feio (bibliotecas brutalistas, neve derretida) e cinza bonito (calcário antigo, fumaça das chaminés enroscando-se no céu), tudo silencioso e vazio, sem os alunos das universidades. Meu pai me encontrou na estação com um gorro de tricô imenso e dirigimos para a casa dele para abrir presentes, comer bagels e beber mimosas com Ed e Hannah. Quando chegamos, Ed disse:

— Como é que tá?

Hannah lhe deu um forte tapa no joelho, depois veio até mim com uma xícara de café e um abraço, dizendo:

— Entrei em pânico e comprei sua calça de última hora. Atitude *arriscada*.

No ano em que meus pais se separaram, ficaram aterrorizados ao saberem que cada um deles tinha modificado o Natal exatamente do mesmo jeito.

— Como você come peru na casa do seu pai — dizia mamãe —, pensei em fazer presunto este ano.

No dia seguinte, o cheiro de porco vagava da cozinha de papai, recebendo-nos antes dele. Cada um deles nos dava de presente um par de chinelos de pelúcia. O plano dos dois para o Natal 2.0 envolvia birita no café da manhã.

Apesar de agora estarem separados há mais tempo do que os vi juntos, em geral eu ficava impressionada com a semelhança do conselho de meus pais, quantos valores, primeiros instintos e expressões verbais eles ainda compartilhavam. Eles ficaram juntos por treze anos, afinal de contas. O amor tinha passado, pelos meus cálculos, em algum momento perto de meu oitavo aniversário, mas seu impacto um no outro não se desfazia com tanta facilidade. Eles não demonstraram prazer ao ouvirem isso, o que agora eu compreendia melhor. Eu ainda comprava berinjela no piloto automático e só recentemente percebera que não gostava do lado esquerdo da cama. Sem o pugilato brincalhão de Jon, minha vida diária tinha ficado menos argumentativa e descobri que preferia desse jeito. Era difícil aprender que as características que eu considerava só minhas tinham sido forjadas ou tomadas por empréstimo de outra pessoa. Que constrangimento ter de entender o que era Eu, o que era Ele, o que era Nós. Um constrangimento muito maior era descobrir que eu tinha entendido tudo errado.

Agora nossa família dividida tinha uma rotina treinada, alternando uma manhã de Natal íntima com um dos pais e um jantar com a família ampliada do outro. Este ano era a vez do jantar na mamãe. A família da minha mãe era imensa e, como as famílias de muitos norte-americanos caucasianos, passional embora teoricamente irlandesa. Podia-se dizer que qualquer pessoa branca no Canadá era minha prima, e eu acreditaria nisso. Eu tinha muitas lembranças de infância da minha mãe me arrastando para algum estranho no mercadinho, empurrando minha mão para apertar a dele e me dizendo que aquela pessoa que eu nunca mais veria era um parente querido — primo em grau isso ou aquilo, com tal ou tal relação. As festas de fim de ano com seu clã começavam cedo, terminavam tarde e envolviam muito Drambuie e uma gritaria carinhosa. Em geral, de três a seis pessoas choravam.

Seguem os destaques desse ano:

— o marido de uma prima que eu não via desde o último Natal perguntou sobre Jon antes mesmo de eu tirar o casaco;

- o peru foi colocado no forno de duas a três horas depois do programado, o que significava "hora do coquetel" estendida até depois das oito da noite, o que significava que o tio Jamie dormiu na mesa;
- enquanto entornava batata no meu prato, a tia Gillian, três vezes casada, me disse que fazíamos parte de uma irmandade de esposas abandonadas;
- duas pessoas de meia-idade tiveram um bate-boca sobre se ainda existia liberdade de expressão;
- uma prima em segundo grau, de vinte e três anos, anunciou que estava grávida, levando uma prima em primeiro grau, mais velha e antes afastada, a acusá-la de "tentar fazer a Maggie se sentir mal";
- quando puxei de lado a prima em primeiro grau para dizer que eu estava bem, ela começou a chorar e me disse que ela era "infértil";
- uma tia-avó pediu aos sobrinhos para darem a volta na mesa e dizerem se tínhamos Jesus na nossa vida;
- minha irmã ficou bêbada e me disse que seu "desejo de Natal" era que um dia eu "encontrasse de novo a felicidade";
- o tio-avô que em geral tocava piano nessas festas tinha morrido há pouco tempo, então em vez de hinos, tivemos um karaokê muito piegas com o YouTube;
- a namorada nova do primo mais velho se sentou no colo de um primo *diferente* por uma estrofe inteira (!) de "Santa Tell Me", de Ariana Grande;
- minha avó perguntou se eu estava saindo com alguém especial (pensei em Simon, mas disse que não), depois sugeriu que eu procurasse evitar "me juntar com outro vegetariano";
- comi demais da tábua de queijos e por um breve momento pensei em fingir que os cachorros é que tinham comido;
- no fim das contas, fingi isso mesmo.

Quando minha mãe e eu fomos à missa da meia-noite, um contingente pequeno, mas empenhado, ainda estava numa discussão calorosa e animada sobre jogos de cartas, encorajando outros a fazerem discursos e se emocionando com o Papa. Logo pegaram uma gaita em um armário e cantaram aos gritos canções folclóricas e dançaram na cozinha.

Minha irmã ficou em casa, na esperança da revelação de algum grande segredo de família, ou pelo menos de mais biscoitos de amêndoas. O Natal era a única época do ano em que minha mãe ia à igreja, e em geral revezávamos para acompanhá-la. Este ano era a vez de Hannah, mas depois de ver a tia Gillian me encurralar para avisar que era dureza lá fora para uma garota solteira de mais de trinta anos, que a gravidade chegava para todas nós e que não importava minha rotina com hidratantes, meu pescoço seria minha ruína, ela sugeriu que eu fosse no lugar dela. Agradeci e fui para a entrada de carros, onde minha mãe tentava, sem sucesso, descongelar o para-brisa. Ela pegou o raspador de gelo no banco traseiro e passou para mim pela janela. Limpei uma pequena vigia, só do lado dela, e entrei.

— Tomara que o menino Jesus valorize eu ter ficado sóbria para isto — disse ela, dando ré na rua.

Lembrei a ela que os recém-nascidos não conseguem reconhecer cores nem rostos, então o conceito de direção responsável não deve ter passado pela cabeça dele.

— Ai, meu Deus — disse ela, parecendo exausta. — Esta noite não, tá bom? Por favor. — Ela deu um tapinha carinhoso em minha coxa, assim eu saberia que embora às vezes me achasse enlouquecedora, ela também, literalmente, morreria por mim.

A igreja era tranquilizadora e grandiosa, à luz de velas e imensa, com aquele cheiro católico romano bom (não se pode dizer o mesmo da instituição, mas eles têm bom gosto para incenso). Eu só ia à igreja com minha mãe no Natal, embora meu casamento tenha acontecido em uma delas, por insistência dos pais de Jon. Eles tinham ficado mais tradicionais do que se esperava com a cerimônia — a mãe dele e eu até tivemos um diálogo tenso e brusco sobre por que eu não queria usar véu.

No fim, perdi a discussão do véu e a renda vintage que minha sogra encontrou era linda. Usei com um simples vestido de seda com recorte diagonal que era mais caro do que qualquer coisa que eu tenha possuído na vida, e que agora estava enfiado em uma caixa em meu apartamento, julgando-me de dentro de um saco para roupas. Era bonito e eu fiquei linda nele, mas, ao caminhar pelo corredor naquele dia, ainda me sentia tremendamente estúpida. O que eu estava fazendo, com ou sem véu, andando insegura por uma igreja com uma roupa de virgem na frente de todo mundo que eu conhecia, na direção de um homem com quem morava havia anos? Por que precisávamos validar nosso compromisso com essa pequena caminhada ostentosa? Será que eu devia imitar o andar que faziam nos filmes de casamento, um-passo-e-para, outro-passo-e-para? Porém, por mais idiota que tenha sido a procissão, foi emocionante chegar à frente da igreja, segurar as mãos suadas de meu namorado e fazer dele meu marido diante de todos.

Tirei da cabeça as imagens indesejadas — o sorriso largo de Jon, nossos amigos e familiares rindo quando eu de imediato embaralhei a primeira frase de nossos votos "modernizados", aquele beijo. A missa prosseguia e minha mãe ficou entediada em algum momento perto da bênção do berço. Eu percebi, porque ela começou a folhear o hinário como se fosse uma revista de fofocas no salão da manicure.

— "Guia-me, ó Senhor"... um clássico — cochichei.

Ela revirou os olhos e fechou o livro, depois passou o braço pelos meus ombros e perguntou se eu me sentia bem:

— Sei que o primeiro Natal pode ser difícil.

Eu disse a ela que estava zangada porque os pais de Jon não entraram em contato. Eu sabia que ele provavelmente não ia dizer nada, mas participei do Natal na casa deles desde que me tornei adulta. Isso não merecia um cartão, ou pelo menos um e-mail? Mamãe me disse que a raiva não ajudava, que não tinha sentido guardar ressentimento de pessoas que não faziam mais parte da minha vida. Eu disse que ela recentemente tinha me contado, em detalhes, sobre uma briga que ela e meu pai tiveram sobre planos de férias em 1997.

— Isso é diferente — disse ela.

— Como?

— Porque ele é um babaca.

Ela gesticulou para que eu continuasse olhando para a frente e atirou-se em "Noite Feliz" com a energia de quem quer evitar o assunto. Nevava quando voltamos de carro para casa, pegando no caminho Ed e minha irmã na casa de tia Linda. No carro, eles nos deram os informes: a namorada do "Santa Tell Me" acabou indo embora com um primo diferente daquele com quem chegou; Nana disse a todo mundo que podia ver o fantasma do tio pianista, e ele estava zangado; os primos adolescentes envolveram-se em uma briga tão feia no porão que um deles parecia ter torcido alguma coisa.

— Uma notícia incrível — disse Hannah. — Sheila, a Prima Vidente, disse que você vai encontrar o amor de novo em oito anos.

Naquela noite me deitei em meu quarto dos tempos do colégio, encarando uma foto minha quando era adolescente com amigas de quem eu não tinha mais notícias, porém às vezes via no Instagram — uma era advogada, outra tinha uma loja de discos em Vancouver. Várias tiveram filhos. Eu nem tinha mais aquele chapéu *bucket*. Minha cara de bebê distraída surgia de uma moldura que dizia GIRL POWER 4EVA em uma fonte cursiva. Pensei em deixar uma mensagem de voz a Jon, só para lhe desejar um feliz Natal; talvez ele também estivesse achando as festas complicadas. Combati algumas imagens mentais arrasadoras demais — Hannah trocando um olhar disfarçado com Jon enquanto tirava a coroa de papel da cabeça dele e saía da sala; a expressão dele quando me contou que sabia que eu não era chegada em gente se ajoelhando; ele se ajoelhando mesmo assim, a aliança mínima de ouro dentro de um biscoito de Natal quebrado e aberto — e puxei o laptop para a cama, rolando por fotos de Natais passados no Facebook.

À meia-noite, Simon mandou uma mensagem feliz natal, espero que sua noite esteja melhor do que a deste cara, anexando uma foto de um de seus primos jovens coberto de molho e chorando muito. Olhei a mensagem em meu telefone e as fotos no laptop e não consegui invocar nada melhor que um hahaha ok. Eu não sabia o que ele procurava e não tinha energia para tentar deduzir.

Passei o dia 26 no sofá da minha mãe, participando de jogos de tabuleiro e comendo sanduíches de peru com Hannah. Minha mãe estava saindo com alguém — um homem simpático, mas ansioso, chamado Jeff, que tinha passado para almoçar e agora se esforçava um pouquinho para nos fazer gostar dele. Quando Jeff saiu da sala, prometendo voltar com chocolate quente como se nunca tivéssemos bebido isso, Hannah se inclinou para mim e cochichou.

— Será que ele acha que vamos tentar fazer a *Operação cupido* para ela voltar com papai ou coisa assim? Não estamos meio velhas para isso?

Ed chegou e apertou a cintura de Hannah. Eles não me contaram nada, mas na casa de Linda entreouvi Ed dizer à tia Sara que eles estavam tentando ter um filho. Fiquei feliz por eles e empolgada com este passo à frente na vida dos dois, embora me sentisse humilhada pelo tato do casal em relação a mim, que era também um sinal de piedade da parte deles. Imaginei Hannah escondendo a gravidez como faziam na TV, os dois segurando uma série cada vez mais improvável de bolsas e caixas de chapéu na frente da barriga de Hannah o tempo todo, desesperados para esconder de mim que outras pessoas tinham uma vida feliz e significativa, cheia de marcos que eu jamais alcançaria. Minha irmã meteu os pés embaixo de mim e perguntou o que eu andava fazendo ultimamente. Virei-me, puxando mais o cobertor em volta da cabeça, para escondê-la da minha visão periférica.

No dia seguinte, peguei o trem de volta a Toronto, arrastei-me para a cama e fiquei dias ali, revendo despreocupadamente antigas sitcoms misóginas e reality shows sobre gente bonita entrando e saindo de relacionamentos emocionalmente abusivos. O período entre o Natal e o Ano-Novo sempre passava devagar, mas este ano parecia que tinha tomado um sedativo. O tempo se arrastava como uma lesma mais do que o habitual, e andei cometendo imprudências: dias de entrega dupla ou tripla em que todas minhas refeições eram delivery de pratos pelos quais eu não podia pagar, pedalar na neve sem farol nem capacete, mandar mensagens arriscadas, cheias de erros ortográficos.

Em 28 de dezembro, mandei uma mensagem a Simon por que você gosta de mim?

Ele respondeu no dia seguinte: assim, de cara? você é bonita e me faz rir.

Vai se foder, pensei.

Digitei: vai se foder, **acrescentando:** os homens não ligam se as mulheres são divertidas. acho que eles ativamente desgostam disso.

tá legal, **escreveu ele,** você é bonita e acho você chata, o que é excitante porque não é uma ameaça para mim.

Três horas depois, como eu não havia respondido, ele digitou, ... eu estava brincando.

Bati na mensagem para mandar um pequeno polegar para cima e voltei para a cama.

De repente, e contra a minha vontade, era 31 de dezembro. Acordei e pensei, *não*. Mandei uma mensagem no grupo dizendo que eu não estava a fim de altas comemorações de Ano-Novo. Eles foram compreensivos, mas meio frios. vc não precisa ficar, se não estiver gostando, escreveu Amirah, acrescentando que eu podia pegar alguma coisa dela emprestada, se precisasse de uma roupa. (Amigas mais magras sempre prometiam me emprestar roupas bonitas que não caberiam em mim nem em um milhão de anos.)

Clive disse que os rapazes iam dar uma festa que prometia um "bufê só de petiscos" e banhos quentes no jardim. Eu disse que sabia que seria divertido, mas que eu também tinha uma probabilidade de 700% de chorar à meia-noite e queria fazer isso sozinha. como você quiser, respondeu Lauren. mas o ano que vem será a porra de 2020 e a jacuzzi inflável de mark quase certamente estará quebrada.

Simon mandou mensagem para dizer que passaria a contagem regressiva com amigos na Horseshoe Tavern, vendo uma banda cover tocar uma música de cada ano a partir de 1919. Contudo, estaria disponível depois da meia-noite, para começar o ano novo em grande estilo (sexo). Eu disse a ele que parecia ótimo, mas ia fazer minhas coisas e propus que nos encontrássemos para um brunch no dia seguinte. Ele respondeu: como desejar. Não sei dizer se ele quis fazer uma referência à *Princesa prometida* ou se só falava daquele jeito mesmo.

E então: uma véspera de Ano-Novo solo, a primeira de minha vida. Fui ao mercadinho chique e comprei alguns suprimentos: laranjas sanguíneas, copos-de-leite, chá de ervas e uma vela com notas de fundo de vetiver e "biblioteca".

Todo mundo na loja comprava presentes de última hora para festas: caixas de chocolate que sobraram do Natal, queijo processados e bandejas de carnes, nove limas. Minhas reservas sobre passar sozinha este evento popular de beijos coletivos se derreteu em uma sensação de leve superioridade: eu nem ia ficar bêbada esta noite. Ia fazer esfoliação e definir metas.

Enquanto percorria os corredores do mercado, fui tomada por um desejo de *criar*, de ter algo para mostrar a mim mesma, e depois de uma procura rápida decidi comprar os ingredientes de uma receita de pão para principiantes que tinha encontrado na internet. Nunca fiz pão na vida, mas parecia que seria satisfatório ocupar minhas mãos, transformar ingredientes básicos em algo nutritivo apenas com tempo e esforço. Além do mais, achei que seria legal se o apartamento ficasse com cheiro de pão.

Voltei a pé para casa rapidinho, minha respiração formando pequenas nuvens satisfatórias à frente. O céu estava rosáceo, o ar estava frio e as pessoas caminhavam apressadas, cheias de propósito. Tive orgulho de mim por aceitar meus limites: o Natal foi bom, mas eu não queria passar esta noite cercada de casais felizes e grupos de pessoas que flertavam de modo animado com suas roupas cintilantes, todas compartilhando beijos piegas à meia-noite. Não queria ter que contar a ninguém que minhas resoluções de Ano-Novo eram chorar menos, entender se eu gostava de ficar ao ar livre e experimentar saladas para o café da manhã. Uma noite em casa era exatamente o que eu precisava.

Fui para casa, guardei as compras e vesti meu pijama mais sofisticado/menos sujo. Pus o celular em uma tigela com um prato por cima, como se aprisionasse uma aranha. Fervi água para um chá ("uma mistura herbácea calmante para mulheres") e peguei farinha de trigo, sal, azeite e fermento químico. Procurei à minha volta um copo medidor. O melhor que pude encontrar foi uma taça de vinho de plástico de um festival de música com 150 ml e 250 ml marcados na lateral.

Misturei os ingredientes e rolei a massa resultante em uma bola, encarnando uma celebridade confeiteira envelhecida que às vezes me motivava uma masturbação. Sovei minha bola de pão e deixei embaixo de um pano de prato para crescer. Fui ao banheiro e acendi minha vela de biblioteca. Enchi a banheira com sais, óleos essenciais e algumas pétalas empoeiradas de um buquê de drogaria que ficou mofando no canto do meu quarto por três semanas, por que não. Pus uma playlist chamada "Relaxing Piano" e comi uma tangerina, nua. Olhei meu corpo no espelho e pensei *quer saber? Tá legal.*

Fiquei deitada na banheira pelo que pareceram horas, limpando minha mente, com algum sucesso. Quando meus dedos começaram a murchar, um cronômetro disparou na cozinha e corri pingando água pelo apartamento para verificar minha massa. Estava muito maior do que eu tinha deixado — um bom sinal. Pus minha nova bola maior de massa em uma assadeira, cobri com um pano limpo e deixei descansando em paz de novo. Eu tinha algumas ideias breves e básicas sobre "deixar descansar em paz para crescer".

Depois de enxugar a trilha molhada que deixei pela cozinha, voltei ao banheiro e passei hidratante até não pensar em mais nada. Fiquei mais lisa que um filhote de foca, mais oleosa que a assadeira onde tinha colocado o pão. Eu brilhava. Também não conseguia tocar em nada sem deixar manchas de resíduos. Vaguei pelo apartamento, evitando encostar em qualquer de meus pertences e esperando — que minha massa ficasse no ponto, que meu corpo secasse, que uma sensação de paz e empoderamento pessoal me dominasse. A parte da secagem demorou mais do que o esperado e o empoderamento, se pretendia chegar, também tinha um passo lento.

Comi um cookie e experimentei uma leve fobia de estar perdendo alguma coisa incrível. Meus amigos provavelmente estavam em uma Jacuzzi neste momento, mergulhando palitos de pão em creme azedo e dando gargalhadas, repassando lembranças incríveis e criando piadas internas das quais eu nunca faria parte. Perguntei-me se talvez todo esse negócio de ficar sozinha teria sido uma má ideia. Fui até a minha estante e abri um exemplar muito surrado da Pema Chödrön.

Eu tinha adquirido o livro no verão anterior, enquanto comprava um monte de romances sobre mudanças, viagens, a lua, e como personalidades famosas da literatura norte-americana tratavam mal as esposas, em uma livraria do bairro onde eu gostava de paquerar o velho rabugento que atendia ao balcão. Quando levei minha seleção de livros à caixa registradora, ele disse, "Término ruim?", e incluiu *Quando tudo se desfaz* de graça. Algumas semanas depois saímos juntos e nós dois ficamos inacreditavelmente embriagados, mas só um de nós falou sem parar de nossa coleção de poesia experimental.

Folheei meu Chödrön, parando em passagens marcadas que, eu acho, foram importantes para mim alguns meses atrás: "Para não deixar que nossa negatividade leve a melhor sobre nós, devemos reconhecer que neste momento nos sentimos uma bela merda e deixar de lado escrúpulos para examinar as causas disso." Claro. "Quando a insegurança impera e nada dá certo, podemos perceber que estamos à beira de alguma coisa." Talvez! "Assim, mesmo que a forte sensação de solidão esteja presente, e se por 1,6 segundo podemos ficar sentados com essa inquietude quando ontem não conseguíamos fazer isso nem por um segundo, esta é a jornada do guerreiro." Eu não me sentia uma guerreira, mas levei a tigela com meu celular para o banheiro.

Procurando orientação, e com tempo para matar enquanto o forno aquecia, continuei lendo até encontrar isto: "Relaxar com o momento presente, relaxar com a desesperança, relaxar com a morte, não resistir ao fato de que as coisas têm fim... esta é a mensagem fundamental."

Eu estava tentada a relaxar com a morte quando Merris apareceu no porão. Apesar da promessa que fez no dia da mudança de ficar na dela, Merris visitava meu apartamento com muita regularidade, para deixar sobras de comida, perguntar quem era Chet Haze, ou reclamar de uma interação recente com um aluno ("Francamente, e espero que você não tome isso como ofensa, só não tenho certeza se precisamos desgenderizar *tudo*"). Desta vez, ela trazia doze uvas.

— Para comer à meia-noite — disse ela. — Deve comer uma a cada batida do relógio. Fazem isso na Espanha, para dar sorte. — Perguntei-lhe se ela era de ascendência espanhola. Não era o caso, mas ela passara várias vésperas de Ano-novo lá e manteve a tradição.

Eu disse a ela que acolhia tudo que pudesse tornar este ano melhor do que o anterior.

— Ah, você não está passando por uma fase ruim — disse Merris. — Ouvi você aqui embaixo rindo com aquele camarada de cabelos encaracolados, Sinjin ou o que seja.

— Simon.

— Simon, claro, foi o que eu disse. Como está indo a coisa?

— Ah, rápido demais — falei. — A caminho do desastre, quase certeza..

Merris ficou surpresa.

— E o que a faz pensar assim?

— Não devia levar metade do tempo em que você está com alguém para superá-lo? Tenho mais três anos e meio me remoendo no porão, se for assim.

— Que ridículo. Onde leu isso? — disse Merris. — O marido de Inessa morreu em julho passado e ela tem sido a mais saliente de seu grupo de observação de pássaros. Embora eu ache que ela não terá os... quantos seriam mesmo... quatorze anos de luto necessários.

Todas as senhoras do andar de cima falavam da morte desse jeito — como se fosse um compromisso que sabiam que chegaria, mas tinham se esquecido exatamente para quando foi marcado.

— Não é ruim se apaixonar — disse Merris, e eu bufei.

— *Não* estou apaixonada — falei. — Mas gosto dele. Muito. É de enfurecer o quanto é difícil não gostar dele.

Ultimamente tinha me surpreendido com a intensidade de meu carinho por Simon e, na verdade, me perguntei secretamente se eu estava me apaixonando por ele, o que foi de dar nos nervos. Da última vez que senti isso casei-me com o homem, então supus que a experiência era única de encontrar a alma gêmea. Mas aqui estava tudo, mais ou menos igual, com um cara que conheci num bar: a tensão, o calor humano e a sensação de ímpeto compartilhado. A sensação de ser olhada, de querer olhar alguém mais do que queria fazer qualquer outra coisa. A percepção repentina de que este ser humano está em posse, de algum modo, do cérebro melhor e mais legal, do tronco mais quente, das pernas mais sensuais. A percepção na sequência de que você agora está entre as pernas do homem, que esta pessoa fez isso acontecer. É claro que eu sabia que um dia revelaria a parte de mim que o faria se retrair, e ele se retrairia, e eu ficaria deprimida, então por enquanto eu só tentava curtir a vista.

— Nunca fiquei com alguém tão inequivocamente bonito — falei. — Vivo tirando fotos lânguidas dele deitado por aqui.

Merris disse que parecia que eu estava apaixonada, ou talvez lendo Alan Hollinghurst demais. Eu disse que era cedo demais para chamar assim e lembrei a ela que ainda saía com outras pessoas. Mais ou menos. Eu conversava com elas, de todo modo, por DMs ou nos apps, fazia comentários sedutores, depois batia em retirada quando elas sugeriam nos encontrarmos pessoalmente. Era importante, eu disse, saber que existiam opções, ter um *frisson* no ponto de ônibus. Merris disse que parecia cansativo e me convidou para passar a contagem regressiva com ela e as senhoras do andar de cima.

— Se chegarmos até lá — comentou ela. — Betty já está desmaiando. Inessa está preparando Irish coffees para nos animar.

Agradeci, mas recusei; o plano era fazer isso sozinha.

— Como você pode estar sozinha, com todas essas malas diretas sórdidas? — disse ela, sua arrogância minada pela quase incorreção dos termos que usava. Quando ela abriu a porta, ouvi Betty dizendo a Inessa que sua resolução de Ano-Novo era "fumar mais, por que não?".

Coloquei no forno minha massa esquecida e apaguei a vela para deixar que o cheiro de pão enchesse o apartamento. Meia hora depois, minhas janelas estavam embaçadas pelo calor e a assadeira que retirei do forno tinha um lindo pão com cara de pão. Senti orgulho, depois me senti *muito* boba, depois orgulhosa de novo. Olhei o relógio: não eram nem 22h30 ainda.

Decidi ver *Titanic* como costumava fazer quando era mais nova, parando quando o navio bate no iceberg. Quando criança, esse hábito surgira da necessidade: a primeira fita VHS terminava com Jack e Rose apaixonados, sobressaltados pelo barulho do gelo raspando o metal. Para ver o resto do filme, era preciso ejetar a fita, retirá-la e inserir uma segunda, o que parecia muito trabalho só para ver todos os personagens a quem você se apegou se afogarem no Atlântico congelante, então em geral eu não fazia isso. Para mim, a obra-prima de James Cameron era uma comédia romântica sobre dois jovens desajustados de diferentes classes sociais que se conheciam, decidiam não cometer suicídio e, contra os desejos da família, transavam em um carro.

A mão de Kate Winslet bateu na janela às 23h27. Isso parecia impossível. Parecia que tinha se passado um ano inteiro, como se eu estivesse encarando 2020. Olhei minha SKURNSK desmontada, as peças empilhadas num canto, e meu colchão no chão. O pânico ou a determinação me subiram à garganta. Era isto ou tentar o diário de novo.

A figura solitária de cartum franziu a testa para mim do manual de instruções. Mais adiante no manual tinha um diagrama rotulado de "diagrama explodido". Era um desenho das peças da cama dispostas individualmente, todas as pecinhas de metal e madeira que se combinariam para criar algo útil e, embora nada elegante, mais atraente aos olhos do que uma pilha de lixo.

Tirei uma foto da página e escrevi um e-mail a Jon sobre se um diagrama desses seria parecido com nossa relação. Sabendo que jamais enviaria, permiti-me alguns floreios, descrevendo um dia em nossa lua de mel quando o vinho vagabundo e barato e um poente francamente espetacular o comoveram e o fizeram me dizer que ele se sentia "seguro em meus braços", e eu disse que ele era "meu lar", e não pareceu vulgar nem constrangedor, porque embora sem dúvida fosse as duas coisas, também era, o mais importante, verdadeiro.

Merris voltou a descer à meia-noite e dez, com duas flutes de prosecco nas mãos. Espiou pela porta entreaberta e me encontrou no chão, cercada por peças de madeira escandinava barata. Eu estava com o rosto vermelho e molhado e tinha nove uvas na boca. Merris suspirou.

— Vou buscar Lydia.

Enrosquei-me no corpo gargantuesco da cadela, deixando que suas orelhas macias entrassem e saíssem de minhas mãos. Merris fez menção de montar a SKURNSK ela mesma, depois pensou melhor; agora estava sentada numa cadeira à mesa da cozinha enquanto Lydia e eu estávamos deitadas na cama.

— Tem um quê de divã do analista neste arranjo — disse ela com um sorriso irônico. Depois, com mais seriedade: — Espero que você esteja se cuidando.

Eu disse a Merris que praticava todo o autocuidado com que podia lidar. Ela bufou.

— Por favor. Não quis dizer que você se droga ou sei lá o que você faz para ter óleo em todo canto aqui embaixo. Está tudo bem; assim como as tais mensagens. Mas a certa altura isso precisa ser processado, quando a maior parte do avanço é apenas sair da cama e andar aos trancos. Chame como quiser, mas você precisa praticar o andar por aí e viver a vida e ter o coração partido ao mesmo tempo. Não de um jeito emocionante, em que você fica na cola de alguém, nem comprando algo escandaloso, nem aterrorizando Jiro, mas de um jeito em que você ainda tenha que sair para trabalhar quando está com dor de dentes.

Eu disse a Merris que era o medo de sermões como este que me impediam de procurar um terapeuta de verdade.

Ela franziu o cenho e entrelaçou as mãos no colo, depois me olhou por cima da armação dos óculos como uma bruxa em um filme infantil descobrindo que a Torre das Poções tinha sido invadida:

— Você não está fazendo terapia?

Eu disse que não sabia por que todo mundo estava tão obcecado com isso, mas não, não estava. Eu não estava traumatizada; na maior parte do tempo estava constrangida.

— Com o quê? — perguntou Merris.

Bebi um gole do prosecco e pensei por onde começar. Eu estava constrangida por:

- não conseguir fazer um diário direito;
- não ter devolvido o dinheiro que meus amigos e familiares nos deram no casamento;
- todo mundo saber que eu estava mal — pior ainda, que saberem que fui rejeitada;
- eu ter sido rejeitada pela pessoa que me conhecia melhor do que qualquer outra no planeta, a quem eu tinha mostrado cada parte de mim, sido o mais vulnerável possível... e que essa pessoa tenha concluído que eu não prestava;
- apesar do fato de que eu tecnicamente tinha perspectiva suficiente para entender que nenhum de meus problemas eram "reais" se comparados com qualquer problema de verdade que pudesse existir ou existisse na vida dos outros, meus ridículos não-problemas ainda ocupavam todo meu espaço mental e pareciam enormes, beirando o intransponível;
- eu faria qualquer coisa para simplesmente ter sido melhor quando casada — ter me dedicado direito a ser uma boa esposa mais meiga, mais sensual, mais divertida, menos contestadora;
- ter um jeito bem retrógrado de pensar, o que provavelmente Dizia Algo Sobre Mim como pessoa;
- ter fantasias cada vez mais persistentes em que cantar a música certa no karaokê de algum jeito consertaria tudo;
- por isto, isso e aquilo...

Parecia que partilhar qualquer dessas coisas em voz alta seria o começo de Algo, e eu não queria submeter Merris a mais disso, então falei:

— Sabe do que mais, é idiotice — comentei, e disse a ela que estava cansada. Embora nós duas soubéssemos que eu estava mentindo, ela educadamente se levantou para ir embora. Para minha tristeza, Lydia foi atrás.

Apaguei as luzes e me deitei no colchão no escuro. Na última véspera de Ano-Novo, Jon e eu tivemos uma baita briga, cuja causa não consegui lembrar. Foi das feias, nós dois nos retraindo atrás de nossos mecanismos de defesa preferidos: um silêncio de pedra pontuado por um comentário cretino para a senhora, uma gritaria furiosa com acompanhamento de passos pesados para o monsieur. Não era exatamente uma lembrança preciosa, mas eu não sabia se era uma alternativa melhor ficar deitada aqui sozinha depois de afastar uma septuagenária com minha recusa a procurar aconselhamento. Reli meu e-mail a Jon, acrescentei algumas linhas sobre perdoá-lo pelo que nos deixou tão furiosos um com o outro em 1º de janeiro de 2018 e enviei. Quando meu telefone tocou minutos depois, atrapalhei-me para atender, mas era só alguém com quem tive alguns encontros perguntando se eu estava "fora".

À medida que a noite avançava, esse tipo de mensagem rolava de outros, desejando-me um feliz Ano-Novo e sutilmente ou não sondando meu paradeiro — era 1h30, qualquer perspectiva de festa há muito tinha sido perdida. As pessoas repassavam seu Rolodex mental, na esperança de não receber a primeira manhã do novo ano sozinhas. Eu as ignorei, mandei uma foto ao grupo de chat de mim mesma com cara de beijo às duas da madrugada, depois, às 2h30, recebi isto, de Amy:

Acordada?
hahaHA Vi o pão que você postou no instagram... mUITO triste
@festa perto da sua casa, VEM!!! todo mundo tãããão relaX :P
eu quis dizer :) e não :P
;)))))

Conselhos selecionados de amigos de Amy, por ordem crescente de relevância para mim

"Ficar solteira nesta época do ano é pavoroso, né? Quer dizer, se eu pensar em quando fiquei solteira, foi a pior época do mundo. Por isso é tão importante se lembrar de que podia ser pior. Mesmo que pareça o pior ano da sua vida, sempre, sempre pode ficar pior. Você é divorciada, claro, e isso parece ruim, mas e se você se afogasse? Mas então, este é meu namorado, não dê em cima dele."

"Acho que você não pode forçar as coisas. Tipo, encontrar o amor quando menos espera, entendeu, daí se você estiver saindo demais, e estiver tentando, tentando e tentando, vai cobrar demais de si mesma. Os apps são um beco sem saída, acredite em mim. Estou com meu marido há sete anos, sem nunca usar os apps. Ele era meu chefe e agora somos casados. Então... quem sabe você pode tentar essa?"

"Sinceramente não muda nada, garota. Este é o seu ano. Este é *SEU ANO, CARALHO*. Eu juro que tenho um feeling para coisas assim, e posso AFIRMAR que você vai ficar Ó-TI-MA. Você consegue, garota! Vai com tudo, por que não?!"

"Sabe o que é bom para nós, garotas com corpo de pera? Vestidos trespassados. Desculpe, qual era a pergunta mesmo? Hmm, é, tem derivado do leite nisso. Ou glúten ou coisa assim. Um dos Ruins, com certeza."

"Acho que se você odeia tanto os stories do Instagram dela, que tal só parar de ver? Mas acho que devia dar um desconto. Não deve ser fácil criar um cachorro diabético com uma dieta só de vegetais."

"Quando a amiga da minha mãe se divorciou, ela pirou abertamente, mas de um jeito muito foda em que largou o emprego e se mandou para Europa e tipo se descobriu, e teve um caso tórrido com um cara e trepou tipo numa casinha de bambu, e... porra, sabe de uma coisa, essa foi Elizabeth Gilbert, acho, e não a Marie, amiga da minha mãe. Mas Marie leu o livro dela, então esta é uma coisa que você podia experimentar."

"Não vá no banheiro do segundo andar, eu... *alguém*... vomitou nele todo."

Alguma coisa mudou depois das festas de fim de ano, como sempre acontece, mas para pior. A neve, as manchas de sal e o suor-no-metrô perdem seu toque festivo durante o mês de janeiro, e o efeito emancipatório que eu esperava de "apagar o passado e começar do zero" não tinha chegado. Até a festa de Amy foi um fracasso. Depois de arrastar minha bunda para fora da cama e passar uma maquiagem leve, cheguei e encontrei uma sala cheia de casais tendo discussões e alguns solteiros que pareciam principalmente doidões de ecstasy. Amy estava no banheiro do segundo andar se agarrando com um cara chamado "Maxton".

Saí logo depois de ter chegado, fui para casa com uma amiga ostensivamente hétero de Amy chamada Tamara, que me disse que "nunca tinha feito isso"; tive a impressão de que ela nunca tinha feito isso muitas vezes. Senti atração por Tamara porque ela era alta e tinha um certo brilho de tesão no olhar, mas quando fomos para o seu apartamento, ela ficou investigativa e intensa, fazendo perguntas sobre minha bagagem emocional, meu signo e meus sentimentos sobre o meu lugar no universo. (O que eu tinha que atraía tanto esse tipo de gente? Por que era tão difícil só ir para casa com alguém desconhecido e trepar?) Quando contei a ela sobre o divórcio, ela soltou um ruído que parecia um orgasmo de empatia, depois me puxou para seu peito e aninhou minha cabeça como se eu fosse uma criança.

— Você deve estar *arrasada* — disse ela, com um carinho no meu cabelo que não era desagradável, mas também não era a diversão que eu estava esperando ter, a julgar pelo brilho de tesão que tinha visto antes. — Esta deve ser uma fase sombria para você. Sou uma Pessoa Empática, então não precisa me dizer, eu sinto essas coisas.

Eu achava que não era preciso uma pessoa ser tão empática assim para saber que um divórcio era doloroso, porém, mais do que isso, eu não queria falar no assunto com Tamara. Beijei-a por um ou dois minutos e estava indo bem até que ela soltou aquele ruído de novo, depois se afastou e disse:

— Coitadinha.

Eu disse a ela que estava bem, que sabia que nada que valesse a pena vinha com facilidade e que vivia um dia de cada vez. Na realidade, a vida desde a casa da minha mãe parecia mesmo muito sombria, mais ou menos se desfocando em um longo cochilo pontuado por cereais matinais e episódios de *Housewives*; mas não contei isso, porque não queria ser essa coitadinha. Ela nos serviu um copo de água para cada uma e me contou uma história comprida sobre o acidente de moto da amiga, detalhando particularmente as instruções do médico que disse — se esta amiga um dia se visse sendo ejetada da moto de novo na Roncesvalles Avenue — que ela não se preparou para o impacto.

— Você precisa relaxar e deixar acontecer — disse ela suavemente. — Não pode ficar travada, ou vai quebrar cada osso de seu corpo.

A essa altura ela me balançava, o que era desconcertante. Mas pegar um táxi àquela hora, no Ano-Novo, teria sido impossível, então, quando ela meteu a mão por baixo da minha blusa, fingi que dormia.

Na manhã seguinte ficamos deitadas em sua cama onde, para não ouvir mais metáforas de acidentes de moto, pedi a ela para me contar os finais inesperados de cada episódio de uma série documentária que ela vira recentemente sobre os perigos das redes sociais. Em um episódio, ao que tudo indica, um homem foi incriminado por homicídio pelo seu hamster, devido à tecnologia. Em outro, um professor de mídias digitais espancou os alunos até a morte com um iPad. Ótimo.

Saí da casa de Tamara e encontrei Amy em uma espelunca próxima, onde compramos uma porção de batatas fritas e cafés do tamanho de nossa cabeça. Ela queria detalhes sobre o resto de minha noite, mas não havia muito para contar, em especial porque ela era contra spoilers de televisão. As resoluções de Ano-Novo de Amy eram finalmente se comprometer com o Desafio dos Trinta Dias, programar doações mensais a algumas boas causas e sorrir mais. Eu disse que ela já sorria muito.

— No fim das contas, acho que sempre se pode fazer mais — respondeu ela, apertando uma batata frita em um guardanapo de papel até ele ficar transparente e pesado de óleo.

Eu disse a Amy que queria me entocar.

— Está tudo bem — disse ela. — Leve o tempo que for necessário.

Eu disse que sua pele estava luminosa demais para quem estava de ressaca, e ela explicou como esfregar colheres congeladas no rosto até desinchar de volta ao normal, como se você não tivesse se entupido de veneno na noite anterior. Eu estava pensando em como Amy era sensata, o quanto tinha a vida resolvida, quando ela me deu um livro de poemas de um homem da internet que sempre dizia para as mulheres usarem suas feridas como asas.

— Vai adorar este — disse ela, bastante segura. — Sou obcecada por um dele que fala sobre mergulhar nua em seu próprio poder.

Amy me acompanhou até uma lanchonete diferente, onde eu tinha prometido me encontrar com Simon para o café da manhã, parando para os cumprimentos antes de ir para sua aula na academia, um treinamento intensivo chamado Ano Novo, Bunda Nova. Simon também não parecia estar de ressaca. Sentei-me de frente para ele à mesa e fingi considerar o cardápio laminado e pegajoso antes de pedir outra rodada de batatas fritas.

Percebi que ele não sabia que eu tinha saído na noite passada, que ele achava que eu ficara em casa sozinha e tinha assado pão. Pensei na mão fria de Tamara em meu peito e me perguntei se Simon também tinha ido para casa com alguém. Não perguntei, mas decidi por minha própria conta que sim, ele foi, e ela era elegante, linda e muito boa em desenho ou algo assim. Fiquei distraída com esta rival imaginária por toda a nossa refeição.

— Está tudo bem? — perguntou Simon, o garfo pairando acima de um prato de ovos besuntados de molho apimentado. Sempre que os encontrava em um cardápio de brunch, Simon fazia questão de pedir *huevos* divorciados, dando uma piscadela para mim quando eles chegavam. Em geral ele fazia piadinhas sobre meu estado civil, achando o máximo ter uma "mulher casada" em sua cama ou fazendo piada sobre meus futuros maridos dois e três. Eu sabia que ele só fazia isso porque eu reagia com uma gargalhada alta e entusiasmada e porque eu mesma costumava fazer piadas assim, mas, partindo dele, aquilo fazia com que eu me sentisse exposta e desconfortável, emocionalmente nua.

— Estou bem — falei. — É só a velha... depressão pós-ano-novo.

Eu nunca tinha escutado essa frase na minha vida e me dei conta quase de imediato, depois de pronunciá-la, que era porque não era o caso. Os lábios de Simon se esticaram em um sorriso reprimido e seus olhos cintilaram de ironia.

— Ah — disse ele. — Claro.

Ele despejou dois saquinhos plásticos de creme no café, empilhando os sacos vazios um por cima do outro de forma organizada enquanto eu comia minha oitava batata frita do dia. Fosse por causa da ressaca, ou da leve decepção com a noite anterior, ou por algum outro motivo que eu desconhecia, não consegui acompanhar Simon em nosso bate-papo habitual. De repente parecia ridículo estar em um café da manhã abrindo pacotes de geleia com outro homem, como se desta vez fosse dar certo, como se jamais pudesse seguir outro rumo. Quando a conta chegou, ele pareceu entender que eu não ia voltar para a casa dele, me deu um beijo formal no rosto e prometeu me mandar uma mensagem naquela tarde.

Entrei no bonde, chorei um pouco e cheguei em casa. Vesti um segundo par de meias, fui para a cama e abri o livro que Amy me dera, que me instruía a me permitir ter "sonhos loucos". Fechei o livro e fui dormir.

Meus amigos não ficaram felizes por eu ter faltado à festa de petiscos com Jacuzzi e ficaram ainda mais decepcionados com minha excentricidade nas semanas que se seguiram. Tentei fingir uma dedicação súbita ao trabalho, mas meu interesse minguante por meu emprego tinha sido registrado havia muito tempo. Fingir que eu estava fazendo o Janeiro Seco os manteve afastados por um tempinho, até que me expus tuitando algo sobre uma ressaca alerta vermelho e uma necessidade de espaguete que parecia uma emergência. Acabei mandando uma mensagem dizendo que eu estava tirando um tempo para comungar com a Física da Busca, algo sobre o qual tinha lido em *Comer, rezar, amar*, que baixei como e-book e já estava na metade. Clive respondeu que nojo, com um emoji de coração.

    Para falar a verdade, eu me sentia deprimida e acabada, duas coisas que não tinha o direito de sentir, mas que ainda assim passaram a ser presenças emocionais dominantes na minha vida. Eu lidava com esses sentimentos comprando porcarias desnecessárias e sem jamais olhar meu saldo bancário. Além das compras pela internet, não fazia nada que não fosse inteiramente necessário para me manter viva e pagar o aluguel. Os tristes dias iniciais de meditação e esforços de autoaperfeiçoamento ficaram no passado. Eu andava em toda parte de óculos escuros e um par de fones de ouvido sem fio, mas eles não tocavam música; eu tinha perdido o carregador meses antes. Não suportava mais parar e falar com as pessoas, dar-lhes o resumo animado da minha vida, sorrir e prometer que eu estava ótima — muito bem, é sério — depois continuar, voltar para casa e tomar sopa e cortar as unhas dos pés e ver TV num porão, sozinha.

    Isto devia ser melhor para todo mundo, porque eu era uma companhia medonha. Só o que queria fazer era dissecar minha separação, em alguns dias a pior coisa que já me aconteceu, em outros a melhor de todas, uma bênção direta de Deus que certamente levaria a toda sorte de desenvolvimentos positivos que eu nem conseguia imaginar. Eu sabia que se visse meus amigos, teria que retribuir me importando com a vida deles, e eu simplesmente... não me importava. O que queria era passar meu tempo num monólogo sobre o amor, a tragédia e se o tamanho de minhas panturrilhas tinha alguma coisa a ver com meu atual status de divorciada.

    A única pessoa que eu via com alguma regularidade era Simon, porque ele também adorava falar de sua separação, e podíamos conversar sobre em que ponto tudo deu errado, absolvendo um ao outro de nossos vários erros afetivos, depois comendo alguma coisa ou dividindo uma garrafa de vinho e trepando. Minhas dúvidas da lanchonete iam e vinham. Em geral, eu as encobria com algumas cervejas e um bom orgasmo. E também, eu tinha entupido o ralo de meu box e agora não conseguia usar por mais de cinco minutos sem que uma água cinzenta e nojenta se empoçasse em meus tornozelos. Simon tinha um chuveiro maravilhoso.

De vez em quando eu me encontrava com alguém de um dos apps, então podia fazer a maquiagem de primeiro encontro, contar minhas melhores histórias e fazer minhas perguntas mais interessantes a alguém que nunca mais veria. Procurar conexão era lindo em tese, mas era muito melhor cantar os sucessos para uma nova plateia deslumbrada, beijar na frente de um bar e tomar rumos separados, deixando aquele gostinho de quero mais.

Embora eu os estivesse rejeitando, ainda queria que meus amigos me convidassem para fazer coisas. Por fim eles pararam, continuando a vida como se eu tivesse me mudado da cidade ou parido. Então, em uma tarde nublada de fevereiro, depois de alguns excessivos stories do Instagram de todo mundo saindo sem mim, peguei exatos quarenta dólares, escolhi "sem recibo" e mandei uma mensagem a meus amigos dizendo que estava com saudade, e que eles por favor se juntassem a mim em uma noite de quiz a que íamos às vezes, organizada por um homem com certeza absoluta de que era a pior pessoa do mundo, mas que tinha um estoque genuinamente impressionante de conhecimentos gerais.

Eles concordaram e marcamos um reencontro, com um plano para combinar nossos intelectos em busca de bebida liberada (ou uma bolsa de cervejaria artesanal dividida por cinco, dependendo do resultado). No dia do quiz — com trinta minutos de atraso por motivo nenhum — mandei mensagem a Amy, que também não encontrava havia algum tempo, para chamá-la também. Quando cheguei à mesa, o grupo de chat estava todo reunido e fui tomada por uma onda de afeto dos meus amigos divertidos, modernos e esquisitos. Abracei todos eles e contei que Amy ia se juntar a nós.

— Ah — disse Amirah, que não parecia muito satisfeita. — Que divertido... nunca nos encontramos fora do trabalho.

Eu disse a Amirah que não sabia disso e na verdade tinha suposto que elas eram próximas, com base no tanto que Amy falava bem dela.

— Amy fala bem de todo mundo — disse Amirah. — Ela encontraria alguma coisa boa para dizer a respeito de Stalin.

— Essa não é difícil — disse Clive. — Já viu a foto dele quando era mais novo? Me pisa, camarada.

Todos sacaram seus celulares, algo que logo seria proibido pelas regras do quiz. Concordamos que a foto do jovem Stalin podia passar, mas que era obviamente um dilema moral mais complicado transar ou não com o homem em si. Lauren sugeriu que o Stalin entre 1897 e 1901 estava "no ponto certo" e que ela só traçaria o homem durante esses anos. Propus um cenário de viagem no tempo detalhado em que meus poderes de felação levariam o jovem Josef a abandonar suas ambições políticas e se dedicar à jardinagem. Pegamos a Lauren Emocionada com o celular debaixo da mesa, pesquisando o que Stalin fez no Google.

Amy apareceu quando Amirah nos contava de um cachorro pelo qual ela e Tom caíram de amores em um site de adoção.

— Do que estamos falando? — perguntou ela, metendo-se entre mim e Clive com uma garrafa pouco característica de cerveja IPA.

— Amirah e o namorado querem ter um bebê — falei. — Acho que é bem sério.

— Não é assim tão sério — disse Amirah, revirando os olhos e virando-se para Amy. — Mas olha só ele! O que devíamos fazer? — Ela estendeu o iPhone, que exibia a página de adoção para um puggle mínimo chamado Jeremy.

Amy deu um gritinho.

— É o cachorro mais fofo que já vi, porra — disse ela. — Vocês *precisam* levar esse menino pra casa, ai, meu Deus.

— Acho que é má ideia — falei. — E se vocês terminarem?

Amirah fez uma careta como se tivesse provado leite azedo.

— Com Tom? Não.

— Bom — eu disse —, nunca se sabe. Você mesma disse que não é assim tão sério, além disso, acho que mudei de ideia quanto ao conceito de bichos de estimação de modo geral. Um filhotinho é basicamente a entrada que você paga para um futuro enterro de cachorro.

Amirah pôs o celular no bolso e ficou em silêncio. Cheguei minha cadeira para mais perto da dela enquanto Amy se apresentava alegremente ao resto da mesa, trocando apertos de mãos com Clive e Lauren e esticando-se desajeitada pela mesa para encontrar os braços estendidos de Lauren Emocionada. Perto de nós, uma equipe se registrava ruidosamente como "Les Quizerables", depois olhou em volta para saber se alguém sentia inveja.

A primeira rodada de perguntas tinha como tema "Nomes dos Anos 1990" — a ovelha clonada (Dolly), a irmã gêmea de Phoebe em *Friends* (Ursula), o ursinho de pelúcia em homenagem à princesa Diana (por incrível que pareça, "Princess"). Nosso interesse começou a minguar com a rodada sobre música; Les Quizerables estavam sendo irritantes em nível *hardcore*, e suas reuniões furtivas e pedidos urgentes e aos gritos de esclarecimento tiraram o brilho casual da noite, revelando-nos que estávamos de novo envolvidos em Hobbies de Adultos.

— É assim que sei que estou ficando velha — disse Lauren, enquanto o capitão dos Quizerables puxava seu grupo para outra consulta espalhafatosa. — As pessoas verdadeiramente divertidas não precisam que alguém organize a diversão para elas.

Amirah concordou, observando que provavelmente éramos as pessoas mais novas no bar — um mau sinal.

— Não sei — disse Amy. — Eu não queria estar no início dos meus vinte anos agora. Tem umas garotas novas no meu andar e elas são estressadas pra cacete.

Lauren perguntou com o que elas se estressavam.

— Com *tudo* — respondeu Amy. — Têm ansiedade por literalmente tudo. Tem uma garota, a Kitty, que tinha que entregar um relatório ao nosso gerente na semana passada e ela foi franca... não ia fazer isso. Quando perguntei, ela disse, e estou citando, "Prazos me dão ansiedade".

O resto da mesa não soube o que responder. Por um lado, devia ser muito irritante ter que fazer o relatório de outra pessoa. Por outro lado, a ansiedade era um distúrbio mental real e frequentemente sério que afetava milhões de pessoas todo dia. E, ainda por cima, de um jeito mais constrangedor e mais importante, ninguém queria parecer velho por reclamar dessas coisas. Estávamos prestes a fazer trinta anos, e não cinquenta e sete.

— Sinto muita pressão para cuspir na boca de Simon — falei, para mudar de assunto. — Ou pelo menos meter o dedo no cu dele. Vocês fazem isso? Parece que todo mundo está fazendo, menos eu. — Ninguém respondeu, então expliquei que embora eu tenha perguntado a ele muitas vezes sobre isso, e até tenha me oferecido, bêbada, para usar um dildo nele sem entender inteiramente o que isso envolvia, ele insistiu que o sexo normal que fazíamos era satisfatório e bom. Perguntei-me em voz alta se ele estava saindo com outra pessoa que fazia todo o troço do cu que ele no fundo desejava.

— Em geral — continuei —, eu só quero entender o que ele ganha com esse arranjo. Ele sempre está fazendo coisas ativamente atenciosas, e eu fico tipo... *por quê?*

Recostei-me e esperei que alguém falasse. A Lauren Emocionada bocejou e pensei ter visto Amirah revirar os olhos. Normalmente este era o tipo de conversa em que meus amigos entravam pra valer. Quando foi que todos ficaram tão pudicos? Tinha alguma relação com a lua?

— Vocês acham que passamos tempo demais falando de sexo e de encontros? — perguntou Lauren.

Senti meus ombros subirem na direção das orelhas.

— Eu só acho, tipo assim, o que mais existe? — Eu queria soar irônica e vivida, mas sabia que tinha caído entre o vazio e o defensivo. Em vez de tentar consertar, virei-me procurando a ajuda de Amy com uma pergunta sobre um episódio recente de um reality show em que duas mulheres ricas atormentavam uma terceira, que as chamou de más feministas e gordas.

Amy entendeu de pronto.

— É tão triste quando elas voam no pescoço umas das outras desse jeito — disse. — Porque, no final das contas, a gerência daquele restaurante é uma família.

As rodadas restantes transcorreram de forma calma, embora em silêncio, e por fim ficamos em terceiro lugar, cujo prêmio era um ingresso gratuito para o quiz da semana seguinte. Enquanto os nerds que nos derrotaram gastavam a bebida gratuita com "kombucha batizada", perguntei, um tanto desesperada, o que eu tinha perdido nas primeiras semanas de 2019. Meus amigos me deram as manchetes enquanto eu estalava o elástico de minhas coxas nos joelhos e tomava grandes goles de água e vinho: Clive "recentemente voltou a se envolver com alho-poró" e estava ansioso para determinar a "erva aromática do verão" antes de o clima esquentar (ele tendia ao endro). Lauren Emocionada estava se mudando para a casa de Nour; até agora eles tiveram sete discussões sobre a definição da palavra "aparador". Amy tinha visto um consultor financeiro e decidiu investir em maconha. Lauren enfim tinha decidido comprar uma pochete. Amirah ficou calada, olhando o celular e se remexendo na cadeira.

Pensei em algo para contar, algo novo que tivesse me acontecido.

— Outro dia... — comecei, depois parei. Eu estava prestes a contar uma história cujo clímax era que eu por acaso troquei leites veganos com Olivia. Não queria descrever os detalhes patéticos de minha vida cotidiana, e eles reagiram mal a histórias sobre sexo e encontros. Mas era só isso que eu tinha. Tentei outra:

— Outro dia Simon entrou no quarto dele e falou assim, "Posso te mostrar uma coisa?" e eu disse claro, depois ele pegou seu baralho e então entendi: *este homem vai fazer um truque de mágica.*

Aquilo não recebeu o trovão de risos e reconhecimento que eu esperava, mas perseverei, descrevendo meu turbilhão mental e emocional à ideia de este homem bonito de quem passei a gostar estar prestes a estragar tudo tirando um ás de espadas de minha orelha.

— Mas no fim das contas o truque era mesmo impressionante — falei. — Contra todas as expectativas, o deixou ainda *mais* atraente, algo que acho que um truque de mágica nunca fez em nenhum momento da história. Muito louco, né?

Lauren soltou um ruído para reconhecer que eu tinha terminado de falar. Clive ergueu as sobrancelhas e comeu uma batata frita.

— Parece que você é que está namorando sério — disse Lauren.

Garanti a ela que estávamos pegando leve — esta semana, já dormimos separados uma vez.

— É sexta-feira — disse Amirah.

Lauren se levantou para ir ao banheiro.

— Tudo bem! — falei energicamente. — Bom, é melhor deixar todo esse papo de Simon pra lá antes que ele chegue.

— Peraí, como é que é? — Lauren voltou a se sentar, sem sorrir. Eu disse a ela que supunha que aquela era uma situação quanto-mais-melhor. Amirah costumava convidar o namorado para coisas sem nos contar, e não devíamos todos ter o mesmo privilégio?

— Diga uma vez, uma só, que eu tenha feito isso — disse Amirah, irritada por ser arrastada para a questão. — E além disso o Tom não é um *estranho...*

O alarme de Confronto Iminente da Lauren Emocionada disparou, obrigando-a a se envolver.

— Acho que vai ser divertido! — disse. — Amirah, devia mandar uma mensagem a Tom também, se quiser. Todo mundo é bem-vindo!

Clive apressou-se em ajudar.

— Sei que foi um ano difícil — disse ele, com a mão em meu braço. — Estamos muito felizes por você estar feliz com Simon, ele parece ótimo.

— Ele é ótimo — falei. — Vocês vão adorá-lo.

— Ah, vão mesmo — disse Amy, em meu apoio. — Ele é um doce. Cabelo lindo.

— Você o conheceu? — perguntou Amirah. O olho no olho atravessou a mesa.

— Sim — Amy sorriu, entrando ainda mais na armadilha que ela nem tinha visto. — Caminhamos um pouco no Ano-Novo, depois da festa!

Eu não tinha contado a meus amigos sobre a festa. A Lauren Emocionada baixou a bebida e olhou fixamente para o fundo do copo como se uma verdade profunda se escondesse ali dentro. Lauren suspirou e Amirah soltou uma risada fraca e furiosa. Clive bufou pelas narinas e se virou para mim.

— Quero que você tenha em mente, em algum lugar por aí, que você está passando por um momento importante. Não pode sair de paraquedas de seu casamento e cair do nada em outra relação.

— Meu Deus, ele é tão sábio — disse Amy. — Estou sempre dizendo que preciso de mais amigos gays e falo sério. — Clive deixou essa passar.

— O caso é que acho que talvez eu possa! — falei, alegre. — Pular de uma coisa a outra, quero dizer. Eu não esperava que fosse assim tão fácil, mas me sinto muito bem. Ótima, até. Sei que está preocupado e isso é muito legal de sua parte, mas não precisa ficar assim. Na verdade vou me reunir com Jon em breve para finalizar tudo, então está totalmente superado. — Virei meu copo na boca e descobri que estava vazio.

— Ele está falando com você de novo? Quando foi que isso aconteceu? — Amirah parecia irritada.

Mastiguei uma pedra de gelo enquanto dizia a ela que não tivemos uma *conversa*-conversa, no sentido de duas pessoas falando, mas que marquei hora com uma terapeuta e mandei um link a ele, então vamos nos encontrar para uma sessão de aconselhamento pós-separação, em que faremos nossas despedidas finais e desejaremos sorte um ao outro.

Houve uma longa pausa. Por fim, a Lauren Emocionada soltou um pigarro e se inclinou para a frente, pensativa e séria. Ela parecia a Oprah.

— E ele disse que quer fazer isso?

— Basicamente — respondi. — Quando ele foi embora, sugeriu vermos juntos um terapeuta de rompimentos. Achei uma idiotice, mas agora que tive algum tempo para pensar no assunto, quero ser uma boa parceira... ex-parceira, o que seja... e ajudá-lo a processar as coisas como ele precisar. Ainda mais porque estou tocando a vida e essas coisas. Mas, então, chega de falar de mim! Amirah, algum *frisson* legal ultimamente?

Amirah cruzou os braços, mas não disse nada.

Simon chegou instantes depois, encontrando uma mesa silenciosa, depositou uma garrafa de vinho e um cesto de batata frita na nossa frente e pendurou o casaco no encosto da minha cadeira. Seu rosto estava corado da caminhada e o cheiro do frio lá fora grudava-se à sua barba.

— Espero ter acertado no vinho branco — disse ele, sorrindo e nervoso. — Te mandei uma mensagem, mas acho que seu telefone estava na bolsa. — Ele fez um leve aceno pateta para o grupo e tirou a rolha da garrafa.

Amirah se inclinou para a frente.

— Então, Simon — disse ela —, soube que você faz mágica.

Simon levou essa na esportiva e a conversa passou para outras coisas. Tom acabou se juntando a nós e o grupo voltou a sua dinâmica de sempre, com piadas grosseiras e pequenas teorias bobas, e a revelação de que embora Stalin (e na verdade toda a linha de questionamento) não fosse do gosto dele, Simon pegaria, caso fosse pressionado, a Imelda Marcos pré-atrocidades. Embora eu sentisse certa emoção no ar quando estava falando, todo mundo aceitou Simon de imediato, e foi um prazer genuíno vê-lo desabrochar com o interesse do grupo, distribuindo alfinetadas espirituosas, fazendo perguntas atenciosas e sendo encantador de seu jeito levemente estudado, mas ainda assim eficaz.

Desliguei-me por um minuto e observei meus amigos e o mais ou menos namorado discutirem o recente escândalo envolvendo as meias do primeiro-ministro: para alguns comentaristas, elas foram políticas demais, e para muitas presenças enfurecidas na internet, nem de longe foi político o suficiente. Simon disse que não considerava o primeiro-ministro de esquerda, mas achava que ele tendia mais à esquerda do que o eleitor médio.

— Soube que você tende à esquerda — disse Clive com um sorriso malicioso. Simon precisou de um segundo para perceber que Clive falava de seu pênis. Por fim entendeu e o seguiu com uma piada de "dita dura" que tecnicamente não fazia sentido, mas fez um enorme sucesso como um trocadilho vulgar.

— E *este* é o homem que você vai levar ao casamento da Emily? — perguntou Lauren Emocionada, fingindo choque.

— Emily e Patrick? — Amy cantarolou. — Não brinca! Vou nesse! O noivo e eu fomos colegas de monitoria na Western. Na verdade bati uma punheta para ele uma vez, mas foi em uma festa do semáforo, então acho que não conta. Mas talvez seja melhor não contar à noiva, só por precaução.

Prometi que não contaria.

— Nem vou conhecer alguém lá — falei. — Vou mais para exibir meu novo homem elegante. Olhe isto: a face da vitória. Né? — Dei um tapinha na coxa de Simon como se ele fosse meu fiel corcel. — Você podia ser um criminoso de guerra e eu ainda o levaria a este casamento.

Um gemido alto saiu da mesa vizinha e percebi que alguém dos Les Quizerables vestia um bebê. Fiquei horrorizada ao me descobrir na companhia de jovens pais, mas grata por sua prole ter rompido outra pausa longa e incômoda. Olhei para Simon e não consegui interpretar sua expressão. Amirah evitou me olhar nos olhos mexendo no cabelo de Tom, Lauren e Clive mandavam mensagens de texto e a Lauren Emocionada olhava para o nada com intensidade, à média distância, com uma mecha de cabelo na boca. Voltei o olhar a Amy, que sorria, nervosa. Pela primeira vez desde que chegou, ela parecia insegura sobre como se comportar.

— Estou empolgada que você conheça Ryan — ela me disse, depois se virou para incluir o resto da mesa. — Ontem eu disse à mãe de um de meus pacientes que meu namorado é um palhaço e ela me olhou fixo nos olhos e falou: "*E todos eles não são?*"

Clive riu primeiro, depois os demais se juntaram a ele. Eu podia dar um beijo nela. Em uma tentativa de aproveitar a onda de boa vontade que Amy criara, soltei uma saraivada de *non sequiturs* corteses, elogiando as habilidades culinárias de Clive, as contribuições de Amirah para o quiz e os casacos das duas Laurens. Eles aceitaram isso na esportiva, depois passaram a outros assuntos, perguntando a Simon sobre o 6Bites e deixando Tom nos falar sobre Bitcoin. Usei um cartão de crédito para pagar uma rodada de bebidas para a mesa, e quando o puggle resgatado apareceu de novo, fiquei de boca fechada.

À proporção que a noite avançava eu me sentia um pouco melhor, mas se ficava em silêncio por muito tempo um pânico surgia de mansinho e eu soltava uma história ou piada autodepreciativa, percebendo tarde demais que outra pessoa na mesa estava no meio de sua própria história ou conversa. Eu sabia que minhas interrupções não estavam conquistando ninguém, mas parecia melhor do que não fazer nada. De súbito senti-me desesperada para impressionar aquele grupo de pessoas que me conheciam e me amavam desde que éramos adolescentes, que eu vi vomitar e trair pessoas, e deduzir que estavam usando sutiã do tamanho errado. Era uma sensação desestabilizadora e eu queria que passasse.

Destruímos uma última rodada de fritas para a mesa e encerramos a noite, já reclamando da dor de cabeça horrível que teríamos de manhã. Como era inverno em Toronto, a decisão de sair significava se preparar extensamente para o frio. Camadas básicas foram suplementadas por cachecóis, capuz puxado firme no rosto, mitenes por cima de luvas e então estávamos na rua, o ar gelado endurecendo o muco no nariz enquanto discutíamos os méritos de variadas rotas de ônibus em comparação com o bonde.

A massa de neve da rua já penetrava nas minhas botas de inverno baratas; os dedos dos pés estariam úmidos quando eu chegasse em casa. Amy, cujo apartamento alugado ficava perto, foi embora depois de colocar seu número no celular da Lauren Emocionada e prometer a ela "mimos, por encomenda, a qualquer hora". Tom mantinha Amirah perto dele, as mãos nos bolsos de seu grande sobretudo. Lauren tentava usar a ponta do nariz para destravar o iPhone, sem disposição para tirar as luvas. Clive olhou a cena e gritou, "Foda-se, XL para as garotas", pedindo uma van para levar todo mundo a suas respectivas casas. Depois de uma rápida contagem de cabeças, ofereci-me — com galanteria, pensei eu — para ceder meu lugar. Ninguém protestou.

Três minutos depois, uma van cinza encostava. Todo mundo se amontoou dentro dela, e Amirah fez uma despedida formal e tentou apressar o fechamento da porta automática, que se abriu por completo de novo, depois vibrou e deu erro quando ela tentou puxar de volta, o que fez várias vezes, até que o motorista da van gritou para ela parar de tocar naquilo. Eles me olhavam, sem dizer nada, enquanto a porta se fechava com uma lentidão inacreditável, emitindo um bip agudo e queixoso. Quando enfim se fechou, a van arrancou e Lauren Emocionada acenou hesitante para Simon e para mim pelo vidro traseiro.

Estendi a mão para Simon e disse, "Vamos?", numa voz de Cary Grant. Ele pôs sua mão com mitene na minha e partimos pela Dundas Street. A neve começava a cair em flocos gordos e grossos.

— Me desculpe por esta noite — falei. — Em geral eles são muito mais divertidos do que isso.

— Eles me pareceram ótimos — disse Simon.

Quando voltamos para casa, ele ficou em silêncio de um jeito que indicava estar zangado.

A briga (versão resumida)

Ele disse "está tudo bem?" e eu disse, "está tudo ótimo", depois tagarelei durante vários minutos sobre ninguém mais fazer trajes de banho com costas e laterais, e que devíamos ir a férias em família com a maior parte da bunda e parte dos lábios de fora, no mínimo. Ele disse, "Você contou a seus amigos que eu iria?" e eu disse que não precisava, e ele disse, "as pessoas gostam de saber se você vai levar alguém a algum lugar" e "eu quis causar uma boa impressão".

A essa altura a briga não tinha começado pra valer e era mais uma leve tensão em algum lugar pela base de minhas costas. Voltei aos trajes de banho e ele disse "você me chamou de seu namorado mais cedo", depois explicou que ele não era necessariamente contra o título, mas ficou surpreso porque não tínhamos conversado sobre isso, e talvez isto fosse algo a...

Interrompi para dizer que ele ainda podia ir para a cama com outras pessoas, se era essa a preocupação dele. Ele disse que não era, e a tensão subiu por minhas costas e nos ombros. "Você pode fazer o que quiser", falei, "mas fica tudo mais fácil se eu puder dizer, 'Este é meu namorado.'" Ele perguntou por quê, e suspirei e descrevi em grandes detalhes um pó marrom alaranjado que eu costumava misturar com água e passar na torrada no lugar do creme de amendoim.

Como ele não entendeu aonde eu queria chegar, peguei um chocolate amargo com creme de amêndoa e mostrei a ele. "Eu pago a mais para comer isto em vez de um Reese's", falei. "Entendeu? Tipo assim, que *merda* é um Snacking Cup?" Ele ainda não estava entendendo e vi que o momento tinha chegado. Eu era obrigada a levá-lo em uma excursão por minhas insanidades, mostrar os contornos e detalhar sua profundidade. Íamos ter uma briga e ele ia detestar.

Expliquei que eu estava me matando todo dia para ficar só um pouquinho bonita, tipo talvez sete de dez, porque todo mundo me olhava e sentia pena de mim, e eu não podia lidar com a piedade deles nem com meu corpo ou com a minha cara. "Lembra quando encontramos a Liz no ônibus?", perguntei. Eu disse que Liz me lançou um olhar específico quando percebeu que eu estava com ele, um olhar que as pessoas me lançavam quando souberam que eu estava noiva, como se sentissem orgulho e felicidade e, mais importante, como se não estivessem preocupadas.

Ele estava sentado em uma cadeira perto da janela e começou a quicar a perna esquerda desde que comecei a falar de Liz. Eu estava com a cabeça e as orelhas quentes e ele disse, "Foi por isso que você esteve falando de eu ir àquele casamento como se eu pudesse ser uma companhia?" Eu disse que gostava muito dele, mas era complicado, e ele suspirou. A conversa escapuliu de nós e agora só podia ficar ruim ou piorar. Resvalamos no clichê e ele disse que talvez precisássemos de algum espaço, e eu disse que era uma coisa minha, não tinha nada a ver com ele, e ele disse que queria que eu o "deixasse entrar", o que infelizmente foi a gota d'água.

Gritei "Não sei do que você está falando", e ele gritou "por que você chora sempre que transamos?", e eu gritei "É BIOLOGIA", e ele se acalmou e disse que sabia que separações são difíceis, que esta tem sido a fase mais sombria da vida dele, então ele entendia que eu estivesse me esforçando para superar o divórcio. Ele se levantou da cadeira e me olhou com olhos quase comicamente solidários, e senti um enjoo no estômago e comecei a dizer coisas que não queria.

Coisas como: "você nem mesmo me conhece" e "superei completamente Jon" e "os homens obcecados por terapia sempre são os maiores psicopatas". Eu disse, "Vi sua ex e ela é magra demais", e ele disse, "e daí?" e eu disse, "então o que você está fazendo *comigo*" e ele disse, "por que você sempre me pergunta isso?"

Meu coração começou a bater rápido demais e eu não me contive, falando, "Se você é tão saudável emocionalmente, por que a primeira pessoa que você namora depois de sua ex é uma divorciada emocionalmente fodida que chora o tempo todo?" e "Não preciso ser terapeuta para ver que você tem problemas muito intensos com compromisso" e "Você teve muito medo de eu estar levando isso mesmo que um pouquinho a sério. Provavelmente teve que sair e me trair também".

Depois de um silêncio longo e embaraçoso, ele disse, "esta não é uma conversa emocionalmente saudável", e eu disse que ele não era melhor do que eu porque pagava a alguém para dizer a ele que os sentimentos dele eram válidos. Ele suspirou e eu o acusei de me fazer *gaslighting*, e ele começou a definir a palavra *"gaslighting"* e eu perdi completamente a cabeça. Disse que era injusto que ele pudesse tratar a namorada dele daquele jeito e ter outra mulher na fila bem atrás dela. Ele me pediu que fizesse a gentileza de deixar o relacionamento dele de fora, e eu falei, "Por que eu faria isso?"

Meus intestinos se contorceram e eu disse a ele que conhecia dezenas, talvez centenas de mulheres lindas, divertidas, inteligentes, e nenhuma delas *precisava* de um namorado, mas nenhuma delas *arrumava* um namorado, e o fato era que isso corroía a confiança que elas tinham nelas mesmas a partir de dentro. "Elas nem podem falar neste assunto", eu disse. *"Nós* não podemos falar nesse assunto. Embora o mundo todo seja configurado para atender a casais, e seja mais caro e mais perigoso ser uma mulher sozinha, e a única coisa pela qual você é inequivocamente recompensada é conhecer alguém — um homem, de preferência — que queira ficar com você. E se não consegue, tem que andar por aí sabendo que as pessoas estão te julgando — em geral em voz alta, na sua cara — e te culpando, e te achando carente, e você tem que sorrir e dizer uma besteira qualquer, por exemplo, 'Eu nunca sou solitária porque adoro minha própria companhia!' ou 'Isto tem o gosto IGUAL ao do creme de amendoim, só que com metade das calorias!'"

Vendo que estávamos voltando ao amendoim em pó, Simon pegou seu casaco e disse que ia embora. Sentei-me na beira da cama e meu peito doía e a cabeça latejava. Deixei cair lágrimas grandes e estúpidas em meu edredom e disse "Me desculpe, me desculpe, me desculpe" enquanto ele pegava seu cachecol e a escova de dente a mais no meu banheiro e dizia, em um tom resignado e gentil que me deu vontade de arrancar os cabelos, "Espero que você se divirta no casamento".

As manhãs ficaram tão escuras que era quase impossível sair da cama. Mesmo que conseguisse e o sol aparecesse, durava umas três horas no total, então se você, por exemplo, entrasse em um edifício de concreto sem graça às três da tarde para dar aula a 58 alunos de graduação sobre as peças proibidas pelo Parlamento Longo, sairia para o fim de tarde na mesma escuridão com a qual acordou, e era quase dominador o impulso de nunca mais sair, ou se mudar para a Suécia, onde as pessoas entendem como administrar essas condições, ou possivelmente acabar com tudo.

Eu não saberia dizer se o semestre estava tão ruim por causa do clima, ou da minha vida pessoal em deterioração, ou de meus alunos parecerem genuinamente mais burros e menos concentrados do que o de costume. Fui meio severa com eles, talvez, mas precisavam de disciplina! Este é um campo complicado! O professor que escreveu minha carta de referência para a pós--graduação anexou um post-it no envelope me alertando, e vou citar, "A área de humanas é um barco que afunda justo quando você começa a içar velas!"

Os alunos reagiam a meus pequenos atos de disciplina carinhosa ficando ainda menos dedicados, chegando atrasados às aulas, balançando gelo em seus copos, batendo dente em canudos de metal enquanto anunciavam alegremente que não tinham feito a leitura. Havia alguns que apareciam cedo e liam tudo, mas eu também não gostava desses. Dei a todos uma prorrogação para os trabalhos do meio do período e só recebia alunos em minha sala com hora marcada.

Eu estava sentada à minha mesa em uma longa quarta-feira e comia um pote de iogurte que alegava proporcionar uma experiência deliciosa e indulgente como a de um cheesecake de limão. Produtos como este produziam em mim uma profunda melancolia, mas eu também não conseguia parar de comprá-los, porque vai que um dia um deles cumpria a promessa. Sempre que eu consumia um iogurte com tema de sobremesa, sentia-me uma merdinha burra.

Peguei meu telefone e olhei o histórico de mensagens com Simon. Depois de nossa briga, ele ficou dias em silêncio, depois mandou um textão dizendo que, embora gostasse de mim e tenha desfrutado do tempo que passamos juntos, não achava que estivesse pronto para ficar seriamente envolvido com alguém novo e esperava que eu compreendesse. Respondi: tudo bem. Ele escreveu que também esperava, depois de algum tempo separados, que pudéssemos ser amigos. Respondi: rs. Ele não escreveu nada depois disso e agora acabou. Foi o jeito menos divertido de estar certa na vida.

Verifiquei o grupo de mensagens, que ficara em silêncio desde o quiz, um desvio de nossa rotina habitual (mensagens constantes o dia todo em um dialeto compartilhado quase ininteligível) que me deixou tensa. Sempre que eu olhava o chat, uma voz no fundo da cabeça dizia, *você é uma amiga ruim e uma pessoa pior*, e eu pensava, *é, talvez seja*, mas não tinha muita noção sobre como corrigir isso. Fiquei muito, mas muito constrangida com a dificuldade que eu encontrava nas tarefas cotidianas, envergonhada de minha súbita reversão ao estilo adolescente de autoestima baixa, como eu futucava o corpo no espelho antes de ir trabalhar toda manhã. Não queria impor essa versão de mim a ninguém, ainda menos às pessoas acostumadas com a velha e normal Maggie. Maggie tinha que ser divertida.

Em vez de tentar sondá-las enviando um print de tela ou um meme ao grupo, inseri o iogurte em um app de controle de calorias que tinha baixado uns dias antes. Eu estava sem oportunidades gratuitas de me exercitar em meu bairro, e o app era de graça e prometia que eu podia perder peso de um jeito rápido mas sustentável, enquanto ainda consumia as comidas que eu adorava. Além disso, eu precisava de algo para fazer quando abria o telefone e não tinha mensagem nenhuma. Li alguns e-mails, depois detonei outro iogurte, que não registrei no app.

Olhei meu e-mail procurando alguma coisa de Jon. Como sempre, não havia nada. Ignorei uma mensagem de minha irmã e várias de alunos. Abaixo de meus novos e-mails havia um que a Lauren Emocionada enviara depois do quiz, contendo uma lista de terapeutas que ela havia compilado, caso eu estivesse procurando um. Abri minha pasta de spam e cliquei na mistura habitual de newsletters, tentativas de golpe e conteúdo de marca.

Circulei por uns blogs e sites de que gostava para matar o tempo e deixei que uma série de palavras sem relação aparente entre si chamasse minha atenção: Doze dos Melhores Vasos; Experiência: Tive Enjoo de Mar em Terra Firme; Estas Mulheres Desafiam o que Significa ter Câncer em Taiwan. Olhei cadeiras vintage e fotos de antes e depois de mulheres que fizeram tipo específico de lifting não invasivo no pescoço. Comi um terceiro iogurte e procurei mais liftings de pescoço.

Eu não tinha falado com ninguém sobre meu recente fascínio com a cirurgia plástica, embora, desde o Ano-Novo, isso tivesse tomado uma parcela cada vez maior de meus pensamentos durante as horas de vigília. Embora eu sempre procurasse informações sobre o assunto no modo anônimo no navegador, meu telefone ("o algoritmo"?) deduziu mesmo assim, então meu *feed* era saturado de imagens sedutoras de procedimentos médicos caros que faziam com que mulheres de uns quarenta e cinquenta anos parecessem dez anos mais novas apenas cortando o rosto e costurando-o mais para cima. Eu sabia que não devia me interessar por esse tipo de coisa, que possivelmente era antifeminista e sem dúvida não era saudável, mas não conseguia evitar. Coloquei nos favoritos todo tipo de tratamentos: uma canetinha que queimava você sem parar, ativando algum impulso de enrijecimento na pele; injeções para dissolver um queixo duplo ou preencher vazios sob os olhos; um processo de enxerto incrivelmente tentador que prometia tirar gordura de um lugar do corpo e colocar em outro que podia ter mais gordura.

Pensei neste assunto por muito tempo e concluí que, mesmo deixando de lado a questão de minha autoestima, minha vida seria mais fácil em quase todos os aspectos se eu tivesse braços mais magros. Não inventei os padrões de beleza, e não os derrubaria sozinha apenas por existir e às vezes postar fotos de mim "descaradamente" desnudando partes variadas do corpo. Nas poucas vezes na vida em que fui convencionalmente magra, a mudança foi imediata: as pessoas foram mais gentis, era mais fácil me vestir, os outros na rua pararam de fazer comentários estranhos sobre meu corpo. O mundo se abriu para mim. Por causa de dez quilos! Como é possível? Por que *não* engolir o papo furado das convenções de beleza, se fazer isso trazia estas recompensas? Sim, as tendências chegavam e saíam — na minha vida, aconteceram coisas com o tamanho desejado da bunda que eu nunca sonhei que seriam possíveis como adolescente grande e desajeitada —, mas eu estava cansada de esperar que meu biotipo exato (a mulher do estalajadeiro de um desenho obsceno do século XVIII) entrasse na moda. Se o privilégio magro era tão arbitrário, por que eu não podia simplesmente... tê-lo?

Passei a avaliar os números: alguns milhares de dólares, mais um mês, por aí, de tempo para a recuperação, e ninguém jamais seria grosseiro de novo comigo em uma Aritzia. Pelo custo de um fim de semana em um resort mexicano mediano, eu nunca teria que corrigir a aparência do meu queixo duplo em outra foto, sem dúvidas um estado de coisas mais relaxante do que quaisquer férias. Que sentido tinha economizar, por exemplo, para um carro, quando eu podia ter uma textura indiscutivelmente perfeita nos peitos? Seria tão errado querer comprar de volta um pouco de tranquilidade nesta vida, ou definir tranquilidade como "coxas ficando perfeitas por meio da aplicação de ondas de rádio altamente concentradas"? Não seria mais fácil, pensando bem, recuperar-me da cirurgia por um período de seis meses do que lutar para comprar calças pelo resto da minha vida? Pensando bem, parecia um investimento muito bom.

Eu podia ver que estava entrando em uma área ruim. Pior ainda, eu sabia que tinha entrado nessa sozinha. Nos últimos tempos seguia dezenas de lindas mulheres profissionais do Instagram. Influenciadoras magras e cheias de estilo — filhas de atores, ou dançarinas, ou herdeiras de dinastias bancárias — com lábios cheios e narizes empinados que brilhavam um pouco, que sempre estavam fazendo algo perfeito e ligeiramente insano: comendo geleia de lavanda em um cálice torto, digamos, ou usando dois brioches como sutiã. Eu rolava a tela por minhas novas amigas, vivia uma leve dismorfia corporal e pensava, *meu Deus, será que quero comprar luvas de renda?*

Tive que seguir um monte de estranhas, porque todo mundo que eu conhecia na vida real envelhecia de forma desconcertante e diante dos meus olhos, o que representava a possibilidade desagradável de que estivesse acontecendo o mesmo comigo. Pode ser que às vezes alguém que eu não conhecia mais visse minhas fotos e pensasse, *cruzes, o tempo está realmente passando*, mesmo que eu as postasse porque achava que eu estava ótima, talvez até meio flexível demais. Parecia impossível que eu continuasse amando — até reverenciando — meu corpo enquanto ele se decompunha em câmera lenta. Por que não desistir e manter a autoestima baixa? Talvez eu pudesse fazer esse jogo, em vez disso. Inspirador: Esta Mulher Se Odeia.

Dá para ver como eu terminei nas Mulheres do Instagram. Elas tinham muito a me ensinar (que você pode transformar um suéter em um cropped metendo-o para dentro de um cinto; quantas coisas havia para fazer com um cabelo cacheado), o que era conveniente porque eu precisava de orientação. Nos últimos dias, andava pegando pesado nos apps, uma situação que Amy — minha única amiga, ou pelo menos a única pessoa que respondia às minhas mensagens — atribuía ao fato de eu estar meio intensa ultimamente, para ser franca total!! Ninguém no Instagram era intenso; elas se concentravam no positivo e tinham espumadores de leite. Fiz um estudo criterioso (e comprei um mixer de baixa qualidade). Pelo que pude sacar, os homens adoravam as mulheres que eram criativas, mas não interessantes. As mulheres adoravam as mulheres que sabiam como dar estilo a doze brincos diferentes por lóbulo de orelha.

Abri o Instagram e vi uma de minhas magras profissionais explicar que estava vivendo a vida de seus sonhos, viajando pelo mundo com o namorado em um velho ônibus escolar que fora convertido em uma microcasa. Achei difícil acreditar que a vida dos sonhos de alguém envolvesse um banheiro em que o chuveiro e a privada eram a mesma coisa.

— Ai, meu Deus, eu sigo esse casal! — disse Olivia, aparecendo atrás de mim e apontando para o meu celular. Eu preferia ter sido flagrada vendo pornografia. — Adoro a cozinha pequenininha deles — ela arrulhou. — Nós estamos pensando em algo assim para nossa lua de mel. Aidan nunca foi a Kelowna, o que me parece uma loucura. Iogurte?

Comi meu quarto iogurte do dia enquanto Olivia dizia "nós" centenas de milhares de vezes, junto com outras palavras relacionadas a planos de lua de mel. "Nós" íamos parar em espeluncas enquanto dirigíamos nosso ônibus do amor pelo Canadá. "Nós" estávamos loucos para subir o que eram basicamente três quilômetros verticais de escadas naturais. "Nós" enfim concordamos em um jeito de deixar os convites do casamento divertidos.

— Serão aquarelas no formato do nosso pug, Bosley — disse ela, sorrindo para a ideia de um cartão tão aprazível. — E eles vão chegar logo, então fique de olho na sua caixa de correio!

Eu gostava de Olivia. Sabia que ela só tentava ser simpática. Naquele momento, queria que ela caísse morta.

Perguntei a Olivia se ela ouviu falar da garota que tinha desaparecido em Guelph. Ela disse que sim (e todo mundo não sabia? A cara da menina ficou na primeira página de todos os jornais importantes a semana toda) e que ela torcia para que os vários esforços de busca em andamento tivessem sucesso. Eu disse que era irritante que seu desaparecimento recebesse tanta atenção da imprensa só porque ela era minúscula e loura.

— Isso é verdade — disse Olivia. — Tantas mulheres desaparecem todo ano e não têm uma cobertura dessas, porque...

— Aquela foto que estão usando é essencialmente uma foto trabalhada — eu disse, mais alto e mais rápido do que pretendia. — No lugar dela, eu pensaria, *espero que meus ex vejam isso!* Mas acho que se aconteceu alguma coisa ruim com ela, com toda probabilidade foi um ex. — Sorri e fechei uma aba distraidamente, revelando a página de contato de um cirurgião plástico da cidade. Fechei essa também.

Olivia chupou todo o lábio inferior para dentro da boca.

— Ei, está, hmm, tudo bem?

Respondi que tudo estava nem melhor nem pior do que o de costume. Acho que eu estava frustrada porque, como todas as outras áreas da minha vida tinham se desintegrado, agora eu tinha que ser definida pelo meu trabalho, pelo qual não me sentia particularmente apaixonada.

— Mas assim é a vida — eu disse. — Ninguém *gosta* do próprio trabalho.

No corredor, um grupo de estudantes olhava um quadro de cortiça decaído procurando por vendas de livros, noites de poesia e famílias que precisassem de professores particulares e babás. Um professor mais velho transitou por eles com o braço cheio de envelopes. Olivia passou a colher pelo pote vazio de seu iogurte, raspando metal em plástico.

— Eu gosto do meu trabalho — disse ela, tímida.

— Eu também — disse Jiro, sem timidez nenhuma.

Ele estava parado à porta, parecendo cuidadosamente desalinhado e segurando uma pequena xícara de café expresso com uma delicadeza pomposa.

— Sou superapaixonado pela história da xilogravura. — Um dos alunos no quadro de cortiça o olhou nos olhos e riu.

Jiro prosseguiu falando de um "frontispício impressionante" que havia visto recentemente, enquanto eu tentava me lembrar se algum dia fui apaixonada por alguma coisa fora da minha profissão. Para ser sincera, eu não era terrível nela, e a ideia de me esforçar para fazer um doutorado parecia meio impressionante, e ter um "emprego de verdade" com um horário tradicional e dinheiro em jogo e metas a bater parecia oneroso e tedioso. Por que eu não ganharia a vida discutindo peças antigas? O que mais eu poderia fazer, aprender a mexer com códigos?

Ser apenas mais ou menos interessada no trabalho parecia ótimo quando ele era só uma parte da minha vida. Se eu quisesse um sentido maior, poderia encontrá-lo em meu relacionamento ou, se as coisas ficassem muito desesperadoras, ter um filho. Quando me casei, tive medo ao pensar que o resto da minha vida (esta parte, pelo menos) estava plenamente planejado. Pelo menos isso estava arrumado, não havia mais decisões amorosas a tomar. Com essa peça de fora, todo o quebra-cabeças parecia errado: será que precisava escolher tudo de novo?

Pensei nas longas noites trabalhando em minha dissertação de mestrado à mesa da cozinha, Jon pagando nosso aluguel e a comida para me dar espaço e tempo em busca de meu suposto sonho. Foi emocionante e importante na época, como se eu estivesse contribuindo de forma significativa para o conhecimento do mundo. Jon fazia piada sobre mim andando em um avião: *"Tem algum doutor a bordo?" "Sim! Com que parte de* Coriolano *ele tem dificuldades?"* Eu tinha muita sorte e era muito pateta.

Voltei-me para a história de Jiro a tempo de ouvir Olivia e ele dizendo "tipos móveis!" em alegre uníssono. Os dois riram como se fosse a coisa mais engraçada que já ouviram na vida. Eu disse a meus colegas que gostar do trabalho era fácil para eles. Eles tinham outras coisas para se definir: exercícios, um cachorro e um noivo, para Olivia; ser um babaca pretensioso que passava tempo demais em cafeterias com jogos de tabuleiro, para Jiro. Olivia ficou boquiaberta. Jiro se limitou a suspirar de um jeito obscuro, terminou o café e saiu. Fiz uma careta para Olivia, como se eu estivesse brincando. Talvez estivesse.

— Se não se sente ligada ao trabalho, talvez ajude ficar um pouco mais envolvida — sugeriu ela, levantando-se da cadeira e acrescentando, constrangida: — Estou me levantando agora, mas não é porque eu queira ir embora, só preciso reciclar isto.

Era evidente que ela queria ir embora, mas Olivia era uma boa pessoa em todos os sentidos. Logo voltou à cadeira a meu lado depois de descartar o pote de iogurte e me falou de uma conferência que em breve aconteceria em Ottawa — "Estudo: O parto e outros trabalhos de mulheres no palco jacobino" — cujo site fizera recentemente uma convocação por artigos sobre o tema. Olivia enviou o dela que fazia uma ligação das personagens parteiras com a indústria têxtil do século XVII. Entrei no site da conferência e naveguei por algumas apresentações iminentes. Elas pareciam tão sem sentido como as coisas que eu pesquisava: Doze dos Melhores Bobos da Corte; Estas Mulheres Desafiam o Que Significa Encontrar o Amor na Ilíria; Experiência: Vinguei Meu Pai, o Rei, e Morri em uma Cena Final Mal Concebida em Que Literalmente Todo Objeto Cênico É Envenenado.

Eu disse a ela que me ressentia da ideia de ter que adorar meu trabalho ou mesmo gostar dele. Não estava me proporcionando uma aposentadoria, nem plano odontológico, nem um salário competitivo, nem muita satisfação na vida. Meu horário era aleatório e solitário, o caminho para a publicação era confuso e árduo, e as funções do departamento instituíam um máximo de duas taças de vinho de cortesia. Por que, então, eu deveria gostar do meu trabalho, ou me esforçar para ser boa nele, ou até chegar no horário? A versão desse emprego de que ouvi falar e imaginei, ao entrar nele, não era a versão do que estava disponível agora.

Pedi a ela para pensar em viagem aérea.

— Viagem aérea?

— Já viu a foto de um avião nos anos 1970? — perguntei, mas eu não queria uma resposta. Queria fazer meu discursinho. — Parece um restaurante chique. Tipo um clube privê. Nos anos 1990, os aviões começaram a parecer ônibus, mas ainda te davam comida e aquele travesseirinho seco, e você conseguia mexer as pernas sem empurrar a pessoa na sua frente. Hoje em dia você não consegue nem despachar a mala de graça. Cada elemento humano da viagem foi retirado e você precisa comprar cada coisinha. Sejamos francas, a expressão "classe econômica premium" é um paradoxo.

Olivia disse que sentia falta dos cookies gratuitos que a Porter Airlines costumava distribuir.

— Exatamente — falei. — Capitalismo tardio em operação.

Eu parecia muito meu tio quando ele se embriagava e falava que era rastreado pela operadora de seu cartão de crédito. Ainda assim, eu não estava certa? Ela não entendia o que eu dizia? Olivia falou que entendia, mas não sabia como a erosão da experiência do jantar a bordo tinha relação com o casamento, ou com qualquer outra coisa de que estávamos falando.

Eu disse que não foram só os aviões que ficaram horríveis com o passar do tempo. Isso valia para basicamente cada aspecto da vida moderna. Comprar uma casa estava fora de alcance. A vida adulta não envolvia muitas férias ou fins de semana fora, nem apartamentos de quarto e sala com só um morador. Protestar nas ruas não obrigaria ninguém importante a fazer nada a respeito das mudanças climáticas, e nem toda a mensagem corporal positiva do mundo mudaria o fato de que minha loja favorita era abastecida de algo chamado de "triplo P", mas não fazia tamanhos maiores do que M, e mesmo assim você precisava comprar pela internet, como um ladrão na noite. A única coisa que entregava mesmo o que prometia era o casamento.

— Por isso ele é tão tentador — falei, sentindo que enfim chegávamos a algum lugar. — Entendo por que você quer fazer isso. É tipo o único marco do que pensamos como uma "vida adulta" que ainda é acessível. E é tão acessível! Você pode fazer isso por trezentos dólares, desde que encontre alguém disposto a assinar a papelada.

— Não é por isso que... — começou Olivia, mas eu não tinha terminado.

— E você tem que ficar parada ali diante de seus pais, mesmo que às vezes ainda pegue dinheiro deles, e dizer: *Me respeite como adulta*. Né? E a coisa mais louca é que eles fazem isso, porque reconhecem a cerimônia, o momento e tudo. Parece tão bom ter suas tias e tios agindo como se você fosse um ser humano de verdade, que fará declaração de renda conjunta, para dizer a algum senhorio rude que *meu marido e eu* estamos procurando espaço a mais para escritório... tipo assim, tá legal, você está aceitando o aparato de estado heteropatriarcal ou o que for, mas todo mundo te dá dinheiro, você se senta à mesa dos adultos e é dona de um liquidificador chique.

Olivia parou por um momento. Franziu a testa e disse que queria se casar com Aidan porque estava apaixonada, mas respeitava que isso era complicado e que existia muita coisa em torno do conceito, talvez em particular para mim, nesta fase da minha vida. Disse que existiam muitos motivos para se casar, e que ela via o apelo do ritual e até do liquidificador, mas no fim das contas parecia que eu falava de compromisso e comunidade talvez por um ponto de vista muito deprimente.

— Talvez — falei. — Mas quem liga? Nada importa, tudo termina, o mundo é governado por racistas misóginos gananciosos e toda mobília barata parece uma merda.

Peguei minha bolsa e fui para o corredor, encontrando uma de minhas alunas mais dedicadas, Sara. Ela estava com uma bolsa de lona do Departamento de Teatro pendurada no ombro e o cabelo enrolado num coque despenteado como sempre.

— Nossa reunião está de pé? — perguntou ela, toda otimismo e vitalidade de jovem. Eu disse que tinha aparecido uma questão. Ela ficou decepcionada de um jeito que me fez detestá-la.

— Por que não me manda um e-mail? — falei. — Para mim, é mais fácil responder a perguntas por e-mail.

Sua expressão se turvou.

— Eu te *mandei* um e-mail — disse ela. — Você me disse para vir a sua sala. Disse que era mais fácil para você responder a perguntas pessoalmente.

— Tudo bem — falei. Eu tinha uma vaga lembrança de seus muitos e-mails de acompanhamento.

Ficamos paradas no corredor, sem dizer nada. Sara mordeu o lábio e deu a impressão de que ia chorar. Ela não era muito mais nova do que eu, mas era evidente que ainda estava na fase sonhando-à-mesa-da-cozinha com a carreira. Tentei pensar em algo de útil para dizer, um conselho para valer a ida até a minha sala, mas na verdade não me esforcei demais. Por fim falei, "Bom", suspirei de um jeito que esperava parecer cansada do mundo, e me afastei.

Ao sair encontrei Jiro fumando um de seus cigarros mentolados finos e ilegais. Por que tudo que ele tinha era tão pequeno? O que ele tentava provar?

— Conversa divertida sobre o capitalismo — ele sorriu com malícia. — John Oliver está se borrando de medo.

— Vai se foder, por favor — eu disse categórica.

Jiro apagou o cigarro com o pé e me olhou, pensativo.

— Desculpe — disse. — Eu não devia ficar provocando você desse jeito hoje. Tenha uma boa noite, está bem? E não se estresse. É um falso feriado mesmo.

Fiquei ruborizada. Apesar dos lembretes constantes de anúncios online, os casais na rua e as vitrines de drogarias, eu tinha me esforçado muito para ignorar o fato de que hoje era Dia dos Namorados. Não precisava daquilo agora. Girei nos calcanhares e desci a escada de nosso prédio à toda. Ao pé da escada, parei e olhei para trás. Jiro ainda estava ali, com uma expressão jocosa e a porra de lenço na lapela.

— Ei — falei. — Quer ir a um casamento?

Pesquisas no Google, 16 de fevereiro

biquíni que cobre a bunda

teste de narcisismo

avaliação psicopata

quiz quem é você em *Friends*

qual o problema do ross

por que o cabelo de todo mundo na tv é assim

IMC fake oficialmente?

espaguete de abobrinha receitas

esfoliação pé vídeos

PAWG é um elogio?

cabelo ondulado tutorial

sauna infravermelha groupon

sauna infravermelha fraude?

poemas divórcio

livros divórcio

filmes divórcio

joni mitchell está viva?

joni mitchell está bem?

ilha grega apartamentos para alugar

a internet é uma série de tubos?

o que é terrazzo

lipedema fase um ou celulite

sinais precoces de câncer de mama ou menstruação

empregos editorial 6Bites

nacho recheado de kimchi apropriação cultural?

alimentos problemáticos

ioga antiansiedade menos de dez minutos

erro da revolução industrial

cirurgia plástica plano cobre

blefaroplastia tempo de recuperação

fondue low carb

terapeuta site de avaliação

professor site de avaliação

ratemyprofessors.com queixa de trolagem

cães de três pernas

infecção por fungo ou ovulação

uma vagina pode ficar deprimida?

A terapeuta abriu nossa sessão explicando o significado da palavra "liminar" por quase dez minutos. Eu não sabia se ela achava que esta era uma informação importante para mim — sendo uma separação judicial, é bem verdade, um período definitivamente liminar na vida de alguém — ou se ela matava tempo, porque Jon estava atrasado e eu ficava cada vez mais agitada olhando o relógio.

Por fim não me aguentei, dizendo a ela que eu era estudante de pós-graduação, então saber usar a palavra "liminar" em uma frase era uma das minhas raras habilidades concretas. Ela deu um sorrisinho e disse:

— Como se sente com seu trabalho, você está feliz lá?

É assim que eles te pegam.

Sem jamais ter ido a um psicólogo na vida, não posso confirmar se todos os consultórios de terapeutas parecem um cartum da *New Yorker* de um consultório de terapeuta ou se só este era assim. As paredes eram de uma cor bege que dava para dizer que se chamava algo parecido com "areia sedosa" ou "seixos emocionais". Uma gravura emoldurada na parede retratava uma paisagem urbana árida, presumivelmente deserta depois de algum apocalipse emocional. Fiquei desanimada ao ver uma simples echarpe de seda jogada sobre uma luminária num canto; fiz algo semelhante em meu quarto no colegial, causando, sem querer, um pequeno incêndio. A terapia não devia ser um espaço definitivamente adulto? Sem dúvida havia maneiras mais maduras de criar atmosfera do que aquela que descobri na *CosmoGirl* aos quinze anos.

A terapeuta, por sua vez, também era classicamente uma "terapeuta", primeiro porque seu nome era Helen, e segundo por cada outro detalhe dela. Tinha uma voz suave e usava óculos de design "engraçadinho". Sua blusa desestruturada exibia uma estampa abstrata que sugeria que a qualquer momento ela podia estar chegando ou saindo para uma noite de desenho com modelo vivo.

Um cabelo preto emoldurava seu rosto redondo e simpático, que era receptivo, porém não revelador; você poderia contar seus segredos, mas ela nunca revelaria como se sentia a respeito deles. A terapeuta tinha um comportamento tranquilo e seu site reconfortantemente monótono relacionava muitos certificados, oficinas e outras realizações além das qualificações padrão exigidas dela para a prática. Ela parecia agradável e dava a impressão de ter ajudado muita gente a passar por fases difíceis. Ainda assim, não gostei dela. Isso era um inconveniente, porque eu havia chegado mais cedo do que a hora marcada para poder (a) posicionar o corpo de um jeito favorável no sofá para quando Jon chegasse e (b) criar uma ligação com Helen que a levasse a se colocar a meu lado quando nós dois apresentássemos nossos motivos para as coisas terem saído dos eixos.

Eu supunha que a terapia de casais fosse algo como um clube de debates do colégio. Cada um de nós apresentava nosso caso, depois o terapeuta nos diria quem estava errado (ele), quem estava certo (eu) e o que fazer a respeito disso. De certo modo, me sentia ansiosa para ouvir a perspectiva de Jon. Imaginei-o se contorcendo e gaguejando ao tentar explicar seu silêncio por quase sete meses inteiros, a percepção de que ele se comportara mal se espalhando por seu rosto em tempo real. Talvez ele pedisse perdão. No mínimo, pediria desculpas. Depois de mais cinco minutos, Helen propôs fazer um chá para nós duas.

Com duas xícaras de Earl Grey entre nós, ela passou a perguntar as coisas de costume: como eu dormia, se fazia algum esforço para comer bem e mexer o corpo, o que mais fazia para passar meu tempo. Perguntou se já tinha feito terapia e eu disse que tentei, muitos milhões de vezes, convencer Jon a ir, mas não consegui interessá-lo na ideia. Ela ajeitou a correntinha pendurada dos óculos.

— Mas você nunca fez sozinha?

Eu disse que não, mas só porque não precisava. Minha infância foi mais ou menos estável emocionalmente. Tive um círculo social pequeno mas solidário no colégio e me dava bem com Hannah. A separação de meus pais foi relativamente amigável. Meus amigos eram ótimos, meu trabalho era bom, um nível moderado de medo e enfado se insinuava em momentos de tédio ou de mudança, mas isso era normal, com certeza era, em particular ultimamente.

— E por que você queria que Jon fizesse terapia?

Contei a ela sobre o vício em maconha de Jon, sua mutabilidade, como ele ficava agitado quando as coisas não saíam como ele queria, ainda assim era capaz de deixar algo apodrecer na gaveta de verduras por semanas. A reação furiosa dele ao perder nos videogames, a relação estranhamente próxima com uma mulher do trabalho, a superioridade sarcástica sobre o valor prático e financeiro de seu emprego comparado ao meu. Mencionei um de meus erros preferidos: como, depois que uma mulher foi grosseira comigo em uma festa da empresa, tentei reclamar disso com ele no bonde a caminho de casa. Ele desprezou minha preocupação, dizendo-me que "não era feminista depreciar outras mulheres". Quando voltamos ao apartamento, eu dormi no sofá.

Contar a história dele, para mim e para os outros, sempre me dava uma pontada dolorosa, como se meus sentimentos levassem uma lambada de um elástico. Ainda assim eu a repetia com frequência, adorando a clareza que lançava em nossos papéis: ele o babaca, eu a esposa eternamente sofrida. Nem todas as nossas discussões eram assim bem definidas.

— Jon era um homem difícil — falei —, mas, pra ser sincera, eu queria amá-lo para sempre.

Helen fez uma pausa significativa. Todos os seus gestos eram de uma potência irritante.

— E você algum dia teve algum feedback, de Jon ou de outra pessoa, sobre você mesma, talvez, ser difícil?

Eu ri, e com vontade. Uma terapeuta engraçada! Que guinada inesperada nos acontecimentos. Expliquei que eu não era difícil; apesar de ter sido ligeiramente dramática quando criança e na adolescência, meus sentimentos agora estavam mais ou menos sob controle. Talvez às vezes eu fosse *circunstancialmente* difícil, a respeito de prazos apertados ou acontecimentos estressantes, como mudança de casa, viagens ou alterações inesperadas nos planos. Eu era conhecida por precisar de um tempo a mais para processar emoções espinhosas — tristeza, digamos, ou fome —, mas entendia que isso era normal, e na verdade outro dia mesmo alguém me disse que eu estava aguentando muito bem todo o recente turbilhão na minha vida.

Na verdade, Jiro tinha dito que eu "me aguentava bem", "considerando tudo", depois recusou meu convite de se juntar a mim no casamento de Emily, mas eu não precisava contar tudo a Helen. Dei os parabéns a mim mesma em silêncio por ter um daqueles limites de que todo mundo sempre falava. Helen ficou sentada serenamente, de mãos entrelaçadas no colo, tentando me seduzir a revelar algo terrível a meu respeito. Hoje não, meu bem.

Eu disse que era uma pena que Jon ainda não tivesse chegado, porque na verdade eu tinha organizado tudo isso em benefício dele. Para falar a verdade, achei o processamento do divórcio muito fácil. Estava economizando dinheiro em meu novo apartamento. E eu tive encontros — no mínimo, precisava relaxar um pouquinho com esta história de encontros, porque tinha tido sucesso *demais*. Eu já tive até um namorado! Estava mais ativa do que já fui na vida, e uma amiga nova me mostrou como passar um pedaço de pedra verde no rosto de um jeito que garantia que eu nunca envelheceria.

— Então, sim, as coisas vão muito bem — falei. — Mas me preocupo com Jon, sabe, ele não tem tantas pessoas com quem conversar. As redes de apoio dos homens não são tão fortes.

Helen escreveu alguma coisa.

— Você disse que se apaixonou?

Ri de novo.

— Eu disse que tive um namorado, mas sabe como acontece... não é nada ótimo! — Ri mais, porém não soou como eu queria. — Conheci um cara e ele era adorável, mas precisava trabalhar umas coisas... problemas com compromisso, sabe como é.

— Como é?

— Na verdade nós não nos falamos mais. Só faz... oito, nove dias, talvez? Nove dias e meio. Dez amanhã. Ou coisa assim. Então, nunca se sabe, talvez a gente volte.

Ficamos sentadas em uma quietude insuportável pelo que pareceram quarenta minutos. (No relógio, foram três.)

— Escuta — falei. — Eu tenho de pagar por todo o horário, mesmo que não use?

Helen gesticulou que sim.

— Tudo bem, claro. Desculpe se a pergunta foi ofensiva.

Helen me garantiu que não era o caso.

Eu disse a ela que também me desculpava por não ter nada melhor para dizer.

— Nada melhor?

— Você sabe, o divórcio devia dilacerar a vida da pessoa, mas na maior parte do tempo estou bem. O que as pessoas costumam falar aqui? Manias, distúrbios alimentares e essas coisas?

— Às vezes.

— É, nisso eu estou bem. Sinceramente, eu podia ter um pouco da disciplina que tive durante meu distúrbio alimentar! — Por que meu riso saía desse jeito? Eu parecia uma boneca mal-assombrada.

— Você teve um distúrbio alimentar?

— Era só brincadeira. Quer dizer, sim, mais ou menos, no colégio. Acho que todo mundo passou por isso. Lembra aquele programa em que as mulheres faziam lipoaspiração, plástica no nariz e essas coisas antes do casamento, e depois revelavam os corpos e rostos novos aos maridos pela primeira vez quando entravam na igreja?

Helen virou a cabeça de lado.

— Acho que sim...

— Um distúrbio alimentar era basicamente uma reação racional ao mundo da época — falei. — Mas agora estou bem. Tenho quase trinta anos.

Sinto que não dá para tentar economizar para a aposentadoria e ainda me concentrar em como se pensava que a celulite seria uma coisa só das coxas.

Era difícil ser olhada com este grau de atenção. Lembrou-me de Simon, só que pior, porque eu não podia impedir que isto acontecesse transando com Helen. Não era agradável pensar em Simon, então tentei imaginar as expressões sinceras que ele faria na terapia, como se envolveria ativamente com as perguntas suaves e investigativas, adorando sua oportunidade de cavar mais fundo algum trauma de infância descoberto de algum jeito. Tudo para aquele cara era trauma.

— Não é incomum recair em antigos mecanismos de superação durante uma mudança na vida, e o divórcio é uma mudança de vida importante — disse Helen, ajeitando a posição do corpo. — Não sou uma grande fã da palavra "normal", mas quero garantir a você que é muito normal ter uma fase difícil durante uma transição dessas.

— Mas já tem quase um ano — falei. — As cinco primeiras semanas foram complicadas, mas agora não sinto nada sobre isso. É quase como se nunca tivéssemos estado juntos. Quando tento imaginar, não tem nada ali.

— Não consegue se lembrar de seu casamento?

Eu disse a ela que tinha lampejos, às vezes: nós dois rindo ao tomar café, cantando junto com o rádio em um carro alugado, apertando freneticamente a mão um do outro embaixo da mesa em um jantar em que alguém dizia alguma idiotice; uma tarde fazendo palavras-cruzadas na cama; uma piada recorrente de que um dia ele podia urinar em mim no banho; a sensação de ir do trabalho para casa a pé, sabendo que ele e a gata estariam lá. Mas esses lampejos não pareciam lembranças, na verdade. Pareciam um filme, ou — Deus me livre — um *story* do Instagram. Pareciam algo que tinha acontecido com outra pessoa.

— Olha — eu disse —, não sei se é superútil nem mesmo falar nisso.

Helen inclinou a cabeça.

— E por que isso? — Ela era boa, o que era irritante. Para ganhar tempo, fiz um estardalhaço mostrando não ter onde colocar meu saquinho de chá.

Eu estava farta de discutir meu casamento, pelo menos sem Jon ali, então a distraí listando minhas Maiores Vergonhas na Vida. Elas incluíam:

— pensar que Ezra Pound, Evelyn Waugh e e. e. cummings eram mulheres até ter meu diploma da graduação;
— fazer xixi na calça, muito, depois de tomar um susto com um barulho forte, aos nove anos;
— ser flagrada por uma amiga da família entregando-me completamente à música enquanto fingia ser uma sereia, empoleirada em uma pedra, quando já era ligeiramente velha demais para isso;
— meu jeito preferido de comer macarrão (o pacote inteiro, com muito sal e frio, em um monte solidificado que tinha passado a noite na panela);
— permitir que meus colegas de turma atormentassem uma amiga íntima no fundamental, por medo de que, sem esta distração, eles se voltassem contra mim;
— a vez em que tentei fazer uma *lap dance* para Jon, fiquei incomodada se estava fazendo aquilo direito, chorei e tentei brevemente continuar enquanto chorava;
— o fato de que nunca me deixei comover por uma pintura.

— Gostei de um monte de pinturas — falei —, acho que são lindas e às vezes até impressionantes, mas nunca vi uma pintura e senti outra emoção que não fosse "interessada ou não interessada na pintura diante de mim", o que parece errado ou constrangedor, como se eu não participasse plenamente da existência humana. Ah, e outra das grandes é o que quer que esteja acontecendo com o formato dos dedinhos do meu pé.

Helen reagiu com bom humor a tudo isso, fazendo uma ou outra observação de sondagem, anotando coisas em um bloco amarelo tamanho ofício como aqueles do escritório de Lori. Ela não tentou voltar o assunto a Jon, nem ao nosso casamento ou ao divórcio. Na verdade, me deixou falar quase sem ser interrompida por quase meia hora.

Às 17h45, ela se inclinou para a frente e sugeriu que talvez quiséssemos tentar "observar a possibilidade" de que Jon não apareceria.

— Tenho certeza de que esta é uma guinada decepcionante nos acontecimentos, mas podemos remarcar para a semana que vem — disse ela com delicadeza. — Talvez você possa me dizer uma das outras datas que vocês dois discutiram e eu posso entrar em contato com Jon pessoalmente.

Confessei que não houve muito diálogo a respeito desta consulta.

— Basicamente, eu tive de marcar sem ele — contei a ela — porque ele não responde meus e-mails, mas sei que ele os abriu porque tem uma configuração no Gmail que notifica você quando os e-mails são lidos, então sem dúvida ele viu a mensagem a respeito de hoje e pensei que quisesse esclarecer as coisas, sabe? Quer dizer, ele ainda pode vir. Nós não excluímos inteiramente a possibilidade de um acidente ou coisa parecida. Ou ele pode estar com um relógio de vinte e quatro horas e confundiu as quatorze com quatro da tarde... sabe de uma coisa, vou ligar para ele, só para ter certeza.

Peguei o telefone e descobri que estava sem bateria.

— Posso usar sua linha fixa? — perguntei a Helen. — Provavelmente não vai dar em nada. Mas vale a pena tentar.

Não mencionei que eu tinha tentado ligar para ele, duas vezes, do meu celular, na sala de espera. Helen pôs pesadamente o telefone fixo cinza e grande na mesa de centro entre nós, com uma expressão que não consegui interpretar bem. Disquei o número de Jon e, depois de alguma orientação de Helen, consegui colocar o aparelho no viva-voz. Eu sabia o número dele de cor. Também sabia que ele nunca atenderia. Eu disse a Helen que provavelmente ia cair na caixa postal. Ela assentiu daquele jeito tranquilo dela e Jon atendeu no primeiro toque.

— Alô?

— Ah, olá, Jon, aqui é Helen Yim, sou psicóloga relacional e...

— Ah, sim. Oi. Maggie está aí com você?

Inclinei-me para a frente e disse que estava. Que eu estava ali, e lamentava, e me sentia talvez clinicamente transtornada, e agora ficara muito claro, ouvindo a voz dele, que eu tinha cometido um erro. Eu não queria mais fazer ioga nem ver mais nenhum filme antigo deprimente, não queria ter tato e maturidade. Foi difícil ficar casada, é verdade, mas era muito mais difícil ser divorciada. Eu não queria mais fazer isso. Queria que ele voltasse para mim. A respiração de Helen ficou presa na garganta. Do outro lado da linha, Jon ficou em silêncio.

— Merda — falei.

— É — disse Jon. — Merda.

— Quer dizer... o que você acha? — perguntei.

Jon soltou um riso seco, incrédulo.

— Por favor, Mags...

Eu não o ouvia dizer meu nome havia meio ano. O choro parecia muito aceitável.

— Pense nisso — falei, enxugando os olhos. — Sou uma pessoa crescida o bastante para admitir que ainda te amo, que ainda existe amor aí para mim.

— Eu sei, você disse isso em seu e-mail.

— Tudo bem, tá legal, então, e você?

— O que tem eu?

— Você sabe — falei. — Você...?

— Eu sinceramente amei você, Maggie, m...

— Bom, então não é meio louco jogar tudo isso fora por causa... do quê? Porque pareceu ruim por um minuto? Porque tivemos algumas dúvidas? Parece que definitivamente estou tendo um número igual de dúvidas sobre toda essa história do divórcio, então talvez a vida seja assim, sabe? Talvez você nunca se sinta bem com nenhuma de suas decisões e isso seja normal, e nesse caso nós não devíamos ter nos divorciado porque na verdade está tudo bem.

Helen me passou um lenço de papel e eu limpei o nariz. Quando afastei a mão, um filete de muco verde e leitoso veio com ele. Embolei o lenço e enfiei no nariz. Não era assim que eu imaginava esta conversa. Percebi, apavorada, que a ideia que eu vendi — a Helen, a meus amigos, a mim mesma — era uma espécie de entrevista de saída que existia na minha cabeça como um recomeço. Uma chance de perguntar de novo, "Isso está funcionando?" e vê-lo brigar comigo, dizer sim.

— Não sou a melhor pessoa do mundo — falei, minha voz assumindo um caráter parte-ruim-do-thriller-psicossexual. — Fiz tudo que se devia fazer e não está dando certo. Não vou me encontrar. Nem mesmo quero isso. Moro em um porão. Tenho pesadelos, e durmo de conchinha com gente que não conheço bem porque não estou acostumada a dormir com alguém casualmente. Estou acostumada a dormir com você.

— Um de seus recados dizia que você tinha um namorado.

— Ah, sim, bom — falei —, eu tive por um segundo, mas não tenho mais.

— Por seus recados, parece que você tem saído muito com outras pessoas. Tenho certeza de que vai encontrar alguém.

— Eu não *quero* isso — gritei, sentindo-me estranhamente empoderada pela profundidade do buraco em que afundava. Que aquilo pudesse ser patético e ao mesmo tempo natural era uma realização, à sua maneira. — Tomamos essa decisão grande, imensa, e agora temos que sair por aí e escolher *outra pessoa*, sabendo que erramos na primeira vez? De jeito nenhum, me desculpe, não.

A expressão de lábios rígidos de Helen se transformava de uma concentração tensa em algo mais patentemente perturbado.

— Perdão por me intrometer — disse ela. — Desculpe, é Helen aqui. Posso perguntar qual a frequência dessas mensagens de voz?

Recostei-me enquanto Jon lhe contava a verdade. Que eu mandava uma mensagem ou e-mail na maioria dos dias, às vezes várias por dia, desde que nos separamos. Que ele tinha parado de atender a meus telefonemas sete meses atrás, mas isso não interrompeu as mensagens, que só ficaram mais longas e, nas palavras dele, "significativamente mais birutas".

— Não acho que isto seja justo — falei.

— No Dia dos Namorados você mandou um áudio em três partes em que cantou toda aquela música de Bernadette Peters.

— Não sei do que você está falando.

Jon cantou algumas notas de "No One Is Alone", do musical *Caminhos da floresta* de Stephen Sondheim, de 1987.

— Ah — falei. — Bom. Não era realmente uma música de Bernadette Peters, ela só fez o cover em *Sondheim, Etc.*, porque é uma das preferidas dela. E eu não cantei ela toda. Só queria te mostrar o refrão e um verso particularmente importante que diz que todo mundo comete erros, porque cometem mesmo, e talvez isso não seja tão...

— Não me importa, Maggie.

— Acho que é importante ter exatidão...

— Não me importo com nada disso — disse ele. — Não quero saber de você.

— Por que você não *disse isso*? — perguntei. — Como pôde sumir?

Jon soltou um suspiro de frustração.

— Não sei — disse ele. — Acho que fiquei puto. Não sei por que você pensou que podia sugerir um divórcio e depois querer que eu passasse por isso segurando sua mão também.

— Porque você prometeu! — gemi. — Você disse que faria isso.

— Você foi pra cama com Calvin?

Os lábios de Helen estavam tão franzidos que fiquei preocupada de verdade com seu suprimento de ar.

Jon tentou de novo.

— Eu nem acho que você está falando sério sobre voltar. Acho que está estressada por ter de tomar decisões sozinha. Sinceramente, você pode só estar entediada.

Eu disse a ele que estava entediada, que ficar triste o tempo todo era mesmo um tédio da porra. Ele não se comoveu. Tentei protestar, invoquei as promessas que fizemos, o dia na praia com o pôr do sol que o fez se sentir seguro, as piadas com nomes de bebês, a vida que concordamos em fazer acontecer. As pessoas não tinham maus momentos? Elas não tinham anos ruins? Tentar ser feliz de novo valia ser tão infeliz assim? As palavras tropeçavam para fora da minha boca, melodramáticas e aceleradas. Eu também não sabia se falava sério. Não queria mais pensar no que eu queria, nem como seria, ou com quem tentaria estar. Eu queria voltar a como era antes.

— Não podemos fazer isso — disse Jon.

— Tudo bem, então — falei. — Eu quero um desfecho.

— O desfecho não é real — disse ele.

— Ah, caralho, POR QUE NÃO?

Gritei a pergunta tanto para Helen quanto para Jon. Desfechos não eram da alçada de uma terapeuta? Helen esteve esperando por uma abertura a ela.

— Infelizmente este é todo o tempo que temos para esta sessão — disse ela. — Eu, hmm... em geral sugeriria pensarmos em um horário que conviesse a todos nós, mas...

— Isto não será necessário, Helen, obrigado — disse Jon.

Eu sentia que Helen me observava, mas não tive coragem de encontrar seu olhar.

— Desculpe — falei. — Me desculpe.

— Eu também peço desculpas — disse Jon.

— Pode me mandar mensagens a qualquer hora, sabe, se mudar de ideia sobre conversar. Ou podemos combinar um encontro tipo no meio de uma ponte, talvez...

Jon suspirou. Fiquei me perguntando se ele estaria na cama em sua casa nova em que morava sem mim, se morava com alguém ou se tinha uma amante, ou se tinha comprado uma roupinha para Janet. Perguntei-me se estava com o moletom que eu sempre roubava, se ainda tinha o cheiro do sabonete líquido vagabundo que usava desde a faculdade, se sequer uma pequena parte dele tinha sentimentos por mim.

Olhei fixamente o chão, mordendo uma mecha de cabelo, e esperei que ele falasse. Fiquei sentada com Helen, calada e rígida, na esperança de que ela não ouvisse os roncos estranhos que meu estômago fazia, imaginando a rapidez com que eu poderia sair dali quando aquilo acabasse. Olhei o relógio. A sessão já tinha oito minutos a mais.

— Jon, escute, eu...

Quase assim que comecei a falar, percebi que ele tinha desligado. O tom de discagem me interrompeu, monótono e alto, e senti algo como uma azia, apertada e azeda no peito. Mantive os olhos no ponto do carpete diante de mim, deixando que ele entrasse e saísse de foco enquanto eu atravessava ondas de vergonha e náusea e combatia um impulso perturbador de rir. Helen abriu e fechou a boca. A ideia de que eu apavorava uma terapeuta era muito estressante.

— EU TÔ ÓTIMA — gritei, para deixá-la à vontade. — NÃO se preocupe EM NADA comigo, porque, como disse, eu sinceramente estou MUITO bem.

Sorri feito uma criança que participava de um concurso — um sorriso vazio, largo, de olhos assustados. Minhas faces ardiam. Enganchei o polegar na manga do cardigã e cutuquei os cantos dos olhos em gestos curtos e rápidos. Helen inclinou-se para a frente, descansando os braços nas pernas, entrelaçando os dedos. Nossos olhos se encontraram. Sorri como quem se desculpa e soltei um suspiro entrecortado e resignado.

Ela também sorriu e falou:

— Eu sinceramente gostaria que você voltasse na semana que vem.

O grande dia de Emily e Patrick

9 de março de 2019

15h VOTOS — Familiares e amigos se reúnem nos jardins (cobertos e aquecidos!) para uma cerimônia ecumênica de compromisso.

O casamento tinha como tema *Gatsby*, o que era muito ruim, e tinha também um quê de "maravilhas de inverno", embora isso aparecesse e sumisse. (Basicamente, havia um *luge* de gelo.)

Eu tinha me dobrado ao tema usando um batom escuro e uma constrangedora faixa de cabelo com uma pluma, que retirei quase logo depois de chegar. Tirando isso, estava vestida em um estilo que Amirah chamava de "vagaba semiformal", neste caso uma estampa floral adequada para casamentos em um vestido trespassado na frente perigosamente apertado, alugado em um site em que mulheres ricas o bastante para ter suas próprias coisas mas não o bastante para não se estressar com isso podiam emprestar roupas de quatrocentos dólares por vinte dólares ao dia, mais frete e lavagem. Não parecia certo, ou eu não me sentia certa no vestido. Em geral, qualquer incerteza no guarda-roupa podia ser resolvida com umas fotos para o grupo de chat, mas as coisas agora estavam na geladeira com meus amigos; não era o momento de enviar um pedido transparente de elogios.

Limpei uma remela do canto do olho, com o cuidado de não borrar meu delineado complicado. A noiva e eu fomos amigas no colegial, então fiz algum esforço. Emily, que estava linda, casava-se com um homem que conheceu no trabalho. Esteve fazendo a contagem regressiva para o casamento em suas várias redes sociais pelos, literalmente, últimos quinhentos dias. Seu vestido era bonito: elegante e moderno, com uma coisa nas costas que parecia uma capa um pouco excêntrica. Eu tinha visto imagens de todos os dez que ela considerou pelo Instagram e, sem dúvida, esse era o mais bonito. Grudava-se em seu corpo impressionante — malhado, como eu também tinha visto online, por meio do programa exclusivo #MalharParaCasar de um personal trainer. O futuro marido usava uma gravata *bolo*.

Apesar de estar na cara que foi ideia deles, parecia que o casal tinha evitado o tema dos anos 1920, e talvez fosse por isso que as damas de honra aparentavam estar superdeprimidas com seus vestidos tipo saco de lantejoulas e visual atarracado, encomendados aos lotes de um varejista virtual que há pouco tempo tinha sido cancelado, sem consequência alguma, por explorar os trabalhadores em suas fábricas no exterior. Elas se ajeitavam e se reajeitavam embaixo da rotunda, tentando encontrar um jeito favorável de ficar paradas enquanto Emily e Patrick expressavam a sorte de terem se tornado não só o único amor da vida um do outro, mas também melhores amigos.

— Detesto quando os casais escrevem os próprios votos — cochichou Merris. — Demora muito mais do que uma cerimônia padrão no civil, e ninguém jamais conseguiu transmitir alguma seriedade.

Depois de Jiro ter me rejeitado na escada do departamento, resolvi comparecer sozinha ao casamento e a ideia parecia boa até a manhã do evento, quando, em pânico, desci e perguntei a Merris se ela possuía algum traje formal. A ideia de enfrentar tudo aquilo — a cerimônia, a dança lenta, a conversa fiada — sem a mão de alguém sarcástico para segurar era simplesmente demais. Assistimos Emily dizer a Patrick que seria uma honra não atrapalhar a vida dele em dias de jogo enquanto eles vivessem. Merris revirou os olhos enquanto os demais convidados riam num tom compreensivo.

Houve leituras vacilantes e o fotógrafo os obrigou a refazerem o beijo depois que Patrick curvou a noiva para longe da câmera em um arroubo de paixão. Esperamos por toda a parte incômoda da assinatura dos documentos e o casal feliz foi-nos apresentado, oficialmente, como marido e mulher. Todo mundo aplaudiu. Uma banda de quatro instrumentos começou a tocar um cover jazzístico de uma música pop sobre viver para sempre, e as damas de honra desceram a igreja constrangidas, agarradas a seus respectivos padrinhos. Sopramos bolhas de sabão à passagem de Emily e Patrick, radiantes e rindo de alívio: *Acabou-se, para sempre! Talvez!*

16h30 HORA DO COQUETEL — Prove o nosso drinque exclusivo e petiscos no pátio interno ou experimente alguns jogos ao ar livre!

— O que é isso? — perguntou Merris quando lhe levei uma bebida, rosa e brilhante, com algo cintilando pela borda. Ela estendeu a mão e sentiu os grânulos entre os dedos.

Dei de ombros.

— Sal, talvez? O bartender disse que era uma versão canadense de um clássico mexicano, então acho que é uma espécie de margarita de bordo.

Merris provou o pó e fez uma careta.

— Ah, meu Deus — disse ela. — Pop Rocks. — Ela bebeu um golinho, depois outro maior. — E como você está, aliás?

Eu disse que estava bem, apesar do pânico desta manhã. Não contei que meus amigos mais íntimos estavam enjoados de mim e eu não os culpava, ou que fui romanticamente humilhada por dois homens na mesma semana. Melhor se prender ao positivo: perdi dois quilos e meio usando meu app de caminhada e experimentava um lance de jejum intermitente, e embora minha vida pessoal estivesse em frangalhos, meus tuítes sobre ela iam muito bem.

— Você praticamente só precisa dizer alguma versão de "os homens são um lixo" e dezenas de mulheres concordarão com você — falei. Outro dia eu tinha tuitado, os homens são mesmo um lixo, sem entender bem o que ia conseguir com isso, mas o sentimento faturou quase oitenta retuítes, o que para mim é bastante coisa, então deve ter ressoado.

Recentemente eu seguira um monte de contas que criavam conteúdo semelhante várias vezes ao dia, postando prints de diálogos ruins no Tinder, histórias degradantes de encontros que deram errado, selfies chorando e mostrando decotes fundos etc. Todo mundo estava a princípio brincando, mas eu tinha de admitir que nenhum dos posts era particularmente engraçado. Ainda assim, proporcionavam certo conforto. Eu podia agir com imprudência — me encontrar com um desconhecido em sua casa às quatro da manhã, insistir em mensagens a uma mulher que claramente não estava interessada — e se desse ruim, como acontecia com frequência, eu podia sacudir a poeira e me voltar para o conteúdo leve. Alguém até podia ver e alegar: Literalmente, eu! Estávamos nessa juntas.

Eu gostava de pensar em minha sororidade de amigas desvairadas da internet como nossa *rumspringa*, solteiras por opção, mesmo que de certo modo detestássemos isso. Elas entenderiam os telefonemas e mensagens, o contratempo da terapia, às vezes discar o número de Jon de um telefone público decrépito em uma esquina perto do campus, sem jamais tirar o dedo do gancho — só ficar parada ali pensando nisso — até que eu ficava constrangida demais e voltava para dentro, para chorar no banheiro do terceiro andar e experimentar algo novo com o delineador. Não podia contar a meus amigos da vida real, nem a familiares e nem a Merris como a terapia deu errado, e na verdade nem mesmo para a internet, mas era reconfortante saber que existiam pessoas lá fora que podiam entender, em tese.

17h FOTOS — O grupo da noiva (e Bacon, o filhote resgatado!) passam algum tempo com o fotógrafo; os convidados continuam a festejar!

Amy me encontrou de pé ao lado de um lâmpada de aquecimento enrolada em renda, vendo o grupo da noiva tentar uma pose "engraçada" (expressões verdadeiramente bizarras para os homens, algumas desanimadas línguas de fora para as mulheres). Um padrinho ambicioso, o mais baixo do grupo, propôs que o resto deles mostrasse a bunda para a câmera. A noiva olhou para o noivo com uma cara de "por favor, não", e quando chegou o momento, só o instigador arriou a calça.

— Parece que você está me evitando — disse Amy. Ela estava com um vestido de melindrosa e tinha os lábios pintados em um adorável arco de cupido estilo anos 1920. — Por que não se fantasiou? Podia ter feito aquelas franjinhas soltas.

Eu disse a ela que franjas curtas em alguém com minha proporção quadril-para-cintura fazia com que a pessoa corresse o risco de uma performance de burlesco, ou uma palestra sobre como Marilyn Monroe vestia *plus size.*

— Meu Deus, é tão deprimente, né? — falei.

— Eu não acho — disse Amy. — Se quer minha opinião, beleza não tem tamanho. Eu mesma prefiro quando me mantenho em forma e me alimento de coisas saudáveis, mas acho que você pode ter a aparência que quiser e ainda ser muito linda. — Ela me puxou em um abraço afetuoso de lado.

— Eu quis dizer *isto* — falei, gesticulando para a cabine de fotos, o jogo do saco de feijão e os casais referindo a eles mesmos como os "Participantes do Casamento". — É o começo do dilúvio. Será casamento após casamento. Toda uma primavera e um verão gastando dinheiro para dar parabéns aos outros e precisando ter algo a dizer a respeito do esquema de cores.

Amy perguntou se eu tinha muitos outros convites à minha espera.

— Ainda não — respondi —, mas eles vão chegar, e vou colocar tudo na geladeira, e sempre que quiser pegar o leite de amêndoas, terei de me lembrar de que uma garota que conheci no acampamento de verão está com o amor de sua vida e eu não.

Amy franziu a testa.

— O índice de divórcios está pairando em uns 45% hoje em dia — disse ela. — Metade dos casais para quem você compra jogos americanos caros está condenada.

Olhei para Amy, surpresa.

— Isso é muito pessimismo, partindo de você.

Ela abriu um sorriso feliz.

— Eu sei, tá? Gosto de ter empatia. Eu me adapto ao clima emocional das pessoas perto de mim, mesmo que sejam góticas e intensas como você.

— Estou vestindo a estética da Reforma — falei.

— Claro — disse ela. — Mas está exsudando uma energia gótica.

Do outro lado do salão, Ryan, o palhaço risoterapeuta, estava com uma calça de golfe estilo anos 1920 que inflava estupidamente abaixo do joelho. Sua roupa era tão constrangedora que eu sabia que ele gostava mesmo da minha amiga, mas imaginei que também estava acostumado a usar trajes ridículos no trabalho. Ryan fez um aceno ávido e imenso na direção de Amy; ela acenou também e gesticulou que uma das bebidas que ela segurava era para ele. Ela se virou para mim.

— Pode se animar, por favor? — disse. — Você já trouxe uma idosa como acompanhante. Não pode trazer vibes ruins também.

Amy saiu e tentei imaginar como exsudar felicidade ou pelo menos confiança, quase admitindo de pronto a derrota e pedindo em vez disso uma tequila com tônica. Do outro lado do salão, Emily deixava que o marido a colocasse nos ombros, a cabeça dele desaparecendo embaixo da imensa saia fofa que ela vestira para a festa.

18h JANTAR — Por gentileza, encontrem seus lugares e desfrutem de uma refeição de três pratos do estabelecimento da-fazenda-para-a-mesa ecologicamente correto preferido do casal, o Recyclage.

As mesas receberam os nomes de casais famosos da história, embora o planejador do casamento tenha sido leviano com a definição de "famoso" e "história" também. Merris e eu estávamos na "Sandy & Danny", junto com um grupo demasiado incongruente de conhecidos e parentes distantes que claramente tinham sido amontoados depois que as demais mesas foram decididas e só restavam algumas pessoas aleatórias. Sentei-me entre Merris e um homem magrelo chamado Jesse, que estava ali com sua parceira, uma mulher sardenta e sem sutiã que se chamava Darragh.

Darragh era tão mais gostosa que o namorado que teria sido inconcebível se eu não tivesse encontrado outros trezentos casais idênticos a eles já naquela noite. Não que Jesse fosse horrendo, era só que a namorada era mais atraente que ele segundo toda métrica possível: mais divertida, mais sensual, mais inteligente e mais charmosa. Lembrei-me de uma piada que eu costumava fazer com Simon, que eu revolucionava a relação hétero ao ser menos atraente do que ele. Foi um erro pensar em Simon.

— Eu e Patrick trabalhamos juntos na marina em Port Hope — disse Jesse, atacando o pão integral de fermentação lenta com uma bola dura demais de manteiga batida. — Antigamente, é claro. E vocês?

Uma velha na minha frente se empertigou — era evidente que minha relação com Merris causava certa confusão na mesa.

— Emily e eu fomos colegas de colegial — falei. — E esta é minha amiga Merris.

Merris acenou.

— Uma substituta de última hora — disse ela, embora isto não parecesse esclarecer as coisas para nossos companheiros de jantar. Darragh se inclinou para a frente.

— Então vocês duas estão...?

— Juntas? — perguntei. — Não, não, é mais glamoroso do que isso. Eu moro no porão dela.

Garçons aproximaram-se de nossa mesa com as menores porções possíveis de "carpaccio de beterraba curada", e Darragh sorriu para mim como se fosse a princesa Diana visitando órfãos.

— Já morei num porão — disse ela. — Acho que ainda tenho minha lâmpada de luz natural em algum lugar.

Meu estômago roncou e eu quis comer um pão mais do que jamais quis alguma coisa, mas a "janela de ingestão" ditada por meu programa de jejum só abria às 18h30. Líquidos transparentes eram permitidos a qualquer hora, então bebi mais da minha tequila, depois fui ao banheiro e escrevi um tuíte a respeito daquele sentimento de quando você está em um casamento e quer atear fogo em toda a tenda.

20h DISCURSOS — Uma oportunidade de ouvir os entes queridos de Emily e Patrick e, naturalmente, o próprio casal!

Todos parabenizaram o casal extensivamente. Esta foi a coisa mais inteligente que eles fizeram na vida; era o que tinha de ser; eles eram complementos perfeitos e acréscimos bem-vindos às famílias um do outro. Os pais dos dois estavam loucos para lhes dar dinheiro e esperavam que eles começassem a transar para fazer filhos assim que possível, de preferência naquela noite.

As banalidades eram sua própria espécie de jogo de beber: beba quando a sogra chorar, beba quando alguém disser "minha cara-metade", beba quando uma madrinha soltar uma piada que claramente achou procurando humor em discurso de casamento no Google. Foi um horror assistir, mas eu sabia, por experiência própria, que era incrível estar do outro lado deste desfile de elogios genéricos.

Entre meu jogo da bebida particular e fazer brindes ao feliz casal, rapidamente sequei minha taça. Virei-me para Merris e me ofereci para completar a dela.

— Talvez uma água com gás — disse ela. — Assim vamos com calma.

— Não se preocupe — falei. — A tequila dá uma ligada no corpo.

Levantei-me e passei por casais de meia-idade, primos de fora da cidade e crianças, muitas crianças, na direção do bar. Quando cheguei lá, encontrei Amy e disse a ela que ia reconquistar Simon. Ela ouviu pacientemente enquanto eu detalhava meus variados planos: eu podia deixar uma mensagem secreta na seção de comentários da 6Bites, ou mandar um cookie com a cara dele, ou talvez conseguir aparecer no telão em um jogo de futebol.

— Quero alguma coisa grande, que tenha impacto — falei —, para mostrar a ele que eu sei que estraguei tudo.

Amy franziu o cenho. Na frente do salão, o irmão do noivo contou uma história que girava em torno da contratação de uma profissional do sexo. Sem a menor graça.

— Desculpe, mas acho que não vai dar certo — disse Amy depois de eu ter confidenciado minha melhor ideia: dizer ao senhorio que eu era irmã dele, assim poderia invadir seu apartamento e enchê-lo de balões. Eu disse que esse tipo de coisa funcionava o tempo todo nos filmes.

— Bom, tá legal — disse ela. — Quer dizer, não quero ser grosseira, mas estas são situações fictícias. As únicas pessoas que querem um gesto público grandioso são as mulheres que assistem a esses filmes.

Terminei minha tequila e passei ao vinho branco. O açúcar ia me animar, e eu precisava disso; embora minha Janela de Ingestão tivesse se aberto, o prato principal era um frango à Kiev à milanesa e eu tentava evitar alimentos marrons. Olhei para minha mesa e vi Jesse pegar o guardanapo de Darragh, onde ele tinha caído, aos pés dela. Amy deu um pigarro.

— Ei, hmm, dei uma olhada no Twitter — disse. — E acho que... sei lá, vi uma das coisas que você disse sobre a gravata de Patrick e o tema e tal, e eu só acho que é tudo público, sabe, e se eles virem essas coisas, vão ficar muito magoados.

— São *brincadeiras* — falei. — Acho que está bem evidente.

— Ah, total — disse Amy. — É, total. Só quero dizer que talvez você não tenha de fazer tuítes ao vivo do casamento, sabe?

Peguei minha taça e voltei à mesa enquanto Emily assumia o microfone e começava um poema acróstico usando a palavra "COMPROMISSO".

21h A PISTA DE DANÇA ESTÁ ABERTA! — Depois da primeira dança, os convidados podem se juntar ao casal na pista. Serão dados prêmios aos passos de dança mais loucos (cuidado, primo Eddie!).

— Minha namorada acha você linda — cochichou Jesse enquanto eu participava, contrariando todas as expectativas, de uma conga pela mesa. Interessante. Esta frase era o código de casal internacionalmente reconhecido para *Você parece bi e sempre nos consideramos modernos o bastante para fazer um ménage.*

Apesar de nosso começo abalado, a mesa Sandy & Danny ficou irreversivelmente conectada pelo tempo que os pratos principais demoraram para chegar, assim, quando o concurso de dança foi anunciado, a maioria de nós levou na esportiva: em outras palavras, estava muito bêbada. Até Merris estava meio tonta — o tio solteiro de Patrick lhe dava golinhos de seu cantil — e Jesse e Darragh tinham se provado mais divertidos do que o esperado. Jesse roubou para nós o resto de uns canapés de uma bandeja abandonada e os dois participaram com entusiasmo de algumas rodadas de Quanto Isso Custa, que eu questionei sobre cada elemento do casamento. Adivinhamos que o preço final de todo o evento foi de quarenta mil dólares, ou aproximadamente dois mestrados e meio sem bolsa de estudos.

A certa altura de nossos cálculos embriagados, percebemos que ninguém à nossa mesa era casado. Darragh, que era do Oregon, disse que sua posição inicial sobre o casamento era de que nunca faria isso consigo mesma antes que fosse um direito legal de todos:

— E aí eles legalizaram o casamento para os gays e eu fiquei assim, ah, talvez eu ache o casamento uma merda.

Ergui minha taça de vinho e brindei a casamentos de merda. Jesse disse que ser divorciada era sexy e Darragh lhe lançou um olhar, arregalando os olhos como quem diz, *fica frio, cara*. Ela tomou um gole de sua bebida e me deu uma piscadela. *Ora*, pensei. *Ora, ora, ora*.

22h30 CORTE DO BOLO — É hora de saborear um bolo de limão com lavanda de quatro camadas com pasta americana de mascarpone e geleia de mirtilo... sem glúten, especialmente para o noivo!

Shots apareceram na mesa e todos nós tomamos alguns. Todo mundo fingiu adorar quando Emily passou mascarpone no nariz do marido e ele fingiu que ficou surpreso. Por acidente, soltei minha gargalhada falsa com dois ou três segundos de atraso, preocupada com a perspectiva de um ménage.

Uma vez Jon e eu participamos de um, mais ou menos, mas fracassamos e a garota, uma amiga minha de um emprego anterior de garçonete, terminou principalmente me tranquilizando, dizendo que eu era atraente enquanto Jon lavava a louça. Tanta coisa podia dar errado: níveis diferentes de interesse, experiência ou autoconfiança. Eu não estava particularmente a fim de Jesse, mas ele era um amor com Darragh. A ideia de fazer parte de um casal de novo, mesmo que o casal dos outros, tinha muito apelo. Eu queria me fechar na intimidade deles como em um saco de dormir e tirar um cochilo.

— Você é uma viciada — disse Merris, inclinando-se para mim.

Tomei um susto. Como Merris sabia?

Ela sorriu.

— O que pode ter acontecido no seu telefone nos últimos três minutos?

— Ah — falei. — Tá. É, é ruim.

Eu disse a Merris que não era só eu; o cérebro de todo mundo estava ferrado exatamente do mesmo jeito. Não disse a ela que recentemente eu tinha aberto meu laptop e procurado mãe no Google quando o que eu queria fazer era ligar para a minha mãe. Cobri o celular com meu guardanapo e tentei parecer tranquila e centrada. Lambi um pouco de creme de manteiga da minha faca, na esperança de me fazer parecer Angelina Jolie. Em vez disso, cortei um pouco a língua. Para esterilizar a ferida, bebi outro shot.

Merris dava a impressão de que estava murchando.

— Não vou embora sem você — disse ela. — Mas vamos começar a pensar em sair, sim?

Ofereci um shot, que ela declinou, e agradeci a ela de novo por ter vindo comigo.

— Significa muito — falei, com um carinho em seu braço. — Não sei o que eu teria feito sem você este ano.

Merris me lançou um olhar dúbio e pegou sugestivamente a bolsa.

— Ai, me deixa ficar, mamãe, por favor! — gemi. — Eu nunca desobedeci meu toque de recolher.

A expressão de Merris se abrandou e vi que tinha ganhado uma ou duas horas, que era tudo de que eu precisava; eu não era boa no uso de saltos altos e minha Janela de Ingestão se fechava de novo à uma hora. O tio mais velho se inclinou e começou a perguntar a Merris sobre um broche vintage esdrúxulo que ela usava, então a deixei com isso, pescando o resto dos folhados de queijo que tínhamos roubado antes, quando os hors d'oeuvres passados ainda estavam em trânsito mas ainda não tínhamos sido servidos. Embaixo do guardanapo, meu telefone se iluminou. Era uma mensagem de Jesse, que conseguira meu número de algum jeito depois da conga e antes da dança da galinha: vem trepar com a gente no banheiro.

Ergui os olhos do telefone. Ele estava a uns trinta centímetros de distância, fazendo uma cara absurda que deve ter pensado parecer atrevida e sedutora. Sorri, embora parecesse meio idiota. As pessoas não trepavam de verdade no banheiro, eu sabia. Isso era só uma coisa que os roteiristas de TV inventavam. Ainda assim, era bom ser desejada por sua linda namorada, saber que a relação deles também tinha um buraco, e que esta noite eles queriam preencher esse buraco comigo.

23h30 COMIDINHAS DE FIM DE NOITE — Com fome depois de toda a dança? O pátio será visitado por uma fada da pizza pouco antes da meia-noite!

Os banheiros do lugar eram elegantes, mas não espaçosos. O casal (ou, mais precisamente, os pais do casal) tinham pagado a mais para ter banheiros secundários do lado de fora no terreno amplo e foi para um desses que escapulimos, com uma garrafa de Amaretto afanada do bar.

Bebi um gole enquanto Darragh fechava e trancava a porta e Jesse cheirava carreiras pequenas e finas. Não perguntei o que eles usavam nem falei no Fentanil e sua prevalência em drogas em pó em Ontário. Em vez disso, inclinei-me por cima da bancada, inalei fundo e tentei aparentar costume.

— E aí — disse Jesse —, acha que um dia vai voltar a se casar?

Darragh bateu no braço dele.

— Gato. Ela não quer falar nisso em um *casamento.*

— Ding, ding, ding — falei. Arrisquei-me e pus a mão na coxa de Darragh, para enfatizar o quanto ela estava certa. Disse que ser divorciada em casamentos fazia com que me sentisse uma velha enrugada.

— Você não é enrugada — disse Darragh, botando meu peito inteiramente para fora do vestido.

Jesse, que estava ajoelhado num canto fazendo mais coisas com o cartão de crédito, levantou-se e se aproximou.

— Olha só isso, gato — ela murmurou. Darragh de repente tinha uma voz diferente. Seu rosto parecia o de alguém que abordou um caricaturista dizendo, "me faça tarada".

Os dois se olhavam intensamente. Jesse nem mesmo olhou meu peito, só o apalpou com sua pata e se jogou na cara de Darragh, murmurando a palavra "macio". Torci para não parecer nem soar tão bêbada quanto Jesse, embora todos tivéssemos bebido a mesma quantidade. Estendi a mão para eles num esforço sem foco de ficar mais envolvida, perdi a coragem e retraí os dedos antes que fizessem contato.

Jesse empurrou Darragh para cima da bancada e eles começaram a lamber a cara um do outro, cada um deles de vez em quando estendendo a mão para apalpar a parte do meu corpo que estivesse próxima. Eles gemiam muito, mas nenhum dos dois estava estimulando nenhuma parte do outro que normalmente gerasse uma reação dessas. Comecei a brincar com o cabelo de Darragh e percebi que o estava dividindo em partes como eu fazia quando trançava cabelos.

Tirei as mãos do cabelo de Darragh; ela nem pareceu notar. Senti aquela coisa em que o pornô que está vendo de repente fica horrível, e você sabe que, mesmo depois de fechar o laptop, vai ficar inquieta pelo menos pela próxima hora. Talvez eu só estivesse de porre. Olhei e percebi que Darragh tinha se ajoelhado no chão. Sem saber mais o que fazer, agachei-me ao lado dela e tentei invocar uma expressão sexy.

Seis minutos depois, Jesse gozou na boca de Darragh enquanto eu estava sentada ali do lado. Ele empurrou minha cabeça para a da namorada, e a ideia de que ele esperasse que eu interagisse com sua ejaculação por tabela quando ainda estava com a maior parte de minha roupa e, tirando isso, mal tinha me envolvido em nosso suposto "ménage", era... não servia para mim. Comecei a me levantar e percebi que estava me balançando nos saltos.

— Acho que é melhor eu voltar — falei, equilibrando-me na parte de trás da privada.

— Péra! — disse Darragh, passando o braço por cima dos meus ombros. Ela ergueu um dedo e engoliu. — Desculpe. Quer um baseado?

Jesse pegou seu vape e passou para mim. Ele parecia inteiramente indolente e satisfeito. Nem mesmo abotoou a calça; eu via seu pau mole pela abertura da cueca boxer. Senti-me... não estressada, não exatamente, só muito consciente de meus dentes na boca, dos ossos do maxilar, de minhas têmporas. Pelo menos eles tinham voltado para a voz normal. Baforei a fumaça que tinha cheiro de algodão-doce e tentei pensar em como distorceria esta experiência para que parecesse divertida. Eu tinha certeza de que fosse lá o que eu decidisse, faria um ótimo trabalho.

Foi divertido, pensei. De certo modo. Mesmo que não tivesse sido um ménage propriamente, é certo que o fato de que aconteceu significava que eu era muito moderna e doida. Recostei-me na porta do banheiro, saboreando o aroma do vape como se fosse uma de minhas velas e experimentando ficar de olhos arregalados. Jesse começou a me dizer como o poliamor era historicamente uma forma mais natural de os animais viverem, e Darragh explicou que era por isso que eles tinham suas tatuagens. Tudo que eles diziam era terrível, mas eu me senti muito, mas muito bem.

Ouvi o som da porta se abrindo antes de perceber que estava na horizontal no chão, olhando para Amy, parada acima de mim.

— *O que* você está fazendo? — ela sibilou, enquanto Jesse se atrapalhava para se cobrir e Darragh gritava, "Ocupado!"

Sorri para ela.

— Autocuidado.

1h ENCERRAMENTO DA NOITE ;) — Você não precisa ir para casa, mas não pode ficar aqui! Amigos e familiares com quartos no hotel são convidados a embarcar no transporte de cortesia. Todos os outros convidados, por favor, certifiquem-se de conseguir um transporte seguro e sóbrio para casa!

Amy me passou um sermão durante todo o rodízio de pizza e bem depois disso. Ficamos embaixo da rotunda idiota enquanto eu pedia a ela sem parar para baixar o tom de voz, e ela me garantiu que estava praticamente sussurrando, e eu pedi a ela para repetir, e ela disse "ESTOU PRATICAMENTE SUSSURRANDO!", e eu disse "Fale baixo, por favor, está me constrangendo".

Amy tinha pedido a Ryan para nos dar algum espaço, embora eu pudesse vê-lo à espreita a alguns metros dali, observando atentamente, pegando azeitonas de uma fatia que sem dúvida ele guardava para a preciosa namorada depois que ela acabasse de me dizer a imbecil irresponsável que eu era. Eu tinha dificuldades para me concentrar no que ela dizia, porque era tedioso e eu me sentia incrível, e minha boca estava muito seca.

— Estou preocupada com você — disse ela. — Leu o livro?

— Que livro?

— *Wild Wishes* — disse ela. — Tem uns poemas ali que eu procurava quando...

Eu sabia que não devia gargalhar tão alto. Também não consegui me conter.

— Desculpe — falei. — Peço desculpas, de verdade, mas... é lógico que não li o livro.

— E por que não?

— Amy, por favor, sem essa.

— O que aconteceu com sua terapeuta?

— Só porque não gostei do seu livro de poesia medonho não quer dizer que eu precise de terapia.

— Não foi por isso que perguntei.

Eu disse a ela que não queria aprender sobre mim. Queria dizer algo engraçado e tocar adiante. Na verdade, eu queria ficar bem de short jeans.

Expliquei minha teoria de que firmar a pele acima dos joelhos com o que parecia ser uma espécie de sonar teria tido o mesmo impacto da terapia e seria significativamente mais barato, porque só precisava de duas, às vezes três sessões de tratamento para fazer efeito.

— Esses sentimentos são normais — falei. — Na verdade isto é mais normal do que qualquer coisa.

Amy deu um muxoxo e resmunguei algo sobre a dependência excessiva do *enjambement* do poeta no Instagram. Enquanto procurava meu celular nos bolsos, lembrei-me de que meu vestido não tinha bolsos e tentei fingir que só sentia uma coceira na perna. Deixei meu gloss cair no chão e quase tombei ao tentar pegá-lo. Endireitei o corpo rapidamente, mas me levantar naquela velocidade foi uma má ideia. Apoiei os cotovelos em uma mesa próxima, depois me servi de um pedaço de bolo semiconsumido que estava nela.

— Não parece... — começou Amy, mas eu já estava farta.

— Talvez o lance do divórcio seja mais difícil para mim! — eu disse, mais alto do que pretendia. Talvez pretendesse. Amy estava me irritando.

Ela cruzou os braços e continuou com aquele tom especial de responsável que os bêbados usam quando lidam com quem só está ligeiramente mais embriagado do que eles.

— Por que seria mais difícil para você? — perguntou.

— Não sei — respondi. — Porque tenho uma cabeça crítica? Porque sinto mais profundamente as coisas? Porque não posso simplesmente ir a Tulum com treze de minhas "amigas mais íntimas" e dividir uma foto de um pôr do sol com a legenda "Te amo, México", e me sentir melhor como se fosse mágica.

— Você está sendo má — disse Amy. Ela puxou a pashmina (a *pashmina!*) no corpo. Baixei os olhos e percebi que tinha glacê no meu vestido. (Torci para ser glacê.)

— Você não entende — falei. — Somos muito diferentes.

— Não somos tão diferentes assim. De todo modo, seus amigos concordam comigo.

Eu disse a Amy que ela falava muita merda. Ela nem mesmo conhecia meus amigos.

— Sei que Amirah está noiva — disse ela. — E me pediu para não contar a você, porque não confia que você não vá fazer alguma babaquice por conta disso.

Tentei bufar e acabei cuspindo uma quantidade nada desprezível de bolo e saliva para todo lado. Limpei o canto da boca e disse "não é verdade" várias vezes. Estremeci um pouco, e algo quente cobriu meus ombros. A certa altura durante tudo isso, Merris tinha se aproximado com nossos casacos.

— Hora da nossa saída — disse ela, dando-me um tapinha reconfortante. — O pessoal da Sandy & Danny já debandou mais ou menos, mesmo. — Merris me olhou com preocupação e fiquei furiosa de imediato; com Amy, por nos fazer falar desse jeito em público; com Emily, por dar esse casamento e me fazer comprar uma faixa de cabeça com pluma; com Amirah por... alguma coisa.

Eu disse a Merris que não podia ir embora com ela. Ia sair para caminhar. Precisava clarear a cabeça porque *alguém* — e não ia dar nome nenhum, mas na verdade era bem evidente quem eu implicava — estava sendo BABACA, e um dia ia se sentir uma idiota da porra, porque eu ia ter a gordura sugada de meu queixo e colocar *embaixo dos olhos*, e depois ficaria claro como a pessoa — que eu NÃO ia nomear — foi idiota.

— Vale pensar nisso — disse Merris. — Mas por ora, o que me diz de vestirmos o casaco e chamarmos um táxi? — As palavras eram carinhosas, mesmo que seu tom fosse distante.

Rejeitei o táxi, lembrando a Merris que era importante para todos — especialmente as mulheres! — dar seus dez mil passos por dia. Desejei-lhe "boa-noite", de que me arrependi, e fiz uma leve mesura, o que foi ótimo.

— Agora você não pode ir a lugar nenhum sozinha — disse Amy.

Ignorei-a e me virei para Merris, minha verdadeira acompanhante nesta noite. Minha aliada. Eu disse que ela era uma pessoa sensata, uma pessoa inteligente. A pessoa mais inteligente que eu conhecia, na verdade, e, por conseguinte, ela certamente entendia que a vida era complicada e as experiências eram complicadas, e eu era só alguém no meio do que na verdade, sabe como é, para mim era uma espécie de experiência complicada. Mas era evidente que estava tudo bem, né? Ela não achava isso?

— Acho que você e eu temos uma longa conversa pela frente — disse Merris, olhando a rua com impaciência. — Mas não acho que devemos conversar esta noite.

Ryan se aproximou para ver se estava tudo bem com Amy, fazendo um puta escândalo.

Eles todos que fossem à merda.

Merris pegou seu telefone e o segurou naquela distância de velho, olhando-o com os olhos semicerrados. Amy lhe explicava o preço dinâmico quando parti, à toda, congratulando-me intimamente por meu plano genial de voltar de fininho para dentro, pelo outro lado, e dar outro esbarrão rápido em Darragh antes de embarcar em minha caminhada. Talvez eu andasse toda aquela distância até Simon, do outro lado da cidade. Eu podia fazer meu gesto por ele agora. Afinal de contas, eu estava *ótima*. Por que não?

Contornei a lateral do prédio, ouvindo meus saltos estalarem, sentindo o vento no cabelo e sabendo lá no fundo que aquilo tudo parecia muito cinematográfico pelo lado de fora. Eu podia ouvir Amy e Merris chamando meu nome, o estalo dos saltos enormes de Amy e dos calçados práticos de Merris vindo atrás de mim. O que elas iam fazer? Eu tinha pernas incrivelmente rápidas, boas, muito fortes, e elas eram velhas e burras e velhas e más e velhas. Dobrei uma esquina, rindo comigo mesma, e comecei a descer uma escada de concreto, agarrada no corrimão, sentindo-me determinada e viva.

Eu estava no meio da escada quando ouvi Merris cair.

O hospital era um hospital: deprimente e estéril, de algum modo iluminado demais e ao mesmo tempo incrivelmente lúgubre. Eu beliscava as cutículas e olhava em volta, culpada, procurando onde me sentar. Duas mulheres de meia-idade que pareciam irmãs se esparramavam nos últimos bancos disponíveis, fazendo sudoku e chorando de mansinho, e parecia que estavam acordadas desde que nasceram. Eu me senti o pior monte de bosta da história.

Foi horrível, cada parte daquilo: Merris no chão; Ryan acendendo a lanterna do celular nos olhos dela enquanto Amy lhe pedia que contasse até dez de trás para a frente; uma pequena multidão se formando enquanto eu chamava a ambulância e repetia as palavras que Amy gritava para mim; os socorristas chegando, verificando de imediato os pulsos de Merris, os tornozelos e os joelhos antes de colocá-la na maca. Só uma de nós teve permissão de entrar na ambulância com ela e eu disse, "Por favor, Amy", e ela me deixou entrar. Enquanto fechavam a porta, vi que ela caía aos prantos nos braços do namorado palhaço.

Merris parecia tão velha ali deitada, embora tenha passado o trajeto todo insistindo em voz alta que era ridículo que a tivessem colocado em uma maca. Era fácil se esquecer, falando com ela, que tinha mais de setenta anos. De vez em quando ela fazia piadas sobre os membros artríticos, ou como as pessoas automaticamente cediam seus lugares no ônibus, mas na maior parte do tempo ela parecia cheia de vida, mais afiada do que nunca, indestrutível. Peguei o telefone e procurei uma estatística no Google sobre idosos e quedas, uma ideia que se revelou instantaneamente ruim.

No saguão, perto da recepção, um homem que sangrava na cabeça tentava urinar em uma garrafa de água enquanto dois policiais falavam grosseiramente com uma mulher que parecia confusa e perturbada. Todas as pessoas que as enfermeiras levavam me pareciam presumivelmente mortas. Pensei na presunção com que eu falava com norte-americanos sobre o fato de termos acesso à assistência médica gratuita e decidi que não ia levantar nunca mais esse assunto. Perguntei a um homem que segurava uma criança no colo se eu podia me sentar ao lado dele. Ele me encarou, ou sem entender, ou com raiva, ou cansado demais para se importar com uma mulher que usava sandálias no meio do inverno. A criança nos braços dele disse, "Já estamos aqui a mil e um milhão de horas".

Puxei meu vestido alugado e idiota até os joelhos e me sentei no chão. Meu telefone estava com 1% de bateria; eu não sabia quanto tempo demorariam os vários exames que fariam em Merris. Tinha uma tomada embaixo de alguns bancos, entre as mulheres do sudoku e um cara de roupa de atletismo que aninhava o braço esquerdo e estremecia de vez em quando. Tentei alcançar a tomada dali, sentada, inclinando-me atrás deles e esticando o braço junto da parede, mas ficou claro que eu teria de me deitar no chão para chegar lá. Estava a meio caminho, com a ponta dos dedos esticada para dar um último empurrão no carregador, quando alguém parou na minha frente e disse:

— Maggie?

Ergui os olhos dos sapatos práticos no nível de meus olhos e encontrei o rosto irritado de Amirah. Ela vestia um jaleco lilás e um estetoscópio decorado com um bonequinho de neve de pelúcia que reconheci de um filme infantil sobre não ter medo de ser quem você é. O hospital em que ela trabalhava ficava do outro lado da rua. Amy devia ter mandado uma mensagem a ela.

Arrastei-me para fora do banco, empurrando as irmãs sudoku.

— Você gritou com Amy?

— Não — falei. — Sim. Merda, Amirah, tá tudo horrível. Tão, tão horrível.

— Merris está bem?

— Não sei — respondi. — Está fazendo raio-x. Eles não me deixaram entrar porque não sou da família. — Espanei uma poeira do braço e meus olhos se encheram de lágrimas.

— Mas que merda aconteceu? — Havia uma exasperação na voz de Amirah à qual não dei importância. Ela parecia não saber o que fazer, mas tinha acabado de chegar.

— Eu não vi — eu disse. — Ela estava atrás de mim. Estava muito frio lá fora... Talvez tivesse gelo, ou ela tropeçou ou coisa assim... não sei.

Passei a ponta dos dedos sob os olhos e eles voltaram sujos de maquiagem. Queria que Amirah me abraçasse e me reconfortasse ou segurasse minha mão e me tirasse dali.

— Você está noiva? — perguntei, fungando.

Amirah pôs as mãos nos bolsos e pegou um lenço, um gesto gentil realizado com frieza. Peguei-o e assoei o nariz, depois limpei o que restava do batom.

— Sim — disse ela. — Não quero falar nisso agora.

— Por que não me contou?

— Eu disse que não quero falar nisso.

— Bom, meus parabéns — falei. Depois, caso parecesse sarcasmo: — Estou feliz de verdade por você.

— Obrigada.

Alguma coisa bipou e ela pegou um pager de verdade. Minha amiga, a heroína, tirando uma folga rápida de salvar a vida de bebês para me tirar do andar da emergência. Corrigi minha postura e ajeitei a frente do vestido indecentemente diáfano. Eu estava tonta e me perguntava se seria por causa do pânico ou dos primeiros vislumbres de uma ressaca iminente. Meu maxilar doía.

— Acho que talvez fosse cedo demais para ir a um casamento — falei. — Acho que eles deixam todo mundo meio maluco, em geral.

Amirah se sentou a meu lado, mas não disse nada.

— Especialmente a nossa geração, sabe? Como se nos prometêssemos uma ótima vida e ela não está se materializando... — continuei.

— Ah, meu *Deus*, desculpe, não — disse Amirah. — Você não vai começar seu blá-blá-blá esquisito sobre o capitalismo e a porra do tédio dos millennials. Não vou aturar isso de novo. É *papo furado*. E você é inteligente, sabe, então tem que entender em algum lugar aí dentro, que é papo furado. Não sei o que pensa que está fazendo. Nem mesmo sei se você *está* pensando nisso, o que me deixa, tipo, completamente louca.

— Desculpe — falei. — Tenho sido uma amiga ruim.

— É, tem mesmo.

Embora eu soubesse que era verdade, não esperava que ela concordasse comigo. Ocorreu-me que talvez eu ainda estivesse meio alta, porque tive um impulso abrupto e surpreendente de dar um tabefe nela. Conformei-me em menear a cabeça com incredulidade.

— Estou sofrendo — falei. — Estou passando por um ano difícil.

— É, bom, Amy também — disse ela. — Mas ela não está me tratando que nem merda, nem pirando na internet, nem falando de seu término como se fosse um problema maior da sociedade. Você e Jon não terminaram porque o conceito do casamento está falido. Vocês terminaram porque não conseguiram fazer o casamento dar certo, uma coisa normal que acontece com milhões de pessoas. Não precisa ser uma grande conspiração. Não precisa ser especial. Pode ser só ruim.

— Mas...

— Não, não. Já chega.

Amirah se levantou. Imaginei que provavelmente deveria olhá-la nos olhos antes de ela ir embora e levantei-me também, trôpega.

— Lauren sugeriu que fizéssemos uma Intervenção de Babaca *semanas* atrás — disse ela. — Dá pra acreditar que eu disse não?

Sorri de leve. A ideia de meus amigos se reunindo para uma conversa específica sobre o que fazer com a amiga zoada e patética era horrível demais, mas um tantinho legal. Arrisquei-me e a puxei para um abraço. Desta vez ela deixou. Seu estetoscópio congelava em minha pele exposta. Ela me fez um carinho nas costas e senti o cheiro de seu óleo capilar caro por baixo do forte aroma de sabonete bactericida.

— Sinto muito, mesmo — disse em seu ombro.

— Eu sei — respondeu ela, desvencilhando-se com calma de minhas garras. — Ei, você cheirou cocaína do pau de um cara?

Eu disse a ela que o pó não estava *no* pau propriamente, mas que o pau de um cara definitivamente estava ali por perto. Ela disse que os dois cenários eram igualmente nojentos e que eu era de fato péssima no quesito ficar sozinha. Na verdade, sugeriu ela, eu nunca tinha feito isso, nunca, na minha vida adulta, e ela e meus amigos achavam que eu estava fugindo da solidão de forma desastrosa, em vez de enfrentá-la com bravura ou elegância.

— Estou tentando — eu disse. — Sei que não está dando muito certo, mas estou tentando de verdade.

Uma vantagem de estar no hospital era que todo mundo parecia mal, então não foi estranho quando caí no choro. Amirah me passou outro lenço.

— Tente com mais empenho — disse ela. — Tem muita coisa acontecendo que você está perdendo. Preciso ir. Beba água, está bem? E me mande uma mensagem. Não agora, mas mande.

Amirah se afastou e voltei ao chão.

Fiquei sentada sozinha por três minutos ou nove horas, ruminando sobre como eu tinha decepcionado meus amigos e que tipo de coisa estava perdendo. Talvez eles também tivessem terminado comigo. Certamente Amy estaria no direito de nunca mais olhar na minha cara. Perguntei-me se eu devia mandar um e-mail a Emily me desculpando, ou até a Jesse e Darragh. Parece que passei metade do meu tempo fazendo coisas e a outra metade pedindo desculpas por elas; não era uma proporção ideal.

Meu telefone vibrou embaixo do banco, indicando que tinha carga. Peguei o lugar agora vago do atleta e abri o Twitter, onde deletei (trinta e sete?) tuítes que não tive coragem de ler. Abri minha pasta de fotos e passei pelas imagens do casamento a que tinha acabado de comparecer. Emily estava linda e feliz, dançando com o marido enquanto ele a olhava com genuína admiração. Meu telefone tinha compilado as imagens em um slideshow que chamou de "Novas lembranças", amontoando umas fotos da daminha de honra de três anos mostrando a língua com uma série que

Jesse tirou de mim e Darragh mostrando os peitos, ambientando a coisa toda com uma música jazzística.

As outras lembranças eram uma confusão: uma coleção de cada foto que tirei de comida; um slideshow de fotos de uma viagem a um chalé alguns anos atrás, onde um conjunto de veludo mudou a personalidade de Lauren pelo fim de semana; o último Natal com Ed, Hannah, minha mãe e o meigo e estranho Jeff; meu próprio casamento.

Rolei pelas imagens de Jon e eu, radiantes e desligados. Todo mundo diz que os noivos ficam estressados demais para curtir o próprio casamento, mas eu me diverti como nunca, vagando pelo jardim dos fundos da minha mãe com seda cara, aceitando elogios e bons votos e envelopes recheados de dinheiro. Foi tão fácil ter certeza.

Merris ficara só um pouco em nosso casamento, saindo quase assim que a festa começou para valer. Estava com uma espécie de túnica em tons escuros e saturados com um colar de origem étnica desconhecida, e nos deu um vaso de formato esquisito, apesar de termos pedido dinheiro, ambiciosamente, para "dar entrada em uma casa". Depois da cerimônia, ela me puxou para um abraço e disse, "Este é um dia bom. É importante levar os dias bons no coração".

Pensei nela agora, em algum quarto úmido, tendo os ossos fotografados. Eu devia ter fingido que era uma prima, a amante mais jovem, a filha dela. Devia estar lá dentro. Em vez disso, ela estava sozinha em algum tubo enorme e assustador, e eu estava aqui fora sentindo cheiro de café choco e arquivando minhas fotos de casamento em uma pasta intitulada Oops. Passei a pesquisar fisioterapeutas no Google perto da casa de Merris, inserindo vários cenários pessimistas, aprendendo sobre fraturas por avulsão, bursite e ruptura do labrum. Imaginei se devia ir para casa e sair de lá antes que Merris tivesse alta. Imaginei se devia pedir demissão. Deletei o número do telefone de Jesse.

À medida que a noite se transformava em manhã, as pessoas com quem cheguei eram substituídas por novos pares: mães e filhos, idosos casados, companheiros de quarto, jovens casais, irmãos envelhecidos. Todo mundo esperava com ou por alguém. Torci para que Merris quisesse que eu esperasse por ela. Torci para que meus amigos esperassem por mim. Mais do que qualquer coisa, eu queria mandar uma mensagem a alguém que gostasse de mim, para falar das coisas com uma entidade amorosa, mas eu literalmente tinha esgotado minhas opções. Do outro lado do saguão, um homem descansava a cabeça na parceira enquanto uma mulher vomitava algo verde no chão.

Uma fantasia

Acordo de manhã e começo a me dissolver. No início era só uma cintilação nas pontas do cabelo, as pontas duplas brilhando enquanto se transformavam em nada, mas o nada se espalhou rapidamente, subindo por cada fio e descendo até meus ombros. Quando saio da cama, minhas mãos estão em milhões de partículas díspares. Meus braços formigam e sei que em breve eles também vão sumir.

A princípio, é claro, isso me enche de medo; tenho medo de morrer. Mas aquilo não é a morte. Ainda estou aqui, só que não tenho mais braços, o que na verdade é um cenário perfeito.

Meus pensamentos estão presentes — minhas emoções também, meus gostos e desgostos, a afinidade pela cor laranja — mas preciso do que resta de mim para descer à rua e percebo que não sou observada. Enquanto minha metade inferior começa a pixelar e desaparecer, sinto-me pensando que pode estar tudo bem, talvez seja até o ideal viver o resto de minha vida como uma névoa amorfa. Ninguém cria caso com uma névoa amorfa por ser o que ela é. A névoa não pode ter dificuldades com jeans apertados. A névoa nunca disse o que não devia numa festa e estragou a vibe.

Deixo minhas pernas flutuarem e sumirem, a começar pelas panturrilhas mosqueadas de veias. Nunca mais vou pensar nelas. Meus amigos e familiares terão que se adaptar a este novo jeito de me conhecer. Com o tempo, passarão a gostar que eu exista em todo lugar e em lugar nenhum, em vez de decepcioná-los emocionalmente, ou me esquecer de levar meu próprio vinho ao evento e depois beber a maior parte do deles, ou ficar estranha em uma foto de grupo. Em vez de se sentirem sufocados, ou excluídos ou entediados com meus sentimentos grandes e estúpidos, eles vão achar a experiência atmosférica de mim calmante. Minha presença será uma brisa cálida, como a de Mandy Moore depois que ela morre naquele filme religioso sobre cantar.

Uma luz cintilante enche meu tronco até explodir, lançando-se para fora como o universo lá em seus primórdios (provavelmente). Só sinto alívio: não preciso saber o que fazer com nada. Não importa que eu não me alongue pela manhã e nunca tenha conseguido meditar com sucesso, ou que meu rosto seja redondo e o corpo decadente, ou que eu seja uma má amiga, uma filha ingrata e funcionalmente inútil diante dos muitos problemas da sociedade.

Sou uma neblina delicada. Ninguém consegue me encarar, nem me tocar, nem me ver. Não quero ser segurada, o que é ótimo — ninguém quer me abraçar e, mesmo que quisessem, não adiantaria. Sou um murmúrio, um borrifo levemente ondulante de partículas, movendo-se de modo tranquilo em torno da Terra sem nenhum impacto nela. Não sinto falta de ninguém e nunca estrago nada.

O quadril de Merris ficou com um hematoma, mas sem fraturas. Ela precisaria de repouso e de alguns meses de exercícios de reabilitação, além de evitar cair de novo. Quando Merris enfim sai do hospital, são quase cinco da manhã e ela está com um andador. Apesar de ter bebido uma água mineral atrás da outra por várias horas, minha ressaca havia se instalado e eu sentia como se as luzes fluorescentes da sala de espera de algum modo penetrassem meu corpo.

— Você não precisava ter esperado — disse ela. Não sei dizer se ela estava comovida ou irritada.

— Precisava, sim — falei. — Vou arrumar uma carona para nós.

Nosso Uber encostou e eu dobrei o andador na mala do carro e ajudei Merris a se sentar no banco da frente. Pedi ao motorista para ter cuidado, fazer o máximo para evitar lombadas e buracos. Ele disse, "claro", e ignorou solenemente meu pedido. Sacudimos pela Dundas Street na neblina que antecede o amanhecer de inverno, a rua povoada de um ou outro trabalhador e uns caras sentados na frente de um acampamento. Um casal passou por nós em um sinal, aparentemente no meio de uma briga. (A namorada empregava aquela tática de retórica ímpar, "ande um passo ou dois na frente do adversário, de saltos".) Decidi que só falaria se tivesse algo de bom para dizer. Tentei pensar em alguma coisa e não me veio nada. O vento basicamente assoviava por meu crânio vazio.

Devo ter adormecido, porque acordei com um ronco ao pararmos na entrada de casa.

Enxuguei os cantos da boca e falei "Chegamos" para Merris, que disse "Sim" e abriu a porta com muito esforço. Fui até a mala e peguei o andador, agradecendo ao motorista e conduzindo Merris para a escada da frente com uma abundância de cuidados nitidamente motivada pela culpa.

Dentro da casa, subimos devagar mais alguns degraus. Eu disse, "Você está bem?", e Merris falou, "Precisa parar de me perguntar isso". Ajudei-a a chegar ao seu quarto, prometi que cozinharia para ela e limparia as coisas, ajudaria com os compromissos e os remédios, as tarefas de rua e aulas... o que ela precisasse.

— Você está entrando em pânico — disse ela. — Eu vou ficar bem.

Coloquei-a na cama com um saco de gelo, uma garrafa grande de água e alguns analgésicos. Ajeitei os travesseiros às costas de Merris e arrumei um pouquinho o edredom. Ela sorriu e apertou minha mão. Inclinar-se para a frente a fez estremecer. Eu disse a ela que ia me mudar.

— Bom — disse Merris e por um segundo pensei que ela iria me impedir. — Não precisa ter pressa para encontrar o lugar certo.

Enquanto eu descia de mansinho, ouvi Inessa e Betty no balcão do café da manhã. Eram quinze para as seis, mas elas sempre acordavam obscenamente cedo, zanzando, dobrando coisas, tomando um café fraco de uma garrafa térmica de plástico imensa. Parei no patamar, perguntando-me se elas sairiam depois que a chaleira fervesse. Saindo ou não, eu não conseguia encará-las. Teria de esperar.

— Eu jamais quis essa moça aqui — disse Inessa. — Deixei claro que era contra desde o primeiro dia.

Ouvi um armário abrir, o tilintar de duas canecas retiradas pelas alças. Parecia que elas se acomodavam.

— Ness, por favor — disse Betty. — Ela vai ouvir você.

— Sei que vai, está ali na escada.

Pesei minhas opções: ficar em silêncio onde estava e torcer para elas não olharem o corredor; sair correndo pela porta da casa e nunca mais voltar; entrar com confiança na cozinha, tirar fones de ouvido imaginários e fingir que não tinha ouvido nada; escapulir para cima e me esconder embaixo da cama de Merris. Em vez disso, gaguejei, "Ah, oi, eu, bom", entrei a passo acelerado na cozinha e passei a beber água da pia como um hamster.

— Desculpe — falei, parando para respirar. — Sede.

Eu estava com sede. Minha boca estava seca e tinha um gosto horrível. Todo meu corpo estava dolorido de passar a noite no chão e nos bancos do hospital, as narinas pareciam grossas, a cabeça doía. Eu não queria pensar em minha aparência. As duas me olharam brevemente, depois se voltaram uma para a outra e continuaram.

— Ela claramente está envergonhada — disse Betty, dirigindo-se só a Inessa. — E isso serve para mim, tem de estar mesmo, mas não precisamos exigir demais.

— Talvez seja isso que temos que fazer, sim — disse Inessa. — Tirar proveito da culpa de Mer desse jeito.

Sem saber o que fazer com minhas mãos nervosas, peguei uma maçã na bancada e passei a fatiar fino numa tábua de corte. As mulheres ainda me ignoravam. Senti um impulso de contar a elas sobre minhas doações mensais para a caridade, meu compromisso em votar no partido Verde.

— Eu sempre disse que se ela simplesmente tivesse telefonado para a menina, as duas podiam resolver isso em uma hora — comentou Betty. — Filhas não conseguem ficar zangadas com a mãe, não é natural.

Afastei-me da bancada e me aproximei delas. Os olhos de Inessa dispararam para o meu lado, depois de volta a Betty. Ela soltou uma tosse curta, mas a companheira de casa não deu sinal de ter percebido. Desviei os olhos, fingindo estar envolvida na sanca decorativa que abraçava o perímetro do teto da cozinha.

— Quando Gene morreu, achei que isso poderia mudar as coisas para elas, mas as duas mal se olharam no funeral — disse Betty. — ... Qual é o seu problema?

Eu tinha abandonado meu falso desinteresse e agora estava parada bem ao lado das duas mulheres, encarando estupidamente e estendendo um prato de fatias muito finas de maçã, centenas de perguntas quicando na minha cabeça. Coloquei as fatias de maçã na frente de Inessa, que me olhou como se eu estivesse servindo fezes humanas.

— Merris tem uma filha? — perguntei.

Inessa bufou e revirou os olhos, mas Betty me deu algumas informações: a filha era cerca de uma década mais velha do que eu; trabalhava em um banco; tinha as feições de Merris com o tom de pele do pai; o relacionamento sempre foi tenso, mas vários anos antes houve um rompimento claro; Merris não gostava de falar nela; a filha morava na Espanha. Por fim, Inessa se levantou.

— Já chega.

Ela foi até a bancada com o prato de maçã fatiada. Pegou um saco Ziploc em uma gaveta, colocou as fatias dentro e entregou a mim, indicando que nosso tempo juntas tinha terminado e elas não revelariam mais nenhum segredo da família de Merris.

Voltei ao meu porão e fiquei ali pelo resto do mês. Só saía para trabalhar, comprar comida ou procurar apartamentos, e para levar Merris à fisioterapia às quintas-feiras. Eu a ajudava a entrar no carro, dirigia até um pequeno prédio cinza no norte da cidade e esperava no saguão embaixo de um diagrama de uma fáscia plantar, enquanto um australiano com intimidades demais ajudava-a a se alongar e se contorcer de formas curativas. Depois eu a levava para casa. Merris às vezes entabulava uma conversa educada. Se ela começasse, eu acompanhava, mas preferia ouvir o rádio, olhar bem para a frente e deixar que a vergonha enchesse minha cabeça feito estática.

Em casa, eu tomava banhos e ingeria um monte de bebidas com Canabidiol, na esperança de que fizessem algum efeito, mas sentindo que talvez não fizessem nada. Jogava um graveto para Lydia e adotei a "sobriedade à Califórnia". Tentei ler — romances, revistas, trabalhos de estudantes, qualquer coisa —, mas sempre terminava mexendo no celular. Minha principal atividade era ler uma página de um livro, depois largá-lo e ficar olhando para a tela por intervalos de doze a quarenta e sete minutos. Sempre tinha alguma coisa trágica: detalhes de assédio sexual no local de trabalho de alguém, bichos de estimação amados morrendo de repente, uma grife usando gírias. Simon parecia estar insinuando a presença de uma nova "mulher importante" em seus stories no Instagram. Um casaco de aparência feminina tinha aparecido em seu sofá em uma foto de umas cervejas que ele comprou, e ouvi uma mulher rindo ao fundo de um vídeo que ele postou dele mesmo fazendo um strike no boliche. Ela parecia bonita.

Às vezes eu recebia um e-mail — uma loja de artigos para o lar avisando-me de novas ofertas empolgantes, ou atualizações sobre a cirurgia no cérebro do primo de uma amiga de uma amiga. Uma noite, descobri uma página de financiamento coletivo para o homem, depois de tomar várias melatoninas, e doei cinquenta dólares com a mensagem *melhoras pOR FAVOR*. Agora recebia e-mails, aparentemente uma vez por hora, sobre como as coisas estavam indo (como uma Real Housewife uma vez gritou bêbada para outra: *Nada bem, sua vaca!*) e pedindo mais dinheiro. Parecia que eu não podia cancelar a assinatura e ainda me considerar uma boa pessoa, mas também não tinha outros cinquenta dólares sobrando, pelo menos não para isso.

Os únicos e-mails que eu respondia eram de potenciais senhorios ou de meus alunos, com os quais eu tentava ser mais profissional. Num esforço para cair nas graças deles, também retirei o componente de participação em aula de suas notas finais. Encontrei-me com Sara em uma cafeteria e respondi a suas perguntas sobre programas de pós-graduação e deixei que ela delineasse seu sonho de um dia estudar em Londres. Seu entusiasmo fez com que eu me sentisse uma fraude. Recuperei algum senso de identidade como figura de autoridade pagando por seu matcha latte enquanto ela estava no banheiro.

O grupo de chat continuou sem mim, uma enxurrada de links, prints e perguntas sobre o que estavam fazendo antigos colegas de turma, o governo ou nossos corpos. Fiz o máximo para dar algum espaço a todos sem cruzar o tratamento de silêncio, soltando um haha de apoio ou mandando um emoji de coração quando parecia necessário. Depois de mais ou menos uma semana de "espaço", mandei a Amirah e Tom um Arranjo Comestível para dar meus parabéns. Amirah mandou uma foto do ridículo cesto de cores berrantes com a mensagem tom é alérgico a morangos... sabotadora, **depois brinks, obrigada estavam deliciosos.** Respondi, ... podemos beber alguma coisa em breve? só um chá verde e quarenta e cinco a cinquenta minutos de humilhação, estourando. Amirah deixou isso no ar por duas horas inteiras até responder, pode ser, veremos se a aritzia vende cilícios para penitência. Fortalecida por este sucesso, mandei um Arranjo Comestível a Amy também. Escrevi, "Peço mil desculpas, por favor me ligue", no cartão. Ela não ligou.

Eu bebia três litros de água por dia, o que significava que, tirando alguns períodos de meia hora aqui e ali, eu passava o resto do tempo no banheiro. Imaginei que a vida era assim: eu passaria os próximos vinte anos alternando entre a hidratação e a micção, depois toda a água da terra secaria e eu saberia que era hora de morrer. Os apartamentos que eu via eram cativeiros e fora do meu orçamento. Comecei a procurar imóveis em Kingston.

Um dia, depois da fisioterapia, o australiano foi atrás de Merris no estacionamento.

— Meu Deus! — disse ele de um jeito horrível. — Esqueci suas faixas elásticas, garota!

— Que pena — disse Merris. — Elas são tão divertidas.

O australiano não correspondeu ao seu sorriso. Colocou as mãos no teto do carro e falou com ela como se Merris fosse uma criança que se recusava a vestir o casaco na rua no inverno.

— É muito importante que você faça seus exercícios — disse ele. — Nessa altura da vida, se você não proteger sua mobilidade, pode mesmo perdê-la para sempre.

Merris pegou as faixas dele, mas não disse mais nada. No carro, ela também ficou em silêncio.

— O que ele sabe? — falei, ligando o rádio. — Ele deve ter aquela cepa de superclamídias que os coalas inventaram.

Merris não respondeu.

— Eu sinto muito — falei. — Eu...

— Já chega, Maggie, por favor — disse ela. — Estou cansada e dolorida. Estou com a sensação de que tenho um milhão de anos e não quero repassar tudo isso de novo. Não é culpa sua.

— De certo modo é minha culpa.

— Bom, a culpa não é só sua — disse ela. — Talvez eu esteja sendo castigada.

Perguntei por que ela pensava estar sendo castigada.

Ela baixou o para-sol e examinou o rosto no espelho. Soltou um suspiro.

— Ah, não sei. Preguiça, mesquinhez, vaidade... Pode escolher. — Merris passou as mãos no pescoço, puxando a pele até se esticar. — Sabe quanto eu gasto todo ano com cremes?

Passamos de carro por uma celebração da Quaresma, um grupo de idosos levantando a Virgem Maria acima da cabeça. Percebi que eu tinha deixado a seta ligada, que ainda piscava para alertar os outros de uma entrada à direita que eu não tinha a intenção de fazer. Desliguei a seta. No rádio, um homem que tinha um depósito de móveis gritava sobre preços imbatíveis.

— Betty me contou que você tem uma filha — eu disse. Mantive os olhos na rua e tentei irradiar uma empatia não invasiva. Merris subiu o para-sol.

— Bom, deu no que deu, não é? — respondeu. — Instinto materno de início tardio, mal aplicado, com consequências desagradáveis.

Dei uma espiada nela e alguém buzinou para mim por chegar perto demais da pista ao lado.

— Por que não me contou sobre ela?

— Você não perguntou.

Merris tinha razão, o que piorava as coisas. Devo ter lhe feito menos de três perguntas sobre a vida dela o ano todo, talvez em toda a nossa relação. Paramos na entrada de carros e fiquei sentada ali com o motor em ponto morto, o banco aquecido aquecendo minhas pernas já quentes.

— Isso é terrível — falei. — Desculpe.

— Não precisa se desculpar — disse Merris. — Sei que fazia parte do apelo. Os relacionamentos com os jovens são muito objetivos, basicamente eles só querem falar de si mesmos. Preguiça de minha parte, na verdade, aceitar a intimidade sem risco nenhum.

— O que aconteceu com...?

— Danielle? — Merris suspirou de novo. — Não sei. Acho que talvez eu não seja o que ela precisa, e ela não consegue me perdoar por isso. Durante toda a infância, ela procurava por algo que, por um motivo qualquer, eu não podia ou não queria dar. E depois o pai dela adoeceu e lidamos com isso de formas inteiramente opostas... é tudo meio melancólico. Não vamos entrar nesse assunto.

Merris calçou as luvas e ajeitou de novo o cachecol, encenando o começo da saída. Eu queria dizer que a ouviria falar de tudo, entraria agora, faria um bule de chá e pediria a ela para começar pelo início. Falei que ela já tinha ouvido mais do que o suficiente de minhas histórias melancólicas e se um dia quisesse falar nisso...

— Não quero — disse ela. — Obrigada.

— Você tem sido muito generosa — falei. — Queria ser uma amiga melhor para você.

— Ah, Maggie — disse ela. — Não somos amigas. Somos só duas pessoas passando por dificuldades.

Virei a chave e o zumbido suave do motor cessou. Chovia um pouco e eu podia ver Inessa espiando da janela de seu quarto no segundo andar. Quando ela me viu olhando, fechou a cortina bruscamente.

— Se você quisesse, gostaria que a gente se tornasse amigas — falei. — Sei que morar aqui deve ter sido um passo largo demais, mas não quis vir para cá só porque passava por um rompimento. Acho você incrível.

Merris deu um leve sorriso e eu retraí cada músculo do corpo.

— Tem uma piada aí sobre qual de nós realmente deu um passo largo demais, mas não tenho tempo para pensar nisso — disse ela. — De todo modo, preciso entrar e esticar essas faixas. Posso perder minha mobilidade, como sabe.

Ela tirou o cinto de segurança e abriu a porta do carro, levando lentamente ao chão uma perna, depois a outra. Ajudei-a a entrar em casa, como fazia toda semana. Paramos no hall e ela disse, "Obrigada, querida", e eu desci ao porão e fiquei esparramada no chão.

Mudei-me alguns dias depois, de manhã bem cedo, principalmente para evitar Inessa. Deixei um cartão de agradecimentos e uma caixa de frutas secas chique. Tinha ficado acordada até tarde na noite anterior, tirando a poeira e esfregando cada superfície, tentando restaurar o lugar ao estado em que o encontrei. Quando eu terminava uma última rodada nos acessórios do banheiro, Lydia veio ofegante escada abaixo, pulou na minha cama e ficou ali. Na manhã seguinte, dei-lhe um beijo de despedida, deixando que sua língua imensa entrasse um pouco na minha boca, algo que em geral eu evitava, mas que ela parecia sempre desesperada para conseguir. Abri a porta para o andar de cima e ela subiu destrambelhada, para comer, babar e dormir ao sol. Deixei minhas chaves na bancada da cozinha com meu presente e peguei um ônibus para Kingston, onde meu pai foi me buscar.

Uma semana depois usei o que teria sido o dinheiro do aluguel para marcar quatro sessões com Helen. Nos preparativos para a primeira sessão, comecei a anotar em meu telefone possíveis temas de discussão, o que parecia uma atitude inteligente, até que abri o documento em sua sala bege e aquecida e li "pernas", "a paz interior é real" e "ter um crânio é de fato loucura". Abandonei a lista e conversamos sobre Merris (relacionamento com), meu corpo (sentimentos negativos em relação a) e batentes de porta.

— Descobri recentemente — falei — que homens hétero têm uma compulsão em que é importante estender o braço e bater no alto do batente por onde eles passam. Sabia disso?

— Vagamente — disse Helen. Ela ajeitou o nó em sua echarpe de seda e bebeu um gole do chá de ervas. A caneca era coberta de abelhas sorridentes.

— Bom — falei —, eu não sabia que isto acontecia. Não consigo acreditar que todos os homens, ou mesmo alguns homens, têm feito isso a minha vida toda. Eles não têm nada melhor com que se preocupar?

Helen anotou alguma coisa.

— E o que te incomoda neste comportamento, em particular? — Quando ela virou a caneca para ter acesso à alça, vi que tinha as palavras BEE CALM em negrito pingando mel.

— Não me incomoda — eu disse. — Só acho estranho.

— Parece que incomoda bastante.

Isto foi seguido por um daqueles silêncios longos e desconfortáveis da terapia.

— Não sei — falei. — Acho que minha sensação é a seguinte: é assim que é ter um cérebro que não está cheio de perguntas sobre se você é velho, gordo, burro ou inteligente demais, ou se corre algum perigo imediato; a porra de um... batente?

Percebi que agora eu parecia furiosa. Pedi desculpas a Helen; estive lendo tuítes demais sobre assédio sexual nas ruas.

— Eu não devia me zangar com nada — comentei. — Estatisticamente falando, sou uma das pessoas mais privilegiadas que já nasceram.

Helen me disse que, embora isso fosse verdade de uma perspectiva histórica, eu ainda podia ter sentimentos, mesmo que fossem complicados ou ingratos. Estes sentimentos, ao que parecia, eram uma parte inevitável da vida, e era melhor notá-los e nomear-lhes do que fingir que eles não existiam.

— Tudo bem — falei. — Estou zangada que meu limiar para o desconforto seja tão baixo. Tipo, posso agir totalmente normal desde que não exista nenhuma incerteza na minha vida, mas se eu estiver esperando para saber o resultado de alguma coisa, o dia todo vai pro ralo.

Olhei para Helen. Sua expressão só poderia ser descrita como "plácida".

— Infelizmente — continuei —, meu limiar para o que conta como "alguma coisa" é muito baixo, então estamos falando, por exemplo, de respostas a e-mails, curtidas em um tuíte, resultados de um Papanicolau de rotina... Este ano tem sido como ter urticária, continuamente, por meses. E também: tenho raiva de acampamentos de luxo.

— Tudo bem...

— Não é tão bom quanto estar entre quatro paredes. Não importa como. E eu odeio dicas de apartamento boas para o inquilino e todos aqueles outros jeitos fofinhos de a gente recondicionar as condições em que vive. Não é romântico pagar preços de quarto de hotel por uma van de acampamento no quintal de um velho rico, mesmo que tenha uma fogueira do lado de fora. Tenho trinta e sete mil dólares de dívida estudantil. Por que temos de ser a geração que aceita, além de todas as indignidades reais, essas portas de celeiro deslizantes nos banheiros?

— Entendo — disse Helen. — Interessante. Que emoções estão lhe vindo agora?

— Estou constrangida — eu disse. — Sei que não deveria pensar nessas coisas. Eu devia estar pensando, sei lá, na desigualdade. E penso também. Alguns dias vou me esquecer completamente do quanto meu corpo me desagrada e ficar mexendo com aqueles mapas que mostram que tudo estará submerso daqui a trinta anos. Em outros dias, é exclusivamente meu corpo, o dia todo, o que sei que é medonho.

— Uma coisa é o que você pensa — disse Helen. — Mas com o que você *se importa*?

Eu disse a ela que me importo em fazer o que é correto de modo geral, quase no sentido abstrato, mas não tenho nenhuma ideia significativa a respeito dos passos seguintes.

— A sensação é só que, tipo, por que eu saberia com o que me importar, ou mesmo o que fazer? Não sei de nada. Não escolhi a pessoa certa e não tenho ideia do que realmente é o capitalismo tardio.

A sessão prosseguiu, eu explicando minhas pequenas teorias e preocupações burras, Helen assentindo, afirmando e às vezes anotando coisas. Embora eu parecesse uma edição nada impressionante da *Adbusters*, era incrível dizer em voz alta esses ridículos pensamentos mal formados, ainda melhor não tê-los prontos para expor. Era uma emoção expressar mal e sem elegância minhas ideias pequenas, mesquinhas e inúteis. Eu não chegava a nada expressando-as a outra pessoa, mas era bom pensar nelas ali, o pessoal como pessoal. Sim, todas as grandes coisas ruins estavam acontecendo, mas também as pequenas coisas ruins (e como Helen rapidamente observou, uma boa quantidade de pequenas coisas boas, embora fosse improvável que isto fosse o foco de nossas sessões).

Contei-lhe sobre a minha teoria de que a intimidade era uma fraude. Disse que eu não sabia se gostava do meu trabalho. Contei como foi satisfatório tuitar *HOMENS* e ter alguém que eu não conhecia respondendo que sabia, sim, sabia exatamente o que eu queria dizer. Contei sobre o iogurte, o aplicativo de acompanhamento e o pó de creme de amendoim. Contei sobre não conseguir acreditar que fui derrubada por algo tão cotidiano quanto um coração partido. Contei que estava enjoada de sentir como a mulher mais gorda que Emilio Zara podia imaginar.

— Emilio...?

— Ah — falei. — É como meus amigos e eu chamamos o estilista da Zara. Não acho que seja seu verdadeiro nome, mas precisávamos de um nome para direcionar nossa raiva.

Expliquei que o imaginávamos como um gênio do sadismo, como o fantoche de *Jogos mortais*, só que seu objetivo distorcido era levar às lágrimas mulheres teoricamente sãs em cabines de prova mínimas.

— Sempre que entro lá — falei —, sinto que sou a pessoa com o pior corpo do planeta. Pra ser sincera, ser divorciada parece o mesmo.

— O que quer dizer?

Eu disse a ela que ser divorciada era como ficar presa em uma blusa na Zara: eu lutava, e claramente era o tamanho errado, mas talvez fosse mais constrangedor tentar tirar, sair da cabine de prova e ter que admitir, *eu tentei, mas não deu certo*. Talvez fosse mais fácil não tentar. Talvez eu devesse abrir as cortinas e proclamar que era minha preferida, insistindo em usá-la fora da loja e em cada dia depois disso, rindo enquanto ela cortava a circulação dos meus braços.

— Isto já lhe aconteceu antes? — perguntou Helen. — Ficar presa em uma blusa?

— Ah, mil vezes — falei. — Em geral você percebe em algum ponto pelos ombros que não vai caber, mas é muito tentador se espremer e ver no que dá.

— E qual é o resultado disso?

— Ruim — eu disse. — Sempre. E você acaba suada, em pânico e desespero, lutando mas se recusando a chamar alguém para ajudar, e em geral as roupas rasgam quando você tira.

Helen estreitou um pouco os olhos e fez algumas anotações no bloco. Inclinei-me para a frente.

— Olha — eu disse. — Sei que não depende de mim, mas se for possível, eu adoraria não rotular nada disso como "trauma".

Helen se remexeu na cadeira, com uma expressão de quem achava graça. Perguntei-me se isso significava que ela gostava de mim ou se olhava todos os clientes desse jeito. Percebi que eu queria muito que ela gostasse de mim. Ela bateu a caneta na bochecha e cruzou as pernas.

— Quer falar do que aconteceu da última vez em que você esteve aqui?

— Na verdade, não — respondi.

— Tudo bem — disse Helen. — Quem sabe uma pergunta melhor seja: você consegue falar?

Pesquisas no Google, 4 de abril

quantos ovos é seguro comer por dia
críticas terapeutas toronto helen yim
cannabis para dor, idosos
como fazer manteiga de maconha
shakespeare fumava maconha sim ou não
o que os recém-nascidos sabem
4L de água mesmo
empregos de meio expediente kingston
bares legais kingston
bernadette peters medley
carros aluguel meio período
nervo vago existe mesmo
como usar calça pantalona bunda grande
citações sobre repouso e repousar
john donne, "nocturnal upon st lucy's day"
john donne poemas sensuais
r/relationships
r/friendshipadvice
r/therapy
reddit = coisa de incel?
melhor travesseiro dor nas costas
alexander technique iniciantes grátis
modelos de currículo moderno
o que é uma carta de apresentação

gêmeos câncer compatibilidade amigos

vender colagens etsy

sinônimo de "vestir a camisa"

entrega de um café

como reconquistar alguém

estilos de depilação íntima 2019

vídeos exercício menos de dez minutos

batatas dieta mediterrânea

fibra é importante mesmo

o que é fibra

twitter modo anônimo

lugares mais seguros para viajar sozinha

comer rezar amar ilha

streaming Love Island online grátis

kit caseiro descoloração

O clima mudou da umidade pesada (gelo, granizo) para a leve (chuva, lama), e eu ainda morava na casa do meu pai, um bangalô de três quartos perto de Sydenham a que ele começara a se referir como "Clube do Divórcio". Eu pretendia ficar com minha mãe, historicamente a mais tolerante dos dois, mas as coisas estavam ficando sérias entre ela e Jeff, então entrei para o Clube do Divórcio.

Para minha surpresa, meu pai e eu nos acostumamos com facilidade a um ritmo de coabitação, dividindo o café da manhã e depois tomando rumos separados até o jantar. Às quartas-feiras, eu pegava o carro dele emprestado e ia a Toronto, onde dava aula e cumpria horário de forma burocrática, via Helen e dormia no sofá de Lauren. Às quintas eu dava aula a outra turma, levava Merris à fisioterapia ou cumpria outras tarefas, depois voltava para a casa do meu pai para pedalar em uma bicicleta ergométrica na saleta e pensar em minha dívida no cartão de crédito. Nos fins de semana, trabalhava em uma loja de queijos que fedia.

A casa tinha sido comprada depois que me mudei para Toronto, então não era muito familiar a mim. De vez em quando eu abria a porta do armário de roupa de cama pensando que era a do banheiro, e não sabia onde ficavam panelas e frigideiras na alegre cozinha bagunçada. Dormia em uma cama de solteira em um quarto com paredes revestidas de madeira que eu tinha dificuldade para achar agradavelmente ascético, se não estético — uma coisa meio *hygge* de baixo orçamento. Meu pai era muito compreensivo e me dava bastante espaço e privacidade, mas eu sempre estava atenta à diferença de gerações que romperia nossa paz frágil. No Twitter, eu seguia alguns millennials que moravam com os pais e estavam sempre tendo de ensinar a eles como ser uma pessoa boa e consciente. Parecia mais fácil morar com crianças; eles sempre apareciam e diziam algo acidentalmente profundo — *Mãe, precisamos de mais mulheres na política* etc. —, mas eu tinha um *boomer* nas mãos, e homem ainda por cima. Um pesadelo.

— Olhe só isso — disse ele certa manhã, gesticulando para um jornal impresso que tinha comprado não sei como. — Um bando de empregados de lanchonete quer aumentar o salário mínimo. Quinze dólares por hora, para trabalhar no McDonald's.

Ele soltou um muxoxo e eu estalei os nós dos dedos, me preparando para um discurso. Não me agradava a ideia de gritar com meu pai, mas ele estava sendo um classista tacanho, e eu sabia, como alguém que leu mais dos artigos certos, que tinha certa responsabilidade.

— *Pai...* — comecei, mas ele não havia acabado.

— Não é suficiente mesmo — disse ele. — Com a inflação, quero dizer.

— Ah — falei. — É verdade. — Baixei os olhos e vi que tinha adotado uma postura de Power Rangers, os pés separados, as mãos na cintura. — Bom, eles nem mesmo precisariam se preocupar com isso se tivéssemos renda básica universal.

Ele bebeu um longo gole do café e me olhou com uma expressão plácida.

— Concordo — disse, e voltou a seu jornal. Para expurgar parte da retidão moral que eu tinha conjurado, armei uma briga pela crença dele de que a bolha de propriedades um dia ia estourar, permitindo-me comprar uma casa.

Voltei a meu quarto e deletei Twitter, Tinder, Hinge, Instagram, Bumble, TikTok e Facebook do meu celular, aí uma semana depois, baixei tudo de novo, além de um app que limitava o tempo em que eu podia acessar a internet. Baixei outro app para me mostrar onde estava a lua no céu, se era crescente ou minguante. Baixei algo chamado "erradicador de *newsfeed*" que prometia recuperar minha capacidade de concentração substituindo as atualizações intermináveis de amigos, marcas de produtos e jornalistas pelo silêncio com citações motivacionais. A primeira que apareceu dizia, "Nada é impossível. A própria palavra diz, 'possível'!", atribuída à atriz Audrey Hepburn.

Deixei de seguir no Instagram mulheres magérrimas que faziam piqueniques ao sol e comecei a seguir uma conta temática de *radical softness* que era principalmente de fotos de gordas em êxtase dançando de calcinha. Às vezes apareciam os bichos de estimação delas. Vi uma garota da Coreia encher de pinturas o corpo graciosamente decaído das amigas. Ouvi uma live de um campo de tulipas na Holanda. Visitei um site que deixava você olhar pela janela de desconhecidos. Cortei e descolori o cabelo, e resisti ao desejo quase físico de postar uma foto. Como meio-termo, mandei sete Live Photos diferentes ao grupo de chat, e todos concordaram que estavam enganados, o que foi uma ótima ideia e eu parecia, nas palavras de Lauren, possivelmente problemática mas definitivamente sexy, então: saldo positivo.

Reduzi muito as postagens, embora a compulsão ainda estivesse presente — ter algo a dizer ou mostrar de mim, a "compartilhar". Quando eu dizia, mostrava ou compartilhava alguma coisa (um tuíte sobre meu ciclo menstrual, uma foto de flores à beira do lago com a legenda ok primavera!!), sentia-me imediata e visceralmente envergonhada e em geral deletava o que tinha postado. Isto não ajudava. Na verdade, deletar parecia, de muitas maneiras, tão abrasadoramente humilhante quanto deixar os posts, porque o que me envergonhava, antes de mais nada, era o ato de postar, a expressão da compulsão. Não era preciso admitir isto em público também.

Eu não sabia de onde vinha esta aversão. Ninguém mais na minha vida parecia compartilhá-la. Clive e Lauren começaram a "fazer lives" nas noites de sexta-feira, bebendo, rindo e fazendo esquetes de comédia muito qualquer coisa para seis ou sete pessoas. Amigos que pareciam totalmente normais na vida real estavam fazendo vídeos em câmera lenta de si mesmos chorando e postavam no TikTok com mensagens sobre como respeitar mas também ir além da própria zona de conforto. Um cara que eu via com frequência na cozinha do departamento por acaso tinha uma conta famosa no Twitter onde ele tuitava agora não baby a vários líderes mundiais.

Às vezes eu pensava: *por que eu não devia postar uma piadinha, ou dizer a um comentarista que ele estava sendo um babaca? Por que não devia compartilhar umas fotos que fizessem com que eu me sentisse bonita? Por que não documentar minha vida, meu rosto, meu estado de espírito?* E às vezes eu pensava que programar o cronômetro para tirar selfies no banheiro, mordendo o lábio inferior repetidas vezes, depois postar a única imagem que me agradava das quatrocentas na galeria do meu celular era tão vulgar e desnecessário quanto me curvar e mostrar meu cu para o mundo todo ver.

Uma noite, eu estava na saleta "me alongando" depois dos exercícios de bicicleta, o que significava principalmente me deitar no chão com as pernas apoiadas na parede. Em geral eu passava este tempo pós-malhação tentando ficar sentada em silêncio sozinha, mas se eu fizesse isso por tempo demais quase sempre ficava sobrecarregada de lembranças de telefonemas, mensagens de voz e de texto de Jon, ou da imagem de Merris caída no chão ou da cara de Amy quando ela me disse que eu estava sendo má. Era horrível me lembrar dessas coisas. Eu sabia, teoricamente, que errar era humano, mas meio que parecia que devia haver um limite para quantos erros um ser humano pode cometer.

Pensei naquela primeira noite com Simon: "Como você sabe se algo que fez foi idiotice ou um sinal verdadeiro de seu caráter?" Eu ainda não sabia, mas começava a parecer que pensar nisso o tempo todo não era tão útil quanto tentar não repetir o erro. Aproximei minha bunda da parede, elevando mais as pernas, e estiquei os braços dos dois lados até que a mão esquerda se enroscou em meu telefone. Fora dali, eu ouvia meu pai aprontando alguma, provavelmente algum Lanche do Papai maluco — recentemente ele havia comprado para nós potes de molho de maçã individuais, "dele" e "dela" — ou vendo o noticiário na televisão e no iPad ao mesmo tempo.

Eu olhava fotos antigas que tinha enviado ou recebido de Simon quando a tela escureceu e o nome dele apareceu. Olhei fixamente meu celular por uns segundos de confusão antes de perceber que era um telefonema. Simon estava me ligando.

Levei, hesitante, o telefone ao ouvido, como se fosse uma pegadinha.

— Alô...?

— Maggie, oi — disse ele, sua voz calorosa e firme como eu me lembrava. — Desculpe por telefonar. Eu estava pensando em você e tive um impulso, mas talvez eu deva sair para uma caminhada ou coisa assim.

Eu disse a ele que não tinha problema e perguntei como ele estava. Ele estava bem, é claro. Ocupado com o trabalho. Os pais tinham decidido se mudar. Ele estava tunando a bicicleta, em preparação para a primavera. Sentia saudades de mim e pensou se podíamos nos encontrar e conversar sobre algumas coisas.

— Eu peço desculpas — falei. — Pela última vez que conversamos.

— Eu me desculpo também — disse ele. — Estive pensando muito nisso e parece que nós realmente apressamos as coisas. Era bom me encontrar com você e era *tão* bom sentir algo além de incrivelmente mal por meu término o tempo todo, mas acho que eu devia ter sido melhor a respeito de manter tudo informal, para a gente ter tempo de se conhecer. Acho que gostaria de me encontrar com você para ver se vamos querer sair de novo uma semana depois.

— Meu Deus — falei. — Merda.

— Ah, bom, tudo bem, não se preocupe com isso — disse ele. — Deixa pra lá.

— Não, não é merda no mau sentido, é merda no bom sentido.

— A famosa aplicação da palavra "merda".

Olhei para o teto e suspirei.

— Bom, acho que acaba sendo merda no mau sentido, porque não posso te ver — falei. — Helen e eu concordamos em deixar esta área da minha vida em hiato.

— Quem é Helen?

Ele vai adorar essa. Vai gozar na calça jeans.

— Ela é minha terapeuta.

Simon ficou em silêncio, o mais famoso de todos os truques que as pessoas aprendem na terapia. Dava certo, infelizmente, e continuei um blá-blá-blá que estávamos agindo com inteligência. Até maturidade! Sem dúvida, estávamos sendo sensatos. Sim, eu gostava dele, e ele gostava de mim, mas cortar isso pela raiz implicava que eu não teria de decepcionar Helen. Também implicava que nenhum de nós precisava decepcionar o outro, em última análise. Tinha dado errado rápido demais na primeira vez.

— Para mim isso parece uma descatexização — disse Simon.

— Não sei o que isso significa, mas não me conte.

— Tudo bem. Bom, me liga se mudar de ideia.

— Tudo bem.

Outra pausa.

— Isto é constrangedor — falei —, mas não fico sozinha há muito tempo e agora estou, e se eu não ficar assim por um tempinho, nunca vou entender de verdade o que quero, gosto e até sinto, então preciso ser uma freirinha cuidadosa por algumas semanas ou meses, e depois, quem sabe? Talvez eu perca a oportunidade e cada pessoa digna de um encontro estará comprometida e ficarei sozinha pelo resto da minha vida.

— Acho improvável — disse Simon. — Mas parece uma tentativa válida.

Uma parte nada desprezível de mim gritava, *corra, corra para a gentileza que o homem bonito está oferecendo, pode ser a última vez que isso vai acontecer na vida*. Mas eu tinha falado sério. Não era uma boa época. Fechei os olhos e disse:

— Obrigada, Simon. — E senti que ouvia o sorriso dele.

Depois que ele desligou, pesquisei o significado da palavra "descatexização", em seguida passei vinte minutos tentando inventar uma lista no Twitter de quais seriam as provas de uma *declatoxização* — como um decatlo, mas para proteger sua sanidade emocional. Nem mesmo salvei nos rascunhos.

Entrei na cozinha e disse a meu pai que eu estava experimentando a interioridade. Ele ergueu a cabeça das palavras cruzadas por um breve instante.

— Ah, sim?

— Isto parece muito básico — falei —, mas não preciso dizer tudo que penso e sinto a todo mundo por perto o tempo todo. Mesmo que queira. Posso guardar as coisas para mim. Às vezes, parece melhor.

— "Coligado" — disse ele, preenchendo oito quadradinhos na vertical. — Que maravilha, querida. Sabe, se você está feliz, eu fico feliz.

Eu disse a ele que minha descoberta tinha inspirado alguma experimentação frutífera. Minhas opções, quando eu tivesse um pensamento, experiência ou, Deus me livre, um sentimento, era escrever e resistir ao impulso de mandar por mensagem de texto ou tuitar, ou guardar mentalmente o que eu estava sentindo e — esta era a coisa que parecia impossível, talvez até mentirosa — deixar passar.

— Bom — disse ele, contando as letras da palavra "petricor". — Poderia ter nos poupado de muitos problemas se você tivesse descoberto isso no colegial, mas antes tarde do que nunca.

— Estou falando sério — afirmei, pegando leite na geladeira. Disse a ele que tinha percebido recentemente que quase nada me aconteceu que eu não tivesse compartilhado com alguém. Afinal, este era um dos grandes apelos do casamento: alguém para dizer toda minha bobajada idiota ou criticar minhas decisões, alguém para me ouvir para sempre. Servi o leite em uma tigela enorme de cereais, deixando que crepitasse e sibilasse antes de meter a colher e dar uma dentada.

— É claro que todo o sentido do relacionamento é você também ouvir... e me perdoe pela expressão que vou usar... a bobajada idiota da *outra pessoa* — disse meu pai. — Suponho que você tenha se esforçado nessa área.

Ignorei aquilo, mas ele não estava errado.

— Vi a mamãe ontem — falei. — Ela ainda está zangada com você.

— Faz sentido. Eu fui meio babaca.

Perguntei o que tinha acontecido realmente entre os dois. Ele me contou que estava quase terminando as palavras cruzadas e preferia que eu experimentasse mais minha interioridade.

— Além do fato de que não é da sua conta — disse ele —, não posso lhe dizer porque não sei. Pensei que soubesse, na época, mas quanto mais o tempo passa, mais vejo o pouco que entendia sobre o que acontecia ali. Meus sentimentos e os sentimentos da sua mãe sobre isso são muito diferentes. Nenhum de nós está exatamente com a razão, mas as duas versões são exatas.

Eu disse que era uma decepção ouvir aquilo. A distância devia nos dar mais perspectiva, e não menos.

— Acho que deu — disse ele. — Com o tempo, parei de me agarrar à minha própria versão dos acontecimentos e aceitei que as duas coisas podem ser verdade, que talvez nunca concordássemos por completo sobre o que deu errado. Mas tenho certeza de que ela concordaria que nunca deveríamos ter ido àquela noite de troca de casais na casa dos Carlson.

Fiz cara de paisagem e esperei que ele dissesse que estava brincando. Ele continuou concentrado nas palavras cruzadas. Olhei por cima do ombro dele e falei:

— Prolixo.

Ele preencheu os quadradinhos relevantes.

— Concordo plenamente.

Voltei à saleta e subi na ergométrica. Terminei um triatlo nas semanas que restavam de abril, um objetivo risivelmente modesto cuja conclusão me fez sentir melhor do que drogas. Enquanto corria parte de meus vinte quilômetros, tropecei em uma raiz na calçada e caí em cheio sobre o lado do corpo onde guardava minhas chaves, telefone e alguns elásticos de cabelo a mais. Completei trinta minutos inteiros de corrida, fui para casa e tomei um banho. Naquela mesma noite, fui mandar ao grupo de chat uma imagem de um palito de peixe que parecia um pato e descobri que a queda tinha rachado a tela do celular. Ainda funcionava, só estava menos agradável de usar, e tive medo de acabar com um caco de vidro enfiado no indicador. *Charlie Brooker*, pensei, *você conseguiu de novo!*

As semanas continuaram assim: mais jornais, mais cereais, mais idas de carro a Toronto, mais voltas de carro de lá. Eu me sentia muito afortunada e meio entediada. Ajudava Merris com as compras e em tarefas domésticas menores e não a atrapalhava no trabalho, embora às vezes tomássemos chá quando eu a levava para casa depois da fisioterapia. Li alguns poemas do livro de Amy e detestei demais, mas senti carinho pela pessoa que me deu, que se reconfortava com a ideia de uma mulher cujo coração era uma casa em chamas. Amirah e eu tivemos nossa sessão de chá e humilhação, e depois fui com ela a um musical para levantar fundos para o hospital, representada por um monte de anestesistas cantando *a cappella*. Foi totalmente horrível e muito, muito divertido estar ali com ela, cochichando e rindo no fundo do salão. Encontrei Clive, Lauren e a Lauren Emocionada na vida real, situações particulares em que tentei ser uma boa ouvinte e uma amiga melhor. Às vezes eu conseguia. Isso era silenciosamente satisfatório, mas não adiantou grande coisa para acabar com a vergonha que me surgia a certos intervalos como uma azia — um lembrete de que eu era um fracasso, de volta à cidade onde fui criada, comendo molho de maçã que o pai tinha comprado.

Ainda assim, os momentos agradáveis encontravam um jeito de entrar de mansinho: descobrir um assento individual do lado da janela no ônibus, ter café suficiente para mais uma caneca, chegar do mercadinho com flores, colocar tomates em uma tigela diferente das bananas. Em uma de nossas sessões agora semanais, descrevi esses momentos a Helen. Enquanto saía de seu consultório, tive um vislumbre de suas anotações: "Encontrando alegria na banalidade da vida."

Parecia banal. Tudo simplesmente continuava acontecendo.

Coisas emocionalmente devastadoras que minha terapeuta me disse como se não fossem nada

"Vou começar a sessão de hoje desafiando você a não tentar me fazer rir em nosso tempo juntas. Não que você não seja uma pessoa engraçada, mas eu me pergunto aonde poderíamos chegar se nos livrássemos da ideia de 'tentar entreter.'"

"Quando você diz que é 'viciada' em comprar blusas que não cabem e em usá-las mesmo assim, sente uma compulsão real aqui, ou este é outro caso de jargão de internet?"

"Fiquei impressionada, da última vez, com sua declaração de que gostaria de encontrar um tipo de esfoliante para a personalidade. Gostaria de examinar como sua psique misturou skincare com moralidade. Parece haver uma associação real entre o esforço estético e o esforço emocional para você — você diria que é isso mesmo?"

"Admiro seu interesse pela autenticidade, embora eu não ache que isso torne uma mulher — ou qualquer pessoa — um clichê por "também" se sentir mal com seu pescoço."

"Você diz que não precisa contar para a sua família sobre seus encontros com mulheres, uma vez que nenhum deles foi sério. Eu me pergunto se eles podem *ficar* sérios se você começar a levá-los com mais seriedade, ou se está conscientemente evitando fazer isso para se poupar do incômodo administrativo de sair do armário."

"Este impulso de jogar o telefone de cima de uma ponte ou em alguma grande massa de água é algo de que falamos em várias sessões. Você imagina se sentir muito livre. Na verdade, descreve um sentimento de completa euforia com a ideia de ser separada por acaso ou pela força de seu telefone. O que a impede de... E peço desculpas se isto parece óbvio, mas... O que a impede de simplesmente desligá-lo?"

"Como você acha que seria... deletar a conta da sua gata no Instagram?"

"Será que poderíamos nos beneficiar de diferenciar os conceitos de amizade, comunidade ampliada e público imaginário? Acho que há alguma justaposição aqui, e existem muitos tipos diferentes de relacionamento, com obrigações e costumes muito distintos. E, além disso, é claro, um deles só existe na mente."

"Se você não gosta de fumar e não é viciada em cigarro — como diz, não gosta o bastante para comprar e só fuma socialmente, quando amigos ou conhecidos estão fumando —, por que não para? E se não quer parar, podemos investigar um pouco mais a origem de sua reação agora, quando eu a chamei de fumante? Porque você teve uma reação bem forte."

"As planilhas tipo diário que te dei são apenas exercícios para fazer com que você pense sobre seus sentimentos e suas reações a estes sentimentos. Então, não posso dar feedback ou 'notas' a elas."

"Quando você diz que sente que nunca vai encontrar outra pessoa disposta a ficar em um relacionamento duradouro com você, isso me deixa pessoalmente muito triste. Será que podemos perguntar se você está disposta a entrar em um relacionamento duradouro consigo mesma?"

Uma garrafa de um litro de água X-Cycle original custa, e não estou de sacanagem, nove dólares. Comprei uma e me matriculei para a aula das seis da tarde. Turma Prazer Culpado, que prometia muito exercício... e muita diversão! A garota da recepção achou meu pedido de matrícula meio estranho, mas por fim cedeu. Era isto que acontecia quando você pagava o preço cheio (cinquenta! e! três! dólares!) por uma daquelas aulas: você passava a ser uma espécie de rei temporário. Peguei minhas sapatilhas especiais e a água de preço exorbitante e fui para o vestiário.

Eu estava esgotada e ansiosa. Naquela manhã, Lauren tinha sugerido com não muita sutileza que nosso acordo de dormir no sofá estava chegando ao fim, e as consultas com o fisioterapeuta de Merris tinham sido reduzidas a uma por mês. Com o período letivo da primavera terminando em duas semanas, eu não teria motivo nenhum para vir à cidade nem lugar para ficar, se viesse. Baixei minha bolsa e dei uma dentada em uma barrinha de proteína que prometia uma "explosão de creme de amendoim com chocolate", mas que tinha gosto, é claro, de areia.

Lutando para vestir o top, ouvi duas meninas, ambas parcialmente nuas e (respeito) enchendo as bolsas com absorventes e elásticos de cabelo gratuitos.

— Alguém precisa dar um toque na Kira — disse a mais alta e mais despida das duas. — Os stories dela estão ficando *sinistros*.

A outra ajeitava a roupa íntima no espelho, colocando-se na ponta dos pés para verificar a bunda.

— Eu sei. Tipo, a gente entende, você está solteira — disse ela. — Mas eu vejo todos eles mesmo assim.

A outra menina suspirou.

— Está ficando tão ruim que não sei se silencio o perfil dela ou se ativo as notificações.

Puxei minha legging para cima e decidi calçar as sapatilhas no hall, juntando-me ao resto dos acólitos do Prazer Culpado da X-Cycle.

Quem comandava a aula Prazer Culpado era uma pessoa não binária fisicamente linda chamada Blake. Amy tinha me falado tanto de seus exercícios concentrados nos glúteos e abdominais que ver elu em carne e osso era como encontrar uma celebridade. Tinha um sorriso deslumbrante e braços imensos, e parecia ter uns quatorze anos. A camiseta X-Cycle original que elu usava tinha cavas tão grandes que mais parecia um babador; sua energia positiva parecia suficiente para mover um barco pequeno. Em um quadro de cortiça com o programa da aula do dia, uma ficha de inscrição nos informava que Blake "não tinha medo de agitar geral". Vi seu corpo tonificado quicar pela área de espera, dando beijos no ar em desconhecidos e tapas na bunda de amigos. Perguntei-me o que me deixava tão temerosa de agitar sequer um pouquinho.

Blake abraçou uma garota de short de malha, perguntando de seu cachorro enquanto ela fazia agachamentos e afundos e tocava os dedos dos pés sem qualquer esforço visível. A garota era parecida com todas as outras no saguão verde e iluminado: cabelo louro-areia, abdome trincado, o ar de um emprego na área de finanças. Sentei-me embaixo de uma placa de néon que dizia SEM/LIMITES e tentei aparentar despreocupação e desembaraço. Eu não sentia nada disso; sentia-me uma foto ambulante de Antes cercada por dezenas de possíveis Depois, todas chamadas Amber. Ainda assim, raciocinei, eu merecia estar ali tanto quanto qualquer uma delas. Eu não tinha pesquisado o programa da aula? Não tinha também cinquenta e três dólares? (Na verdade não, mas tinha gastado, e certamente era só isso que importava aqui). Por fim, Blake tocou um apito pequeno que usava pendurado no pescoço e abriu as portas da sala, lembrando a todos para pegar protetores auriculares, porque "Eu NÃO vou interromper minha aula no meio porque VOCÊ não consegue lidar com minha playlist!"

Lá dentro, manobrei pela primeira fileira e me enfiei na número vinte e três, bem no meio da segunda fila de bicicletas. Em geral eu era o tipo de garota no canto, no fundo, mas hoje tinha outras necessidades. Coloquei minha garrafa de água no pequeno suporte e prendi o pé no pedal. Quando Amy entrou, baixei a cabeça e fingi estar ocupada ajeitando a altura do selim. Ela não notou minha presença e continuei de cabeça baixa enquanto ela prendia as sapatilhas nos pedais, pedalando de leve, mudando o peso de um lado a outro para alongar os tendões e as panturrilhas. Era bom observá-la sem o risco de descobrir se ela queria me ver. Observei-a apertar o rabo de cavalo e torci para que ela só me visse quando eu estivesse preparada.

Amy e eu não nos falávamos desde o casamento, sem contar pelo Arranjo Comestível e uma mensagem que mandei, pós-Arranjo Comestível, pedindo desculpas caso ela não gostasse de abacaxi. Como não tive resposta, resolvi não incomodar. Se eu sentia o impulso de lhe mandar uma mensagem ou escrever um de meus Grandes E-mails, abria um Google Doc chamado "pontos" e acrescentava um ponto na página. Olhar este documento (oitenta e sete pontos até agora) fazia com que eu me sentisse desequilibrada, embora eu tivesse conseguido não deixar nenhuma mensagem de voz emocionada e com certeza, isso já era algum avanço. Helen perguntava sobre isso em nossas sessões, e toda semana eu contava que tinha deixado Amy em paz e Helen me dizia que estava orgulhosa. Eu sempre agia como se este fosse um gesto desnecessário e até infantiloide, mas no fundo sabia que, se ela *não* me dissesse que estava orgulhosa a intervalos de duas ou três sessões, eu simplesmente desmoronaria. Não contei de meu plano para hoje, meu último esforço para reconquistar Amy; desconfiava que Helen não aprovaria.

Blake fechou a porta depois de entrarmos e piscou as luzes.

— Muito bem, minhas belezinhas, hora de PEDALAR! — gritou para a sala. — Vou pedir a todos que coloquem alguma energia nos traseiros, porque, para falar com clareza: vocês vão precisar! — As gostosonas de cada lado meu riram com conhecimento de causa. As aulas da X-Cycle eram conhecidas por serem intensas. Antes de eu ter estragado tudo, Amy e eu comparecemos a aulas de exercícios em muitas academias diferentes, apesar de eu ter evitado a X-Cycle até agora. Tinha dito a Amy que era porque sua localização era distante demais da casa de Merris, mas na verdade era por causa da tabela de classificação.

A X-Cycle era famosa pela tabela de classificação, uma tela grande na frente da turma mostrando o ranking implacável de cada aluno, com estatísticas ao vivo sobre a força e a velocidade com que estavam pedalando. Os instrutores consultavam a tabela e gritavam mensagens de apoio ou censura aos ciclistas — pelo nome — na frente de todo mundo. *KylieG, você não está dando aquele gás*, ou *FitMom73, é, garota, SINTA a resistência!* Eu não conseguia imaginar nada que quisesse menos do que ser chamada a atenção durante um exercício em grupo.

A aula começou com um aquecimento moderado, mas rapidamente progrediu para uma coreografia desafiadora e acelerada. Fiz o máximo para acompanhar, inclinando-me para a frente e para trás e balançando a cabeça no ritmo da batida. Blake ficava nos dizendo que éramos superestrelas e nos encorajando a "gerar energia" com os corpos que nós amávamos, que tinham nos feito o favor de nos carregar o dia inteiro e nos levar até ali, àquela sala escurecida cheia de equipamentos de exercício de última geração. Blake nos pediu para pensar no que amávamos quando nosso corpo estava em movimento, e me surpreendi obedecendo.

Era tentador fazer piada da atitude de Blake, sua positividade incansável e as palavras fofinhas sobre mexer os pés na batida ou deixar o estresse do lado de fora. Mas em vez disso senti minhas pernas trabalhando no escuro e pensei que estavam mais poderosas agora do que nesta época do ano passado. Eu me sentia forte. Sentia-me feliz. Sentia-me, na verdade, agradecida. Além de meu outro propósito, eu estava na aula de Blake para "me desafiar", algo que estive tentando ultimamente, embora reconhecer isso me humilhasse até meu cerne fraco e destreinado. Blake aumentou o volume da música e nos estimulou a aumentar a resistência. Era hora de subir.

Respirei fundo e fiz força nas pontas dos pés, baixando o pedal com o pé esquerdo e subindo com o direto, quicando no ritmo de uma música sobre ser uma piranha extremamente poderosa. Minhas coxas ardiam e senti gotas de suor se formarem e caírem pelo vale raso das costas. Olhei à minha volta e vi que estava no ritmo das Ambers — não com facilidade, necessariamente, mas estava conseguindo.

Tinha me preocupado, durante as longas horas de bicicleta ergométrica, que talvez nada estivesse acontecendo. Certamente eu não parecia nada diferente, o único jeito que eu sabia de medir o progresso de um programa de exercícios. E embora com o tempo eu pedalasse por distâncias maiores, nadasse mais rápido e corresse com mais facilidade, não tinha emagrecido. Não apareceu nenhum tanquinho súbito, nenhuma revolução no visual da noite para o dia. Eu estava mudando de formas diferentes, na melhor das hipóteses, mas insisti, sem ter muito mais o que fazer nas longas noites em minha cidade natal, e porque eu começara a sentir parte das tais endorfinas que as pessoas de regata sempre prometiam chegar com o movimento extenuante.

— Vamos ficar com a respiração desconfortável! — gritou Blake, embora eu já estivesse assim fazia tempo. Pedalei com mais força, meu nome subindo no ranking da turma, aproximando-se do de Amy, que pairava no alto da turma desde o início da aula. Blake gritou para alguém chamado TheRealSpinShady: — Desculpe, mas você não faz trocadilhos na minha aula e depois faz a subida no nível fácil! Aumente essa resistência ou saia daqui, garota! — Blake consultou o laptop ao lado de sua bicicleta.

— Tudo bem, temos uma ciclista *queimando* a tabela de classificação. Vamos dar aquele gás X-Cycle para... AMY-ME-DESCULPE? — Blake se interrompeu, olhando a tela de novo. — Não, é... Amy Me... é, tá legal! AMY-ME-DESCULPE, caramba, lá vem ela! Ela sabe o que fez e está se arrependendo na BIKE, gente!

À minha frente, Amy reduziu o ritmo e ficou pairando no alto do selim da bicicleta. Enxugou o rosto com uma toalha e olhou hesitante para a esquerda, depois à direita. Bebeu um pouco de água e voltou a se sentar.

Pedalei com mais força. O ícone com meu nome subiu mais no quadro... depois começou a cair. Outros alunos me ultrapassavam. Se eu não chegasse ao primeiro lugar, não receberia a saudação especial de que precisava, o momento no fim da aula em que eu podia fazer isso direito. Meu nome saiu da metade superior do quadro e a chance do grande gesto — o pedido de desculpas na chuva, a caixa de som acima da cabeça, os cartazes na porta na neve — desapareceu.

A trilha mudou e no hiato momentâneo entre as músicas eu gritei, "AMY! SOU EU!" Amy parou de novo e se virou. Sorri detestavelmente para ela, com o cabelo jogado para todo lado, loucamente sem fôlego.

— ME DESCULPE! — gritei, ofegante.

— Mas que porra...

— Eu...

Uma batida eletrônica insistente aumentou e a turma continuou sem nós, subindo e descendo em uníssono enquanto realizava uma série de flexões complicadas do tríceps.

— POR FAVOR, ME ACEITA DE VOLTA! — gritei. — VOCÊ DISSE QUE AS MULHERES GOSTAM DISSO!

Por algum motivo eu ainda estava pedalando. Não sabia se sentia uma onda de ciclista ou se o pico de adrenalina era o resultado de mero desespero emocional, mas eu me sentia incrível. Os sentimentos de Amy eram mais complicados de interpretar. A música entrou em outro intervalo e nos olhamos nos olhos. Sua expressão se suavizou e ela virou a cabeça de lado e sussurrou com intensidade:

— Podemos falar disso depois?

— Sim, vocês podem, obrigada! — gritou Blake. — Já chega! Tá legal, todo mundo, vamos trabalhar! — Todos começaram a ondular na bicicleta, usando os abdomens para se impelir para cima e sobre os guidons como magníficas focas cobertas de Lycra. Segui o exemplo deles, subindo e descendo desajeitada. Alguns de nossos colegas de turma nos observavam com os olhos arregalados. Por fim, as exigências da rotina de Blake assumiram e as pessoas pararam de se importar. Vi meu nome cair mais no quadro.

A última música na X-Cycle era sempre lenta, algo vagamente emotivo que permitia aos instrutores pregar mindfulness, amor próprio e a importância de voltar sempre à academia para sua marca registrada de cárdio, treinamento com pesos e "adrenorock". Blake nos disse que devíamos ter orgulho, que nem sempre era fácil ser vulnerável, nos expor assim em um ambiente de exercícios em grupo. Em seguida nos encorajou a fechar os olhos e entrar no ritmo, a sentir a liberdade de deixarmos na academia o que nos prendia quando saíssemos dali.

A música instrumental deu lugar a uma voz de homem, falando baixinho: "Todos queremos ajudar uns aos outros", disse na sala totalmente às escuras. "Os seres humanos são assim, queremos viver pela felicidade dos outros — e não pela infelicidade dos outros." A música aumentou de novo. Era brega e achei reconfortante. Era demais e eu estava feliz por ouvir. Duas coisas podiam mesmo ser verdade! E também, com meus glúteos robustos em chamas, chorei de leve em uma aula de spinning com um remix Techno do discurso de Charles Chaplin em *O grande ditador*, uma situação que achei surpreendente mas não impossível, no escopo das mudanças daquele ano.

A aula terminou e Blake gritou para o aluno que tinha se saído melhor, um homem bonito de camiseta transparente e um short mínimo, cujo nome no quadro era Bry2k. Blake o iluminou com a lanterna e a turma aplaudiu e rodou as toalhas acima da cabeça comemorando sua realização. Era aí que eu ia fazer meu grande discurso a Amy, se as coisas tivessem saído como planejado. Olhei minha classificação final: décima segunda de trinta e sete. Nem cheguei perto.

Soltei os fechos do pedal e fiquei de pé, vermelha pra caramba e coberta de suor, ainda ofegante. Blake abriu a porta e ciclistas de saída se cumprimentaram com high-fives ao seguirem para o saguão, fazendo planos para o dia seguinte, rindo sobre o brunch que tinham queimado e os Bloody Marys pagos. Notei alguns olhando para mim, trocando cochichos sobre a louca que tinha tentado reconquistar a namorada, ou coisa parecida no meio do spinning. Quando o último rabo de cavalo trançado saía da sala, vi Amy enrolando perto da porta.

— Eu sinceramente pensei que você ia gostar mais disso — falei, andando desengonçada para ela em minhas sapatilhas com ganchos.

Amy puxou uma respiração inacreditavelmente longa e me resignei a um futuro em que não éramos mais amigas, em que eu teria que bloqueá-la nas redes sociais para não ficar rolando a tela por sua vida perfeita sem mim. Depois ela sorriu.

— Sinceramente? — disse ela. — Devia ter dado certo! Ou *podia* ter dado certo. Tipo, eu sei o que você tentou fazer, mas o resultado foi louco.

Pedi desculpas por meu comportamento no casamento de Emily, por tê-la subestimado, por não dizer a ela o quanto sua amizade — para minha completa surpresa e verdadeira alegria — significou para mim este ano. Eu queria fazer o grande gesto para dizer tudo isso, mas só tinha piorado as coisas e insinuado a todo mundo da X-Cycle que ela estava envolvida em algum drama pessoal lésbico.

Amy enxugou o rosto, depois jogou a toalha no cesto para isso.

— Eu não odiei — disse ela, recostando-se para desamarrar os calçados e colocá-los em um segundo cesto. — Foi sem dúvida gentil. Além disso, ficar metade superior do quadro foi impressionante.

Eu disse a ela que parecia que cada ligamento de minhas pernas tinha derretido.

— Blake é o demônio — disse ela, rindo. — Mas de certo modo é também meu Jesus Cristo. Sempre que tenho um evento próximo, faço tipo todas as cinco aulas dele na semana e fico *um trapo*.

Amy se recostou de novo na parede e puxou o tornozelo esquerdo para alongar o quadríceps.

— Também só posso dizer que o seu cabelo está demais — disse ela. — Você vai adorar ser loura. É um clichê, mas nós literalmente nos divertimos mais.

Seu calor humano tranquilo me deixou em pânico. Eu precisava saber se ela me perdoava; tinha que confirmar que estávamos bem; queria uma promessa, por escrito, de que ela sabia que eu era uma pessoa ridícula, carente, mesquinha, rabugenta e genuinamente muito esquisita e que mesmo assim gostava de mim, e pensava que sair para beber ou jantar e que mandar umas mensagens seria legal às vezes. Eu não gostava de ser uma pessoa que precisava tanto disso, mas enfim.

Amy me puxou para um abraço suado.

— Senti saudades de você — disse ela. — Eu ia te ligar um dia desses, mas que bom que você me procurou primeiro. E também, no final da aula a garota do meu lado soltou um baita peido... pela frente. Vamos tomar um *frozen*?

Exercício de diário: autoconhecimento

Sente-se em algum lugar tranquilo com um bloco ou uma folha de papel em branco. Sem editar ou se julgar, escreva livremente por dez a quinze minutos. Procure responder (ou pelo menos reflita) a seguinte pergunta: O que eu quero? Se isto for difícil, pense no contrário: O que eu não quero?

Quero uma postura melhor. Quero uma boa vida. Quero *querer* passar menos tempo no celular.

Quero que importe que eu tenha parado de fazer compras na Whole Foods. Não quero muito ter rugas. Quero uma cozinha com muita luz natural e um pequeno suporte para pendurar panelas e frigideiras. Quero saber se as vitaminas fazem alguma coisa. Quero calças que vistam melhor. Quero ser levada a sério na medida exata. Não quero saber tanto sobre a vida de pessoas que só encontrei uma vez em 2008. Quero um relacionamento mais próximo com minha irmã.

Quero que meus amigos saibam que me importo com eles. Quero aceitar que eles se importam comigo. Quero ter fé em pelo menos um político e/ou homem. Quero sentir que entendo o noticiário. Não quero saber de mais nada que tem no fundo do mar. Quero um emprego satisfatório que pague um salário que me sustente. Quero transar em um hotel chique. Quero saber de quanta proteína eu realmente preciso e se estou comendo o suficiente ou não. Nunca quero comer pudim de chia. Quero que outra pessoa me olhe com amor. Quero que tudo isso aconteça de um jeito que não seja piegas.

Quero me sentir calma. Quero ter um perfume característico. Quero ser o tipo de mulher que prepara uma galette. Quero gostar de alongamento.

Quero ser sincera quando digo a alguém, "não se preocupe". Quero ser boa nos esportes ou pelo menos *saber levar* na esportiva. Quero um parceiro que pense que minhas melhores características são quem eu sou de verdade e que ache que meus piores defeitos são administráveis. Não quero namorar alguém que pense que sou só legal. Quero amar com facilidade. Quero ser mais gentil. Não quero beber tanto. Quero ser receptiva, calorosa e não julgar ninguém. Quero ficar bonita de cabelo molhado.

Quero fazer mais do que assinar petições e ir a manifestações nas quais me sinto tímida demais para gritar as palavras de ordem. Quero ajudar quando a ajuda for necessária. Quero ser vegetariana, e não alguém que fala muito do dia ou dois por semana em que não come carne. Quero deletar o Facebook. Quero deletar o Instagram, que entendo que é também basicamente o Facebook. Quero fazer coisas que pareçam úteis. Quero *ser* útil. Quero me aposentar um dia. Não quero mais escrever artigos ruins sobre Hamlet.

Quero causar uma primeira impressão positiva. Não quero "fazer tempestade em copo d'água". Não quero ter o hábito de olhar os perfis nas redes sociais de pessoas que me magoaram, ou que fizeram com que eu me sentisse mal comigo mesma, ou que eu ache que são inferiores a mim. Quero ter alguma ideia de como eu sou. Não quero passar a vida toda dizendo a mim mesma e a todo mundo que eu sou "suficiente". Quero me sentir jovem ou pelo menos envelhecer incrivelmente bem. Não quero olhar minha cara todo dia. Acho que quero fazer algo pelo planeta. Quero saber o que é esse algo.

Quero pensar em qualquer coisa que não seja o formato de minha barriga, ou se sou uma boa pessoa, ou em quem quer trepar comigo, ou se alguém um dia vai realmente me amar. Não quero comemorar as espinhas na minha bunda nem honrar minhas varizes. Quero saber que sou uma pessoa legal que se esforça muito, que merece o amor e tem varizes, claro, elas só não ocupam muito de meu tempo.

Quero saber que tipo de coisas eu quero. Quero não ficar completamente constrangida com esta atividade e a maioria das outras coisas que faço em um dia. Quero que meu tortellini cozinhe mais rápido.

As aulas terminaram e passei a ter menos motivos ainda para ir a Toronto. Fiz algumas viagens para pegar provas e ajudar na casa de Merris, mas não passava mais a noite lá, então ir a Toronto significava dirigir seis horas no mesmo dia ou pegar o ônibus (muito desagradável) ou o trem (muito caro). Era bom ter aonde ir, mesmo que eu não achasse meu trabalho inspirador e sem dúvida nada digno de uma viagem de trem — mais de duas horas e oitenta e cinco dólares por viagem.

Fui limpar minha sala antes das férias e me deixei cair na rotina familiar: uma caneca de café fraco da máquina da cozinha, mais ou menos uma hora na internet, alguns minutos de alongamentos à mesa, algum arquivamento e organização. Encontrei um recibo amassado dentro de um exemplar de *Utopia* e revirei os olhos para as entusiasmadas anotações à margem que registrei nele alguns anos atrás. Fechei o interminável documento do Word com minha dissertação e li alguns currículos.

Eu estava no processo de encontrar uma nova assistente de pesquisa para Merris. Nós duas concordamos que seria melhor, embora nossos encontros para o chá depois da fisioterapia estivessem se alongando. Ela começara a me falar de sua vida, avançando a partir de um acidente de patinação aparentemente formativo aos oito anos. Pouco atrás havíamos chegado a seu primeiro casamento, aos dezenove anos, e eu me esforçava muito para não pedir que pulasse para a filha mais ou menos secreta. Comi um sanduíche de queijo e encaminhei algumas candidaturas à vaga que pareciam promissoras.

Olivia passou por ali, com a bolsa transbordando de provas. A bolsa tinha um gato mal desenhado na frente e quando perguntei sobre isso, soube que era um brinde do abrigo para gatos em que ela era voluntária. A ideia de que uma pessoa podia a) fazer caridade em longo prazo e b) guardar esta informação para si por qualquer período de tempo era incompreensível e impressionante, e perguntei se ela me levaria ao abrigo qualquer dia desses.

— Claro! — disse Olivia. Depois, preocupada: — Não use sapatos de que você goste muito.

Uma semana depois eu estava na frente da Paws4Thought No-Kill Feline Rescue and Shelter (eu tinha algumas questões com o nome), em uma rua distante, cheia de armazéns e consultórios odontológicos de quinta quase embaixo da via expressa. Ou o abrigo ficava muito perto de um grupo daquelas árvores que cheiram a porra, ou alguém tinha feito algo pavoroso no estacionamento. Por dentro, o ambiente era estéril, bastante iluminado e barulhento, o caos dos animais mal sendo equilibrado pela tranquilidade insistente das voluntárias em suas calças cigarretes e coletes divertidos.

Meu estágio foi horrível. Olivia brincava com um lote de gatinhos recém-chegados enquanto eu limpava gaiolas ensopadas de mijo e tentava dar a animais tristes seu jantar de uma forma não traumatizante. Minha grande vitória foi conseguir que uma fera de três patas chamada Colin viesse comer no meio da sala, aparentemente um sinal de confiança. Tentei fazer um carinho reconfortante em Colin para mostrar que não tinha problema confiar em humanos, mesmo que um deles o tivesse machucado no passado. Ele sibilou para mim e vomitou.

Perto dali, Olivia brincava com sua ninhada de tigradinhos.

— Eles sempre dão o trabalho pesado aos recém-chegados — disse ela, toda coberta de gatinhos. — Isso afugenta as pessoas que só vêm aqui para fazer carinho. — Ela riu e balançou penas para seu exército de tricolores enquanto eu limpava a sujeira de Colin e borrifava vermífugo em pedaços de atum em conserva.

Tirando Olivia, todo mundo que trabalhava no abrigo de gatos era esquisito, o que era ótimo. Estar ali provavelmente significava que eu era esquisita também e eu já aprendera minha lição referente a hobbies de adultos. Além disso, gostei dos gatos, mesmo dos maus e fedorentos, até do grande Colin. Eu entendia e conseguia atender às suas necessidades tranquilamente. Preenchi os formulários necessários, comprei a camisa polo necessária e me deram acesso ao Google Calendar compartilhado.

Era tranquilizador ficar cercada de animais, ter um tempo de silêncio em meio a pessoas que eu não conhecia, ver crianças e casais e velhos solitários entrarem para encontrar seu futuro pet. Era recompensador ajudar uma criatura nervosa e irritadiça a entender que ela estava segura, que sua vida não seria mais difícil como antes. Quando fui para casa, olhei os perfis de adoção de meus novos amigos, que eu achava que os desvalorizavam um pouco: Não se assuste com a cara de brigão de Dunstan! Carrie é uma menina dramática que no início pode parecer estranha. Tomasina NÃO é para qualquer um. Será que precisávamos começar por estas informações? Esses animais já tinham passado por poucas e boas. Os nomes eram outro problema: que pessoa perturbada chama uma gata de "Meaghan"?

Depois de algumas semanas no abrigo, Olivia se apaixonou por Tinker, um velho charmoso de cara grisalha e um olho só. (A bio dele dizia Um clássico vovô, Tinker não tem medo de dar uma mordidinha em você para se afirmar. Que vovô se comportava desse jeito?) Depois de conversar sobre isso com o noivo, eles decidiram "acrescentá-lo à crescente família" e deram início ao processo de adoção. Eu estava cuidando da recepção quando ela e Aidan o Rei Ovo foram buscá-lo. Vi os dois alvoroçados com seu novo bebê e pensei, *esse gato vai ter que gostar de trilha.* Enquanto eles saíam, admiti a mim mesma que estava com inveja de Tinker.

Quando meu turno acabou, joguei meu colete no cesto de roupa suja e coloquei um vestido limpo, menos coberto de pelos. Retoquei a maquiagem no banheiro minúsculo da equipe e tentei fazer com que meu cabelo parecesse próximo do normal. Na maior parte do tempo eu voltava direto para Kingston depois do trabalho, mas Lauren tinha me dado permissão especial para ficar na casa dela por duas noites inteiras. Eu estava emocionada para ficar na cidade por um período maior, para experimentar uma versão mais relaxada da existência, ou pelo menos uma versão em que eu ia a festas. Tinha tirado o domingo de folga na loja de queijos e roubado um par de sapatos da minha mãe, e Clive ia receber a todos nós (mais dezessete desconhecidos que eu torcia para poder ignorar) em comemoração ao noivado de Amirah e Tom.

Peguei o bonde que atravessava a cidade e fui a pé até Trinity Bellwoods, parando no caminho para comprar um presente para o casal — um livro de arte para a mesinha de centro? de fotos em larga escala? de praias? — e alguma coisa de comer. Vi grupos de estudantes tomando sorvete de carvão ativado e tentei praticar a atitude compassiva de não julgar os *slackliners* velhos demais e as mães ricas que reclamavam do fato de seus coloristas estarem de férias. Todo mundo com mais de trinta anos no parque tinha um cachorro. Todo mundo com mais de trinta e cinco tinha um carrinho de bebê. Parei um pouco perto de uma área rebaixada chamada o Dog Bowl em que os cães ficavam sem guia e esperei a vontade de fazer um vídeo dos bichos passar. Enquanto recolocava orgulhosamente o telefone no bolso, deixei cair o conteúdo de um *Banh mi* vegetariano na frente de meu vestido.

Eu não queria ser a primeira a chegar à festa, mas também não queria me demorar no parque cheirando a cenoura e vinagre de arroz o dia inteiro, então peguei o ônibus, sabendo que Clive teria uma caneta alvejante ou algum outro truque de homem organizado para me limpar. Sentei-me à janela, absorvendo o sol de final de maio e lendo um livro sobre uma mulher que mata toda a família, mas de um jeito chique e feminista. A certa altura entre a Dundas e a Harbord, Jon entrou.

O que aconteceu foi o seguinte: eu estava distraída com um barulho estranho e insistente e olhei para descobrir a origem. Do outro lado do corredor, a alguns bancos do meu, uma bolsa de ginástica preta emitia um rosnado longo e baixo. Um borrão de pelos castanhos acinzentados no interior revelou que era um gato, furioso em seu transporte, miando e se jogando nas laterais da prisão de malha e lona. Vê-lo me deu saudades de Janet. Ela costumava fazer uma coisa muito parecida, rodando em círculos mínimos dentro da bolsa até que... ah.

Era Janet. Sua carinha estava amassada contra a janela frontal da caixa de transporte, exibindo os característicos dentes tortos. A caixa tinha um chaveiro de smile, que tentei tirar sem sucesso várias vezes. E acima disso, com a bolsa no colo, estava Jon.

Senti a pulsação bater nos ouvidos. Eu era um grande saco de sangue sibilante. Dei outra olhada rápida em Jon, que não tinha me visto — estava com fones de ouvido e absorto no celular, ignorando os chiliques de Janet, mas de vez em quando dando tapinhas na bolsa de um jeito tranquilizador. Ele parecia bem. Saudável. Estava bem-vestido, para os padrões dele: um suéter leve que não reconheci por cima de uma camisa que uma das irmãs lhe dera de presente de aniversário no ano passado. Parecia estar indo a uma entrevista de emprego, ou a uma festa, ou a um encontro.

Eu tinha pensado neste momento uma ou duas vezes... por dia, pelos últimos trezentos e cinquenta e três dias. Havia tanto que eu queria dizer, tantas formas que imaginei este encontro acontecendo. Eu podia cantar a música certa, é claro, ou cair de joelhos e pedir desculpas, ou dizer algo inteligente mas arrasador, jogar o cabelo pelo ombro e me afastar. Podia admitir que ainda estava com raiva, de nós dois. Podia explicar o que eu tinha descoberto com Helen: que cortar alguém por completo de sua vida de repente durante um processo judicial longo não era uma aplicação particularmente útil de "limites", e nos roubava os pequenos momentos de exposição necessária para neutralizar momentos como aquele. Eu podia abraçá-lo e ver como era.

O ônibus parou de novo.

Perguntei-me se ele me reconheceria com meu cabelo novo. Perguntei-me se eu conseguiria pegar Janet e fugir. Respirei fundo, levantei-me e passei por eles — minha gata na caixa de transporte surrada que eu tinha comprado em uma venda de garagem, meu marido com uma camisa que eu adorava, minha pequena família. Desci à rua e as portas se fecharam a minhas costas. Recostei-me no ponto de ônibus e deixei a respiração sair devagar. Meus olhos lacrimejaram mas eu não caí no choro, e quando os ergui para ver a partida do ônibus, Jon olhava para mim, e eu não quis dizer nada legal nem fazer nada certo, só queria que ele soubesse que eu lamentava por tudo ter acontecido desse jeito e esperava que ele estivesse bem, e queria prometer que eu também estava, provavelmente, ou pelo menos, se não estivesse, não seria problema dele. Acho que eu também teria gostado se ele fizesse a gata acenar com a patinha pela janela, mas teria sido insensato tirar Janet da caixa dentro de um ônibus. O lábio superior de Jon se retorceu e o ônibus arrancou, e vi nossa antiga vida subir a Ossington Avenue.

Depois, obviamente, tive de esperar por outro ônibus, o que foi meio que um pé no saco.

Decidi, por fim, seguir a pé, e cheguei à casa de Clive mais ou menos uma hora atrasada, me misturando à multidão enquanto o pai de Tom fazia um discurso em que dizia que ele e a esposa estavam emocionados por acolherem na família uma mulher como Amirah. Os pais fofos de Amirah enxugaram os olhos e Tom sorriu timidamente para as platitudes do pai. Era sempre a mesma coisa.

Uma mulher de cabelos escuros que segurava um bebê (tinham começado a levar bebês para essas coisas) colocou-se à minha frente, ao lado de uma loura alta com brincos invejavelmente dramáticos. A loura se curvou por cima do filho da amiga e sussurrou:

— Não sei mais quantos desses eu aguento.

— Rachel, relaxa — disse a mulher de cabelos castanhos. — Você sempre fica assim.

— Tenho trinta e dois — disse ela. — Tenho trinta e dois e nunca fiquei noiva.

Eu sabia por que Rachel se sentia assim. O assunto casamento estava em tudo que é canto. Desde que completei vinte e cinco anos, os desenvolvimentos nas relações e nas famílias dos outros foram os marcos sociais do meu ano: noivados no inverno, começando no Natal e continuando até o Dia dos Namorados; depois, na primavera, tinham início os casamentos dos noivados do ano anterior, e no outono algumas cretinas engravidavam. Meu feed nas redes sociais era parecido: garotas da época da escola estendendo a mão esquerda para a câmera em posts que eram indistinguíveis dos anúncios onipresentes de alianças de noivado; fotos de amigos em lugares excêntricos e rústicos cheios de potes; bebês ao lado de quadros de giz proclamando que agora já estavam se sentando sozinhos. Apesar de meu rigoroso clique em NÃO TENHO INTERESSE sempre que este tema aparecia, eu era assediada por um post patrocinado de algo chamado ModernWeddingHarpist.com.

Eu não sentia pressão quando via essas coisas. Tinha sido casada — foi ruim. Não considerava que também podia parecer ruim não ter sido casada. A loura passou num silvo por mim, procurando o banheiro. Era tão bonita que era difícil imaginar que tivesse algum problema na vida.

Estive lendo muito sobre o comer intuitivo e deixei minha intuição me guiar a um prato de salgadinhos com cogumelo e alho-poró. Comi sete, sabendo que mais tarde me deixariam inchada e com gases, o que provavelmente não era o que pretendia esta abordagem à alimentação, mas imaginei que haveria uma curva de aprendizado. O evento não tinha bebidas alcóolicas, em respeito aos pais de Amirah, que também acreditavam que Tom trabalhava em uma "cervejaria kombucha", algo que Amirah achava que tinha inventado, mas por acaso e abençoadamente era real. Servi-me de outra água com gás e examinei a sala.

Tom estava de pé do outro lado da mesa de petiscos, lendo atentamente os cartõezinhos que Clive fez para explicar cada prato. Aproximei-me para fazer algumas perguntas tranquilas sobre cerveja artesanal. Ele foi simpático como sempre e sabia muito sobre lúpulo. Incapaz de acompanhar a conversa sobre filtragem de levedura, tentei captar se ele era o tipo de homem que ficaria entusiasmado ao receber um livro grande de fotografias ampliadas de praias.

— Pergunta difícil — disse Tom. — Adoro o litoral, mas eu diria que por mim a areia ainda deixa a desejar.

Decidi que o mais importante era que ele amava minha amiga e disse a ele que estava muito feliz por ele e Amirah.

— Obrigado — disse ele. — O que você acha, vai se casar de novo um dia?

— Ela agora está concentrada em si mesma — disse Amy, aparecendo do nada com um minivestido boho que parecia caro e me levando para a sacada. — E eu preciso perguntar uma coisa a ela em particular, então, volto rapidinho!

— Por favor, não diga aos outros que estou "concentrada em mim mesma" — falei depois que ela fechou a porta ao passarmos. — É muito constrangedor.

— É literalmente o que você me disse que estava fazendo.

Ficamos do lado de fora e eu desejei ter levado meu suéter; o clima esquentava, mas ainda estava frio na sombra. Abaixo de nós, no pátio de tijolinhos do prédio, uma mulher perdia uma discussão com um cachorro bem velhinho. Amy me olhou solenemente e trouxe o rosto para perto do meu.

— Vi no Spotify que você esteve ouvindo aquela playlist para reforçar a autoconfiança — disse ela. — Então, queria te lembrar... está tudo bem não estar bem.

Um dos primos bonitos de Amirah veio fumar do lado de fora, cumprimentando-nos com a cabeça. Respondi ao cumprimento, depois baixei o tom e me aproximei mais de Amy, sem querer que outra pessoa soubesse da playlist. Eu tinha tentado várias vezes mudar minha configuração do Spotify e não sabia como fazer.

Cochichei:

— Vamos falar disso em outra hora?

— Você disse que queria mesmo passar a gostar de ficar consigo mesma — respondeu ela, alto demais, certamente muito mais do que o necessário. — E adoro essa meta para você. Vai chegar lá!

Ela me bateu com força no braço e o primo olhou de novo. Amy sorriu para ele.

— Minha amiga está dando um tempo nos encontros — disse ela. — Divórcio ruim. Eu também sou divorciada, mas não tenho essa disciplina toda!

O primo pareceu se animar e se apresentou. Seu nome era Sam. Ele gostava de hóquei, tocava como DJ às vezes e, pela linguagem corporal, parecia solteiro. Trabalhava com imóveis.

— Que coincidência — disse Amy. — Estou procurando um lugar para morar.

— Fantástico — disse ele. — Posso te dar meu número.

Às vezes era fácil assim mesmo. Eu disse a Amy que não sabia que ela estava se mudando.

— E o apartamento?

— Greg ficou com ele, no fim das contas — disse ela. — Fiquei de saco cheio de discutir e foi, tipo, quer saber, pode ficar. Tecnicamente foi ele que pagou pelo apartamento, então, tanto faz. Além disso, agora tenho uma graninha da entrada para outro lugar!

Amy abriu outro sorriso largo para o primo enquanto eu procurava a dor oculta em seu rosto.

— E você... está bem? — perguntei.

— Tô! — disse Amy, e parecia sincera. — Estou tipo, sei lá, *que será, será*.

— Bacana — disse Sam. — Esta é total a minha filosofia.

— Bom, você vai morar com Ryan?

— Ryan e eu terminamos — disse ela. — Algumas semanas atrás. Estávamos em jornadas bem diferentes. Meu Deus, eu literalmente não te vejo há séculos!

Sam viu a abertura e aproveitou, aproximando-se e virando o corpo de um jeito que me excluiu um pouco da conversa. Deixei os dois falando de como estavam se saindo os Leafs (Amy tinha ouvido falar que seria o ano deles no hóquei) e encontrei Amirah e as Laurens na cozinha.

— Que primo? — perguntou Amirah. — Se for o Daniyal... ele é um pegador babaca.

Ela aprovava mais um par com Sam, embora tivesse avisado que ele já estava saindo com a prima de um ex-colega de apartamento e uma garota que Lauren Emocionada conhecia do trabalho. Eu disse que estava feliz por dar um tempo nos encontros. Parecia haver uma oferta interminável de mulheres solteiras na cidade e eu não estava com vontade de competir com elas.

— São todas tão gatas — falei.

Lauren concordou com a cabeça.

— E elas também devem ser mais tranquilas que você.

Amy se juntou a nós, ruborizada, animada e segurando um coquetel sem álcool decorado.

— Estive trabalhando em uma teoria — disse ela. — Acho que os trinta anos são mesmo a idade perfeita. De certa forma, ter trinta e um é a mesma coisa que ter vinte e seis, só que você é mais inteligente e mais gostosa e conhece um pouco sobre azulejos.

Eu disse que provavelmente entraria nos meus trinta anos em uma cama de solteiro na casa do meu pai.

Amy gemeu.

— Dá para não ser uma pessimista por uns cinco segundos, por favor? Sam vai me levar para ver uns imóveis amanhã e é tipo um encontro, acho, então você não pode ir, mas vou te mandar fotos.

— Sério?

Amy ficou confusa.

— Como assim, "sério"? Dããã, claro que é sério! Vamos ver uns quarto e sala, mas tenho certeza de que ele tem vários dois.

— Mas... o quê?

— Ai, meu Deus, sua chata, a gente pode dividir o apartamento — disse Amy. — Ou alugar um quarto para você, acho, o que é meio aleatório, mas tanto faz.

— Muito aleatório — falei, tentando ser sarcástica e de algum modo parecendo sincera. Eu não conseguia esconder que estava comovida; sabia disso porque Lauren Emocionada começou a acariciar meus braços.

— Você precisa voltar para Toronto mesmo — disse Amy. — O lance de Kingston é um saco. Outro dia uma amiga minha perguntou o que tinha sido feito de você e eu juro que quase disse que você tinha morrido. Então, perfeito, vai morar comigo... Tudo bem, ele está olhando, ele está olhando, ai, meu Deus, não chora, pelo *amor* de Deus!

Mensagens de aniversário
que não queria muito ter recebido

No Centro de Treinamento A HARD PLACE, nossos escaladores são da família. E é por isso que estamos tão animados ao saber que você está entrando de rapel em mais um ano de vida! Apareça a qualquer hora de hoje e ganhe inteiramente grátis uma barrinha nutritiva, shot de proteína, ou smoothie de proteína de ervilha. E não se esqueça: foguete não dá ré!!

e aíííí, garota! sei que não temos contato desde os tempos do colégio, mas queria te dizer feliz trinta anos, porque sei que esse pode ser um aniversário intenso, e pelo seu Insta parece que você teve um ano difícil. Espero que tenha o melhor dia possível, e se quiser alguma informação sobre como duplicar sua renda trabalhando em casa no ano que vem, me dá um toque! faço parte de uma comunidade fodona de mães empreendedoras que acho que você ia curtir total… gratiluz ♥

• FELIZ ANIVERSÁRIO, MARGARET • NOSSOS AGRADECIMENTOS POR FAZER PARTE DA FAMÍLIA DO TL BANK • SALDO DISPONÍVEL: $135,33 •

Maggie… aqui é a VOVÓ por e-mail. DESEJO a você um aniversário muito AGRADÁVEL hoje, com um lembrete para, por favor, tentar NÃO fazer muitas tatuagens.! aqui está um link que sua mãe me mandou de um artigo muito animador no NEW YORK TIMES sobre uma mocinha que encontrou uma nova carreira fazendo aulas de computação,. Algo a CONSIDERAR… Com amor , VOVÓ

OI RAINHA GEMINIANAAAA — Para comemorar seu grande dia (e a temporada de Gêmeos em geral!), aqui está uma lista de personalidades famosas que têm o mesmo signo do zodíaco que você, inclusive Sir Ian McKellen e a maioria dos assassinos em série! Muito amor de seus amigos da DailyAstroz

feliz aniversário garota, espero que esteja 10 :P me avisa se vc vai sair depois... é calvin, ps

"Sete maneiras que você não conhecia de usar seu bolo de aniversário (e uma maneira que você já deve ter usado)" — Feliz Aniversário da 6Bites!

Olá, Maggie, Obrigada por sua consulta relativa à depilação por tecnologia IPL. Infelizmente, pessoas com seu tom de pele não são candidatas para este tratamento por luz pulsada, uma vez que seus pelos e sua tez são claros demais para o laser agir corretamente. Uma pena, porque as ruivas também têm o tipo capilar mais grosso :(Mas nem tudo é má notícia: a Stripp'd Wax Bar oferece 15% de desconto na Depilação Brasileira de Aniversário! Avise se quiser agendar, para deixar o seu aniversário ainda mais lisinho! bjs

Olivia me disse que é seu aniversário, então só queria dizer: do ponto de vista médico, a atrofia muscular começa aos trinta. Bom ano. Jiro

A manhã do meu trigésimo aniversário foi fresca e luminosa. Decidi "começar a década direito" saindo para correr, mas acabei dando um passeio leve pelo bairro em um traje de academia completo. Hannah mandou flores e minha mãe telefonou e fez seu tradicional discurso sobre as dores do parto, e eu dei meus tradicionais agradecimentos por seus esforços e por minha vida. Ela me disse que um dia eu saberia do que ela estava falando e eu disse, "Acho que não", e ela falou, "Você vai mudar de ideia". Dez minutos depois meu pai ligou e repetimos a interação quase palavra por palavra, com exceção do foco na laceração vaginal. Imaginei se Jon entraria em contato.

Tomei um banho, escovei o cabelo e me encarei no espelho, o que motivou a encomenda de uma nova pomada, um troço francês que a internet dizia que ou ia queimar minha pele até cair, ou a deixaria perfeita. Em uma pequena exibição de moderação, nem mesmo cliquei na outra sugestão de compra, um sérum caro do Japão que eu queria com um desespero inacreditável. Arrumei meu quarto e fiz planos para emoldurar umas coisas, pensando, *as mulheres de trinta anos tem coisas que são emolduradas*.

Fui ao mercadinho e comprei ingredientes para a festa na hora do jantar. Amy queria assar um frango ("É o jantar mais informalmente adulto que existe!"), mas eu tentava ser uma vegetariana a sério, então íamos fazer espaguete, pão de alho e uma grande salada Caesar, como uma família em um episódio especial de uma sitcom.

Depois de perder a batalha pelo cardápio, Amy insistiu em fazer um arranjo para cobrir a mesa cambeta de madeira que ela herdara dos pais com um lençol velho, depois cobrindo o *lençol velho* com uma variedade de objetos de outras partes do apartamento: castiçais antigos, cristais, algumas flores secas etc. Fiquei cética enquanto Amy trabalhava nisso, mas quando ela recuou, fazendo uns ajustes finais em algumas flores e nas luzes de pisca-pisca que tinha aninhado em torno, não havia como negar que a mesa tinha ficado linda.

— Adivinha de onde tirei a ideia — disse Amy. — Reese *Witherspoon*.

Morar com Amy era surpreendentemente fantástico. Ela era organizada e atenciosa, e tinha a senha da Netflix do pai. Nossa única discussão de verdade aconteceu por conta de um pôster gigantesco que ela comprou para a sala sem me consultar, uma imagem em preto e branco da silhueta de uma surfista descendo uma onda que se quebrava, com os dizeres PRECISO DO MAR PORQUE ELE ME ENSINA escritos no céu. ("Você surfa?", perguntei. "Não", disse ela, "mas tenho *vontade* de fazer isso.") Perdi a discussão e agora o pôster está na cozinha, em um trecho grande da parede ao lado da geladeira. Lauren fez uma careta sarcástica (só para mim) quando viu. A Lauren Emocionada disse a Amy que achava ser "importante pensar no mar às vezes". Amy concordou.

O sistema de ar-condicionado do apartamento consistia em duas caixas perigosamente instaladas nas janelas de nossos respectivos quartos, assim, quando Amirah e Clive chegaram, a cozinha estava incrivelmente quente. Amy estava com a pele revigorada e linda, alternando alegremente entre a massa no fogão, o pão no forno e a salada leve e ligeira que tinha colocado numa tigela enorme que eu nunca vira, saída como que por mágica de um armário nos fundos.

Eu não me saía tão bem. Depois de fazer uma escova cabelo para a ocasião, já havia sido obrigada a amontoá-lo em um coque alto e amarfanhado para que os fios parassem de grudar no meu pescoço.

— Alguém está vermelhinha — disse Amirah quando chegou, entregando-me um presente e uma garrafa de vinho. — Feliz aniversário. — Ela me deu um beijo no rosto suado e fingiu estar enojada, depois beijou a outra face.

Ao entrar, Clive viu a faixa que Amy tinha feito, ergueu as sobrancelhas e não disse nada. Amy o abraçou como a um velho amigo.

— É melhor que ninguém tenha alguma restrição alimentar que eu não saiba — disse ela com a mão em um gesto maternal nos quadris. — Perguntei no chat e ninguém disse nada, então se têm alguma questão com glúten, é problema de vocês.

— Onde conseguiu *comprar* um avental em 2019? — perguntou Lauren.

— Muji — Amy deu um muxoxo. — Ou, sei lá, em algum lugar. Sentem-se.

A comida estava perfeita, saborosa e suculenta. Servi-me de um segundo prato enquanto Clive nos contava de seu mais recente desastre no Grindr e Lauren aumentou a aposta com uma história do Tinder:

— O primeiro encontro foi demais, tipo entre os cinco melhores da vida — disse ela. — Ele era divertido, gostoso e tinha cheiro de lareira. Trocamos mensagens sem parar na semana seguinte, mas quando nos encontramos na sexta, *ele tinha raspado a barba, deixando um cavanhaque.*

Amy gritou.

— E ele falou disso alguma vez?

— Nem uma palavra.

— E nem te avisou com antecedência, quando vocês trocaram mensagens?

— Nada.

Amy disse que era falta de educação.

— Não dá para brotar com um cavanhaque sem avisar.

— Não entendo qual é o problema? — disse a Lauren Emocionada, esperançosa.

— Ele parecia um gamer — disse Lauren. — Parecia um gamer meio pirado.

Lauren Emocionada concordou e o jantar prosseguiu. Tomamos vinho tinto, rimos alto e dissemos uns aos outros que estávamos ótimos. Comemos demais e fofocamos sem remorso algum, e reclamamos de nossos empregos e nossas famílias e de nossa vida completamente satisfatória, com a trilha sonora de uma playlist que um algoritmo tinha compilado, chamada "Adult-Ass Dinner".

Lauren perguntou quando o divórcio seria finalizado e respondi com sinceridade: eu não sabia.

— Está fora de minhas mãos — falei. — Só sei que já paguei.

Lauren perguntou rapidamente:

— E o Jon, ele ligou hoje...?

Amirah a fez se calar enquanto eu dizia que não com a cabeça.

— Helen disse que eu devia me habituar com a ideia de que talvez a gente nunca mais volte a se falar. — Não contei do ônibus.

— E Simon?

— Lauren, por favor! — disse Amirah, tomando as rédeas da conversa.

— Como está no abrigo de gatos?

Contei a eles que minha gerente tinha me deixado redigir algumas bios mais atrativas para os gatos que esperavam adoção. Ela gostou e a amiga, a proprietária de um negócio de skincare online, me pediu para fazer o mesmo para ela, redigindo descrições de sérums, óleos e essências. O primeiro trabalho não foi remunerado, mas a mulher do skincare me pagou duzentas pratas. Eu torcia para que isso desse em mais trabalho, e talvez fizesse um curso noturno de comunicação, redação publicitária ou coisa assim, caso quisesse deixar a academia e um dia ganhar um salário que me sustentasse.

— Que ironia — disse Lauren —, já que era o trabalho de J... AI.

Amirah chutou a perna de Lauren e disse que redação publicitária parecia uma boa opção a se considerar. Em algum momento depois de o pão de alho acabar, Amy bateu o garfo na taça de vinho como uma madrinha de casamento.

— Tá legaaaaaaal! — Ela sorriu e endireitou a postura já bastante reta, preparada demais para alguma coisa. — Então, na minha família, nos aniversários, nós ficamos em volta da a mesa e todo mundo diz uma coisa que adora no aniversarian...

— Não.

Amy nem olhou para mim, só continuou falando.

— Todo mundo diz alguma coisa que adora no aniversariante e é muito fofo, e todo mundo gosta. Tá legal? Vou começar. Quando conheci a Maggie, ela estava um *caos*...

— Amy, por favor. — Olhei fixo para o guardanapo que estava no meu colo enquanto Amirah, Lauren et al. reprimiam o riso com graus variados de sucesso. Era meu pior pesadelo, e o deles. Não dava para suportar.

— Ela estava um caos total — continuou Amy, sem se deixar abalar. — Tão desolada e chata, e ainda tinha aquela franja. Eu fiquei tipo, *quem é essa garota?* Mas dei meu número a ela mesmo assim, e fico feliz por ter feito isso, porque ela é mesmo um amor e tem um coração de ouro, e ela massacra um Super Saturday consecutivo na X-Cycle melhor do que qualquer um que eu conheça, menos a Lauren, ou minha amiga Sidra do trabalho, ela tem uns quadríceps que simplesmente são... mas enfim. Eu também acho... quer dizer, eu sei, por experiência própria... que é difícil passar pelo que ela passou esse ano, é muito corajoso continuar e tentar entender como é a vida sozinha, quando você achava que tinha a vida resolvida com outra pessoa. Sei que ela se esforçou para fazer isso e sinto que tenho sorte por termos passado por isso juntas.

O resto da mesa ficou em silêncio por um minuto. Meus amigos se remexeram, pouco à vontade, nas cadeiras e eu passei a língua pelos dentes. Engoli em seco algumas vezes. Não ajudou. Abri a boca para dizer alguma coisa, mas teria sido impossível falar sem que minha voz falhasse, então fiquei sentada ali, muda, e fixei os olhos no teto.

— Bom, a essa altura está todo mundo enjoado de ver a Maggie chorar, né, então eu vou me meter — disse Clive, completando sua taça enquanto eu discretamente enxugava os olhos. Amy sorria radiante da cabeceira da mesa; era visível que estava adorando a situação.

— Ela é demais, né? É muito barulhenta, péssima para dividir batata frita e fala durante os filmes — disse Clive.

A mesa explodiu com uma lista de filmes que eu tinha destruído para eles: vezes em que dei o spoiler do final, perguntei o nome de um personagem que tinha acabado de ser apresentado, comentei quando alguém dizia o título do filme *durante o filme*. Clive continuou:

— Não entendo o que a Maggie faz para ganhar a vida e, quando ela tenta explicar, é tipo assim, aquela gente está morta há séculos e espero que continuem desse jeito, cala a boca! Ela é um pesadelo, de cima a baixo, mas ficar puto com ela tecnicamente é bifobia. Feliz aniversário, sua mala bobalhona, nós te amamos.

Sorri para Clive, agradecida a ele por interromper o momento sincero. A Lauren Emocionada abriu a boca e de imediato começou a chorar, então a outra Lauren se intrometeu, contando uma história de um aniversário particularmente ruim que compartilhamos na universidade em um boliche. A noite terminou em um desastre amoroso para vários de nós, ressacas terríveis para a maioria e um incidente de nos cobrarem cinquenta dólares por estragar um par de calçados para boliche em um contratempo relacionado a um jogo com cerveja. Não foi o ponto alto dos meus vinte anos.

— Ainda assim, naquela noite você foi para casa com um cara fofo — disse Lauren. — E isso não é o mais importante?

— Acho que esta foi você — disse Amirah.

— É, foi você — disse a Lauren Emocionada. — Eu me lembro porque a Maggie vomitou Cheetos no meu edredom.

Clive e eu concordamos que a história era de Lauren e não minha.

— Bom. Acho que o que eu tentava dizer era: feliz aniversário, Maggie, e parabéns pra mim. — Lauren ergueu a taça. — Ao gato do boliche, onde quer que ele esteja.

Em seguida, houve algum debate sobre se o cara era assim tão bonito — Lauren insistindo, é claro que era; o resto de nós fingindo que o relato era revisionista. Amirah bebeu um gole de água e se recompôs para a vez dela.

— A principal imagem de que me lembro é de seu casamento...

— Ai, lá vamos nós. — Clive cruzou os braços. — *Acabamos* de fechar a torneira.

— Não, não, essa é boa, eu garanto — disse Amirah, virando-se para mim. — A principal imagem de que me lembro de seu casamento é de você em seu vestido... e era lindo, vamos ser francos, não importa o que aconteceu no evento, o vestido era bonito pra caralho... você estava sentada naquele vestido elegante, devorando um daqueles hambúrgueres que tinham demorado horas pra sair estava aos prantos.

Bufei, surpresa e meio sem graça.

— Não me lembro disso...

— Bom, aconteceu — continuou Amirah. — A gente escapuliu para fazer um lanche e fofocar um pouco, e você começou a chorar... para contextualizar, quer dizer, tenho *certeza* de que estava bêbada... mas você estava muito aborrecida porque achava injusto que não houvesse uma cerimônia para jurar amor e compromisso com seus amigos.

A Lauren Emocionada soltou uma gargalhada.

— Eu me lembro disso, ai, meu Deus! Você estava com uma mancha de ketchup nos peitos enquanto me dizia que eu significava tanto pra você quanto qualquer parceiro.

— Acho que a frase verdadeira foi "os amigos podem ser maridos também" — disse Clive.

— Você estava muito exaltada — acrescentou Lauren.

Amirah concordou com a cabeça.

— Você obrigou todos nós a darem as mãos e prometer que nos amaríamos para sempre — disse ela. — Chamou isso de "nossos votos".

Minha cara estava de um vermelho mais escuro que o vinho, o calor e a comida já tinham produzido. Os olhos de Amy estavam arregalados:

— Nem acredito que você não se lembra de ter feito isso.

— O bartender não parava de me dar gim-tônica! — exclamei. — Ele tinha um estoque especial só para mim embaixo do balcão que eu podia pegar a hora que quisesses, sem esperar! Ele ficava chamando de "suco de noiva"!

Os rostos em torno da mesa registraram uma reprovação profunda da expressão "suco de noiva" e Amirah recuperou o controle de sua história:

— Tudo isso é para dizer que acho que tínhamos razão e...

— Desculpe — eu disse em voz baixa. — Por tudo, por todo o...

— Relaxa, está quase acabando — disse Amirah. — Meu Deus, chega de pedir desculpas, já entendemos, você era um pequeno ciclone de lixo e agora não é mais... tanto. — Ela riu e eu também, mas tive medo de vomitar ou me prostrar diante dela ou explodir em chamas de constrangimento. — Quero que você saiba — continuou Amirah —, que eu falei sério no que disse quando você estava bêbada e comendo aquele hambúrguer: você é alguém que prometo amar para sempre.

Olhei para Amirah, do outro lado da mesa. Ela estava meio tímida e excepcionalmente bonita. Deu uma garfada na massa restante e sua aliança de noivado refletiu a luz das velas, e ela disse:

— Amy, espero que esteja satisfeita. É toda minha sinceridade para o ano inteiro.

Ela parecia feliz. Afastou a cadeira da mesa, limpou a boca de forma elegante com um guardanapo e disse:

— Este era o momento que o arranjo de mesa merecia.

Tiramos a mesa e Lauren trouxe o bolo. Era muito caseiro, um coração verde e torto coberto de bolotas cor-de-rosa.

— Rosetas — disse Clive. — Tem água de rosas no glacê. Isto se chama um *tema*.

Entre as rosetas havia uma mensagem, escrita em glacê cursivo e decorado: MAIS SORTE NO ANO QUE VEM. Eles não cantaram parabéns, só cortaram o bolo e gritaram, "aniversário!", em uníssono. O presente de Amirah era uma bebida italiana marrom-escura, para ser ingerida em umas tacinhas incrivelmente pequenas, dadas por Lauren.

Servimos uma rodada e brindamos de novo, desta vez a nada. A bebida marrom era herbácea, doce e espessa. Saboreá-la em pequenos goles fez com que me sentisse comedida e elegante, embora depois de nossas primeiras doses tenhamos feito drinques enormes com gelo e uísque, uma ideia que roubamos do site LibationNation.com.

Amy me deu um colar que dizia JOY e Clive prometeu preparar para mim uma enorme refeição em sua casa em uma data de minha escolha. A Lauren Emocionada me deu um voucher para uma pedicure.

— As funcionárias são muito cruéis e pegam tão pesado nos seus calos que dói de verdade — disse ela. — Adoro aquele lugar.

Comemos uma segunda porção do bolo e Hannah e Ed fizeram uma ligação pelo FaceTime num momento de comoção extrema: Amy estava terceirizando respostas espirituosas às dezenas de homens que imploravam sua atenção nos apps de encontros, e Lauren a havia convencido a mandar uma mensagem latrina sexy a um homem cujo perfil eram quatro imagens idênticas dele no banheiro.

— Vocês são horríveis! — gritou ela, com um sorriso largo para nos mostrar que estava brincando.

O homem respondeu instantes depois com hahaha, total, e eles combinaram de se encontrar na semana seguinte.

Clive nos contou que sua irmã estava grávida e ameaçava chamar a bebê de "Khaleesi", Lauren anunciou que pensava em voltar a estudar, Amirah nos contou que podíamos vestir o que quiséssemos como madrinhas dela e a Lauren Emocionada confessou que já criara um Pinterest para ter inspiração de roupas para todos os nossos futuros casamentos. As coisas estavam acontecendo e fiquei feliz por estar presente.

Amirah foi embora à meia-noite, para buscar Tom no final de um negócio do trabalho. Os outros saíram mais ou menos uma hora depois, quando as velas tinham queimado até o final e o lençol na mesa estava coberto de farelos, manchas de vinho e os restos de um esforço coletivo abortado de bolar um baseado. Billie Holiday cantava na cozinha, acompanhada por Amy que lavava os pratos ruidosamente. Tirei um pedaço de cera da mesa e tentei evitar o que sabia que viria: a guinada súbita. Quando percebi que não havia como combater, calcei os sapatos e disse a Amy que precisava comprar uma coisa na farmácia 24 horas.

— Ah — disse ela. — Dor de barriga? Notei que você e os laticínios têm uma relação tumultuada.

Eu disse a ela que não, era coisa ginecológica — irritante.

— Ai, tão irritante — respondeu ela, dando uma ênfase incrível sem ter nenhuma especificidade à mão. Pensei, e não foi pela primeira vez, a sorte que eu tinha por morar com alguém tão investido em minha saúde emocional e digestiva.

— Muito obrigada por esta noite — falei. — A comida, a mesa... foi tudo maravilhoso. Também fico feliz por ter te dado meu número.

— Ah, meu Deus, o prazer é meu! — disse Amy, sorrindo. — Agora vai dar um jeito nessa sua xereca.

Eu não precisava de remédio para a xereca. Precisava de um choro longo e desagradável. Não um choro fofo e terno, como o que tive com meus amigos — um choro que eu só podia ter sozinha, em um lugar específico que havia designado para lágrimas como estas. Eu tinha descoberto esse local logo depois de começar a morar com Amy, quando ficou claro que ela podia ouvir tudo que eu dizia ou fazia em meu quarto, mesmo que eu me escondesse embaixo do edredom.

— Não sou médica, mas seu vibrador está nas últimas — dissera ela em nosso primeiro domingo juntas, quando eu finalmente saí de uma longa manhã sozinha com uma série de vídeos em que duas mulheres brigavam e a vencedora comeu a perdedora. Eu não me importava que Amy soubesse disso; tinha ouvido toda a prolongada negociação entre Sam e ela, que queria ter certeza de que ele falava sério quando pediu a ela que sentasse na cara dele. Normal, as pessoas transam. Amy era meiga demais para saber sobre o "grande choro súbito" — ela entraria com chá de hortelã e uma expressão apavorada e pensativa, pronta para me contar como Jennifer Lawrence lidou com os "Pânicos de Domingo" — e essas ocorrências estavam acontecendo com regularidade demais para não terem um lugar especial.

O constrangedor era que este lugar era um cemitério. Bom, uma igreja com algumas sepulturas. Tinha certo apelo sinistro nas lápides, é claro, mas sobretudo me servia porque a igreja e o gramado em volta eram cercados por um muro alto de pedras que dava para uma rua movimentada, então uma pessoa — qualquer pessoa normal e madura que precisasse de alguma privacidade e catarse emocional — podia ir para o gramado, abaixar-se atrás do muro e se soltar. O trânsito abafava qualquer som, o muro era frio e escondia a pessoa da vista de quem passasse, e eu não tinha de me arriscar a alguém entrando na igreja porque, como sociedade, já abrimos mão de Deus quase completamente.

Eu estava indo muito ao cemitério, apesar de estar de saco cheio de tanto chorar. Como ainda podia ter lágrimas dentro de mim? Eu me sentia cada vez melhor! Na verdade, a questão parecia ser esta. Ultimamente, sempre que eu percebia algo bonito, sentia prazer ou experimentava a alegria, era atingida por uma tristeza imediata e dolorosa. Minha garganta se comprimia e o rosto ruborizava, e eu precisava ir a algum lugar privativo muito rapidamente, para ficar sozinha e abrir o berreiro.

Segui pela Dundas Street a pé e os bares estavam se esvaziando: grupos de pessoas exibindo ostensivamente roupas novas compradas em expectativa para o verão; casais enfim decidindo timidamente se beijar; um grupo de mulheres andando atrás de uma amiga sem sapatos que corria, todas gritando, "Tiff, vem CÁ!", e concordando que *odiavam* quando ela fazia isso; homens dando tapas nas costas de outros como se tivessem triunfado em algum desafio difícil em vez de ficar sentados juntos bebendo cerveja por seis horas; bartenders exaustos expulsando gente enquanto acendiam os cigarros depois do turno de trabalho. Dentro de uma padaria que vendia cookies de nove dólares e mais nada, um velho limpava uma prateleira de bandejas. Ele me pegou olhando e seu aceno cômico e curto me deixou sobressaltada, assustada e me fez fugir.

Entrei à esquerda, andando por uma rua curva, residencial e tranquila. Era arborizada, escura e deserta, e minhas sandálias grandes e estranhas batiam na caçada fazendo barulho demais. Um texugo atravessou correndo a rua e entrou em uma lata de lixo, virando-a. Mais à frente um carro passou, uma música incrivelmente popular sobre esta noite ser a festa mais importante de nossa vida berrando das janelas. Por fim a igreja se agigantou à minha frente. Vê-la acelerou minha respiração e me deu um aperto no peito, a bebê mais burra de Pavlov. Passei por baixo da arcada de pedra do cemitério, tentando me lembrar se era para inspirar pelo nariz e expirar pela boca, ou o oposto. O que quer que fosse, parecia ter o efeito contrário.

Recostei-me na superfície áspera do muro e senti a umidade do solo penetrar minha saia. Revirei os olhos e cerrei os dentes, mas não importava, as lágrimas já chegavam. *Que bobeira*, pensei. *Tão desnecessário*. Eu tinha sobrevivido ao pior — mais estressante do que mudanças de casa, só um pouco menos estressante do que uma morte, diziam as pessoas — e fazia minhas pequenas sessões de terapia e dava meus dez mil passos e bebia meus intermináveis copos de água. Tinha vivência da alegria e via beleza na vida. As boas coisas tinham voltado! E ainda assim estavam acontecendo — agora sempre aconteceriam — sem a pessoa com quem eu esperava partilhá-las. Esta noite foi só mais uma em um desfile infindável de festas de aniversário que ele perderia, novidades que ele nunca comemoraria, fofocas que eu não podia levar para casa e contar a ele depois de prometer com todas as letras não contar a ninguém. Eu tinha me esforçado tanto para não parar de nadar, e quando olhei em volta descobri que estou no grande e assustador oceano, sozinha.

Um caminhão passou roncando, deixando um rastro de silêncio. Meti a gola da minha camiseta na boca e chorei. No intuito de acelerar o processo, deitei-me na grama e tentei pensar em coisas positivas. Eu era saudável e estava segura. Surgia um novo rumo profissional, e as flores em minha cômoda ainda estavam vivas. No dia seguinte, eu teria um almoço com Merris em um lugar polonês da preferência dela, onde tudo tinha gosto de repolho. Depois disso eu poderia fazer qualquer coisa: ficar deitada, ler, caminhar até o lago e só olhar para ele. A previsão do tempo estava firme a semana toda e teríamos bolo no café da manhã até ele acabar; eu até podia comer bolo na cama, se quisesse.

Durante meu casamento, eu tinha passado a chamar nossa cama de "O Restaurante" porque eu gostava muito de comer ali. Jon achava isso nojento e se nomeou vereador, sempre tentando fechar O Restaurante por violações ao código sanitário, como farelos ou coisas derramadas. Com o passar do tempo, eu sabia, pequenos detalhes como esse desapareceriam de minha memória; eu ficaria cada vez menos concentrada em nossa relação e no leve horror de seu fim. Um dia eu subiria na cama com um sanduíche e pensaria, *Antigamente eu tinha um nome para isso*, e não saberia qual era. Bufei ao pensar em conseguir fazer isso por um dia, mesmo que por algumas horas. Estava demorando tanto. Demoraria muito mais.

Suspirei à ideia de todo o tempo nada sexy à frente: noites sozinhas com meus pensamentos e sentimentos, esforços sinceros de saber e talvez (ai) amar a mim mesma, a completa trabalheira e o enorme privilégio de decidir o que eu queria fazer da vida, meus fins de semana, meu coração. As fantasias de karaokê e loucuras no app dos primeiros dias do divórcio estavam dando lugar à realidade: uma labuta sossegada e ligeiramente indigna rumo a... quê? Por fim tirar a cabeça do rabo e perceber que existiam outras coisas com que me preocupar? Eu já sabia disso. Esteve me impelindo à distração o ano todo.

Fiquei no chão por mais um tempo, olhando o céu e pensando em baixar meu nível de piração de um oito para cinco ou seis, que eram mais administráveis. Helen havia me ensinado uns exercícios para o cérebro e agora eu experimentava alguns, observando meus arredores e dando nome a texturas, formas e cores. Cantarolei e fiz sons de gargarejo, segura ao saber que ninguém do outro lado do muro poderia me ouvir, com desprezo, estimulando meu nervo vago às escondidas. Comecei a me sentir mais segura e presente muito rapidamente. (O mais irritante nestes exercícios era sua eficácia.) Sentei-me e soltei uma expiração longa e declarativa, trazendo os joelhos ao peito. Por dentro do sutiã, meu peito esquerdo vibrou. Peguei o **celular e vi a mensagem**: não sei se eu devia escrever, mas queria dizer feliz aniversário bjS.

Abri a boca e passei os dedos pela gola molhada e ondulada da minha camiseta. Olhei fixamente para a mensagem, ajustando a luminosidade do celular de modo que minha cara brilhou no escuro, e soltei um som de surpresa em algum ponto entre um ofegar e um soluço. O *bj* em minúsculas era a marca clássica de Simon: suave e sincero, e meio formal. Uma vez ele me disse que escrevia todas as mensagens de texto importantes primeiro no Bloco de Notas, só copiando e colando quando sabia exatamente o que queria dizer. Imaginei-o tentando diferentes assinaturas: (É Simon, a propósito); bj Big S; seu outrora amante, Simon. Estendi a mão para coçar uma picada de mosquito atrás do tornozelo e comecei a rir.

E agora?! E agora, porra? A tentação de ligar para Simon ou ir à casa dele era muito forte. Mas ele não tinha me convidado, apenas disse feliz aniversário. Não estava realmente pedindo para me ver, mas *estava* entrando em contato com carinho depois da meia-noite, o que não era pouca coisa. Eu apenas... responderia a ele amanhã, então? Veria se ele queria "pegar um cineminha"? Ridículo. Ri tão alto quanto chorei, meus ombros tremendo, a cabeça nas mãos. *Sua idiotinha*, pensei. *Sua imbecil doce e ignorante.*

Tentei me centrar, para encontrar alguma calma. Mas como poderia? Meu telefone emitia um brilho branco azulado e minha bunda parecia mole na terra, e eu estava sentada em um cemitério de verdade tendo alguma epifania diminuta e privada. Se não fosse Simon agora, seria outra pessoa algum dia, e isso não era loucura? Eu teria que entender como amar sem pirar, e uma pequena parte de mim teria que acreditar que isto era real. Mais revoltante que isso era a possibilidade de que um dia talvez fosse mesmo.

Pensei no ano seguinte, que eu não tinha ideia de como seria, quem eu conheceria, o que as pessoas fariam. As coisas aconteceriam comigo, e eu tomaria decisões, e às vezes elas dariam certo, outras vezes não. Continuaria assim, sem parar, até que, o que seria o ideal, eu estivesse incrivelmente velha e morresse dormindo, talvez com alguém bacana ao lado, ou um gato que, sem dúvida, comeria parte do meu rosto, mas dane-se, eu vou estar vagando naquele nada infinito em que não conseguia pensar por muito tempo sem ficar nauseada e encharcada de suor. Era uma ideia estranha, eu existindo por anos a fio, as merdas acontecendo em todo canto, tudo parecendo tão Grande e Significativo. E era, mas ao mesmo tempo também não. Eu me sentiria de um jeito por um tempo, depois me sentiria de outro jeito, e isso nunca duraria para sempre, porque nunca dura.

    Enxuguei o nariz e cantarolei mais um pouco. Uma brisa agradável passou pelas árvores acima de mim, deslocando uma castanha gorda que caiu no chão perto dos meus pés. Olhei a igreja vazia, depois dela para a lua, cheia, linda e absurda. Apertei o botão na lateral do meu telefone e a mensagem desapareceu. Depois me levantei do chão, ainda rindo, e fui para casa.

Um epílogo

Os documentos chegaram na terça-feira, enrolados com uma revista, uma conta de água e um postal de uma das amigas de Amy ("Dallas não é a mesma sem você, sua puta!"). Abri o envelope com cuidado, deixando a pilha densa na bancada enquanto eu preparava café e assava um muffin.

Os lugares onde eu precisava assinar estavam marcados. Pensei em ler a coisa toda de novo, mas Lori já havia me dado um resumo: divisão satisfatória de bens, recusa de responsabilidade financeira posterior, desejo mútuo de dissolver o casamento... Eu já sabia o principal.

Passou por minha cabeça que talvez fosse melhor não ter uma marca de manteiga em documentos judiciais importantes. Baixei o muffin.

Virando à primeira das páginas marcadas, notei que a assinatura de Jon estava diferente. Parecia maior, com mais volteios, os *Ps* de seu sobrenome mais ostensivos. É possível que ele houvesse caprichado para a ocasião, ou talvez eu não me lembrasse bem ou tivesse me esquecido da caligrafia dele. Parecia a letra de um estranho.

Escrevi meu nome embaixo do dele e terminei o muffin. Mais tarde, eu ia fazer alguma outra coisa.

Agradecimentos

Os agradecimentos em minha coletânea de artigos divagaram por três páginas, então tentarei ser concisa aqui, mas sou muito grata a muitas pessoas, então talvez isso acabe acontecendo apesar de tudo. Obrigada por sua paciência (estamos começando).

Um enorme agradecimento a minhas maravilhosas agentes, Marya Spence e Claire Conrad, assim como a suas assistentes na Janklow & Nesbit. Seu apoio durante cada etapa deste processo possibilitou o impossível; eu nunca teria encontrado Merris sem Marya. Foi também por intermédio de minhas agentes que acabei na equipe dos sonhos de Kishani Widyaratna e Jessica Williams, que guiaram o livro até sua forma final com muita sabedoria e humor. Sou muito grata a elas, a seus assistentes e às equipes de assessoria e marketing da 4th Estate e da William Morrow, bem como às muitas e muitas pessoas envolvidas na impressão, distribuição e venda deste romance. Agradeço em particular a Sari Shryack e Jo Thomson pelo lindo projeto de capa original do livro.

Muitas pessoas deram *feedback* inicial que melhorou este livro mais do que eu teria conseguido sozinha. Agradeço a Katie Baker, Emma Herdman, Nathan Foad, Adam Howard, Marisa Meltzer, Liz Watson, Amy Reed, Catherine Liao, Helen Gould, Neha Patel, Emily Whalen, Hali Hamilton, Emily Stubbings, Celeste Yim, DJ Mausner, Sarah Hagi, Mark Lund, Rose Johnson, Caroline O'Donoghue, Dolly Alderton, Adam Burton e Josie Long, por conversas, e-mails e conselhos que mudaram o livro. Em particular, agradeço a Tess Degenstein, Kathryn Borel, Laura Dawe, Lauren Oyler e Joel Golby pelas MUITAS mensagens. Eu ainda as leio, em alguns casos várias vezes. Muito, muito obrigada, mesmo.

Agradeço a Paul Bogaards por seu apoio e conselhos por todo o processo desconhecido de lançar alguma coisa assim no mundo. E também a Abby Singer e a Rob Kraitt da Casarotto Ramsay & Associates, Cara Masline e Katie Newman da 3Arts, e a seus assistentes por seu apoio contínuo.

Sou muito grata a meus amigos íntimos e familiares por seu apoio durante as crises fictícias e reais. Um "valeu!" especial ao grupo original Five Poots; a meus pais quase comicamente encorajadores, Peter e Janice; a minhas irmãs gentis e divertidas, Alice e Melissa; e a Stephen Carlick, que ouve cada ideia e piada pela primeira (e quadragésima) vez, e cujo carinho calmo tem sido uma das grandes surpresas da minha vida.

Impressão e Acabamento:
BMF GRÁFICA E EDITORA